BACHELOR MUFFEL

RUPPIGE SINGLE PAPAS

WILLOW FOX

ALLISON WEST

SLOWBURN
PUBLISHING

Bachelor Muffel

Ruppige Single Papas Buch 3

Willow Fox

Veröffentlicht von Slow Burn Publishing

Cover Design by GetCovers

© 2023

vi

übersetzt von Daniel T.

ÜBER DIESES BUCH

Jeder von uns hatte schon einmal eine Verabredung, bei der man sich am liebsten vom Bahnsteig vor einen entgegenkommenden Zug geworfen hätte.

Meine Verabredung ist mein heißer Nachbar, der gerade in unser Haus eingezogen ist.

Er ist Junggeselle. Obwohl er umwerfend gut aussieht, sollte man ihm den Mund zukleben.

Es ist meine Schuld. Er hat mich gefragt, ob ich mit ihm ausgehe, und ich habe Ja gesagt, ohne zu wissen, dass er ein arroganter Idiot ist.

Ich würde gerne sagen, dass ich ihn nie wieder sehen werde, aber es kommt noch schlimmer ...

Er ist auch mein neuer Chef, und ich bin seine Assistentin. Er hört zufällig, wie ich mich meinen Kollegen gegenüber über seinen „Schrott" lustig mache, und ich schwöre, dass ich nicht vorhatte, mich jemals wieder im Büro blicken zu lassen.

Denn Mr. Muffel-Grump ist das ultimative Boss-Arschloch.

Arrogant.

Anspruchsvoll.

Manipulativ.

Ich schwöre, er hat es geplant, ist in der Bar aufgetaucht und hat mich aus dem Konzept gebracht. Und dann die Wette ... Es gibt kein Zurück mehr.

Stellen Sie sich vor, wie überrascht ich bin, als ich erfahre, dass er einen Sohn hat.

Mr. Muffel-Grump ist ein alleinerziehender Vater. Das Kind tut mir leid.

Diese heiße romantische Komödie ist eine Feinde-zu-Liebhaber-Romanze. Es ist eine eigenständige Geschichte, ohne Betrug, ohne Cliffhanger und mit einem Happy End.

1

ELISA

SEIN NAME IST WESTON MUFFEL-GRUMP. Ich scherze nicht, der Nachname des Mannes ist Muffel-Grump. Es ist lustig, er sieht wirklich wie ein Muffel-Grump aus. Sein Kiefer ist angespannt und er wirkt ziemlich ernst, wenn ich ihn auf dem Flur treffe.

Er ist der neue Mieter in unserem Haus.

Nach allem, was ich gehört habe, ist er Junggeselle.

Er trägt keinen Ring am Finger. Wenn, ich ihm begegnete, habe ich freundlich gelächelt und mich mit ihm ein paar Mal höflich unterhalten.

Er lud mich auf ein paar Drinks in eine Bar am Ende der Straße ein. Zu sagen, dass ich überglücklich bin, wäre eine Untertreibung. Ich weiß, dass es gefährlich ist.

Wenn es nicht klappt, wohnen wir im selben Haus.

Igitt.

Er ist umwerfend und sieht mit seinem dichten, dunklen Haar und dem üppigen Bart gut aus. Immer, wenn ich ihn sehe, trägt er einen Anzug. Er könnte ein professionelles männliches Model sein. Aber ich weiß nicht, was er beruflich macht.

Ich mache mich auf den Weg zur Bar. Ich habe mich mit ihm nach der Arbeit dort verabredet. Ich bin ein wenig überrascht, dass er nicht angeboten hat, mich abzuholen, da wir ja Nachbarn sind, aber ich kann dem Mann keinen Vorwurf machen. Vielleicht hatte er vor unserem Date schon etwas vor?

Hauptsache, es war kein Date mit jemand anderem.

Aber ich bin sicher, dass er nicht so ist. Nur weil er heiß ist, bedeutet es noch nicht, dass er jede Nacht mit einem beliebigen Mädchen herummacht.

Ich gehe in die Bar, aber er ist nicht da. Ich werfe einen Blick auf meine Uhr. Ich bin zwei Minuten zu früh, das ist nicht viel Zeit, aber ich war schon etwas spät dran, weil ich mir die Haare gelockt und mein Make-up gerichtet habe.

Ich nehme an der Bar Platz und lege meinen Mantel auf den Hocker neben mir, um Weston einen Platz zu sichern. Ich bestelle einen Martini und gebe meine Kreditkarte ab, um eine Rechnung zu eröffnen.

Wes eilt in die Bar und blickt sich um. Als er mich entdeckt, nickt er und kommt auf den Tresen zu.

Ich schiebe meinen Mantel beiseite, damit er sich auf den Hocker neben mir setzen kann. Er winkt den Barkeeper heran, um eine Cola mit Rum zu bestellen. „Es ist schön, dich wiederzusehen, Elisa." Sein Blick wandert über mein Kleid. „Du siehst bezaubernd aus."

„Danke, du siehst auch nicht schlecht aus", sage ich lächelnd.

Er ergreift sein Glas, nimmt einen Schluck und nickt mir zu. „Wie lange wohnst du schon in unserem Haus?"

Die Art und Weise, wie er es *unser* Haus nennt, jagt einen warmen Schauer über meinen Körper. Ich streiche mir eine Haarsträhne hinters Ohr. „Drei Jahre", sage ich. „Fast vier. Und was ist mit dir? Stimmt es, dass du aus Denver hergezogen bist?"

Er verzieht das Gesicht zu einem verschmitzten Grinsen. „Das ist richtig, obwohl ich mich nicht erinnern kann, dir das gesagt zu haben."

Ich presse meine Lippen zusammen und greife nach meinem Martini. Die Mädchen im Haus reden, vor allem, wenn es um einen gutaussehenden Mann geht, der hier eingezogen ist und offensichtlich Single ist. „Das spricht sich schnell herum", sage ich und nippe an meinem Drink. Schuldig im Sinne der Anklage.

„Klatsch und Tratsch bringen dich im Leben nicht weiter", sagt Weston. Das Lächeln verschwindet aus seinem Gesicht, als er erst auf mein Getränk und dann auf mich blickt. „Hast du schon zu Abend gegessen?"

Ich schüttle den Kopf. „Ich habe gerade Feierabend. Ich freue mich auf ein schönes langes Wochenende, bevor ich meinem neuen Chef gegenübertreten muss."

Er nickt, sagt aber nichts. Weston nimmt einen weiteren Schluck von seiner Cola mit Rum. „Wir sollten etwas essen." Er schlendert von der Bar zu einem leeren Tisch und wartet, bis ich aufstehe und mich zu ihm setze.

„Okay", sage ich und steige vom Barhocker herunter. Ich schnappe mir meinen Mantel und meine Handtasche und nehme alles mit an den Tisch.

Weston sieht sich die Speisekarte an, während ich zum Tresen zurückkehre, um meinen Drink zu holen. Die Kellnerin ist bereits am Tisch und nimmt seine Bestellung auf.

„Wir hätten gerne Philly Cheesesteak-Fleischbällchen, Mozzarella-Sticks, Quesadillas, Nachos, ein halbes

Kilo Brezeln und mit Artischocken und Quinoa gefüllte Pilze." Die Kellnerin kritzelt alles auf, bevor sie sich beeilt, die Bestellung in den Computer einzugeben.

„Das ist eine Menge Essen für eine Person", sage ich, setze mich an den Tisch und stelle mein Getränk ab. Ich greife nach der Speisekarte und sehe sie mir an.

„Ich habe für uns beide bestellt."

„Ich vertrage keine Milchprodukte", sage ich. Das meiste, was er bestellt hat, würde mich krank machen. Vor sechs Monaten wurde ich notoperiert, und meine Gallenblase wurde entfernt. Seitdem leide ich an einer Laktoseintoleranz.

„Dann kannst du die Brezel haben."

„Oder ich suche mir etwas auf der Speisekarte aus", sage ich, schlage die Karte auf und finde etwas, was sich gut anhört. Ich mache eine Geste zu der Kellnerin und bestelle eine Portion Hühnerflügel.

„Sonst noch etwas?", fragt sie.

„Das war's für mich."

Weston starrt auf sein Telefon, das er in der Hand hält. Er scheint im Moment mehr an seinem Smartphone als an mir interessiert zu sein. „Ich nehme einen Flaming Dr. Pepper. Willst du noch einen Drink?" Er blickt nicht einmal zur Kellnerin auf.

„Ich nehme noch einen Martini. Danke", sage ich, als sie sich beeilt, den Rest unserer Bestellung in das System einzugeben.

„Alles in Ordnung?", frage ich.

„Ja, es ist nichts." Er schiebt sein Telefon in die Tasche.

„Arbeit?" Ich denke schon.

„Nur Familienkram." Er geht nicht näher darauf ein. „Du hast erwähnt, dass du seit drei Jahren in diesem Haus wohnst. Ich nehme an, dir gefällt es?"

„Es ist schön. Ich hatte noch keine Probleme mit anderen Mietern."

„Gut." Sein Blick wandert zur Bar, und ich rutsche unbehaglich hin und her, als er eine Blondine, die mit einem Mann dort sitzt, anstarrt. Sie trinken etwas, und sitzen an dem Platz, den wir frei gemacht haben.

„Kennst du sie?", frage ich.

„Wen?" Weston wirft mir einen ratlosen Blick zu, aber ich habe das Gefühl, dass sie eine Ex sein könnte.

Das spielt keine Rolle. „Niemand." Ich stoße einen Seufzer aus und trinke den letzten Schluck meines Martinis aus. Ich bin erleichtert, als die Kellnerin gerade noch rechtzeitig einen Zweiten an den Tisch bringt.

———

Es gab Gerüchte, dass unser Chef, der ausführende Produzent und, was noch wichtiger ist, der Leiter der Akquisitionsabteilung, uns verlassen würde. Ich bin mir nicht sicher, ob er das freiwillig getan hat oder nicht, aber die Gerüchte verbreiten sich wie ein Lauffeuer.

„Elisa, du hast dir die Haare kurz schneiden lassen, und die neue Farbe gefällt mir. Sieht süß aus!" Sloane ist heute Morgen gut gelaunt.

„Sieht es gut aus?", frage ich, besorgt darüber, dass es nach dem Desaster bei der Verabredung nicht geklappt hat.

„Natürlich. Warum?"

Ich stoße ein gehauchtes Lachen aus. „Nun, mein Nachbar hat bei unserem Date meine Haare in Brand gesetzt."

„Was? Das gibt's doch nicht!"

Ich wünschte, ich würde scherzen. „Nun, es war nicht seine Schuld. Die Kellnerin wurde angerempelt, als sie die Flamme anzündete, und im nächsten Moment ist mein Kopf gegen den Tisch geknallt und ich hatte einen Mantel im Gesicht. Total romantisch und demütigend", murmle ich.

„Hast du dich verbrannt?", fragt Sloane mit großen Augen. Sie wirft einen Blick auf mich, aber sie sieht keine Spuren des Feuers. Das liegt daran, dass es keine gibt, abgesehen von meinem Haar, das sich in Sekundenschnelle aufrichtete.

„Nein, zum Glück war mein Date schnell zur Stelle und hat mich mit seinem Mantel geschlagen."

„Klingt sexy. Ich bin froh, dass es dir gut geht."

„Danke, das war es wirklich nicht. Es war peinlich und einfach furchtbar. Ich meine, das Date wurde immer schlimmer."

„Moment?" Sloane verzieht den Mund. „War das nicht der schlimmste Teil?"

„Nein, wahrscheinlich schon, aber er hat immer wieder diese Blondine angestarrt, als ob er mit ihr zusammen sein wollte und nicht mit mir." Ich ziehe meine Unterlippe zwischen die Zähne. „Schreckliches Date."

„Höllisches Date", korrigiert mich Sloane. „Oh, hast du schon gehört, dass wir einen neuen Leiter für Akquisitionen bekommen? Man munkelt, dass ein hohes Tier aus dem Westen die Rolle des Executive Producers übernimmt und wir gezwungen sein werden, ihm Bericht zu erstatten."

„Ich habe gesehen, wie John am Freitag seinen Schreibtisch ausgeräumt hat. Hast du gesehen, wen sie eingestellt haben?" Ich hoffe immer noch, dass sie jemanden aus unserem Team befördern.

„Ich habe einen Blick auf ihn geworfen, als er sich heute Morgen mit der Personalabteilung getroffen hat, und ich kann dir sagen, Mädchen, er ist eine Augenweide." Sloanes Wangen sind rot, während sie ihr Gesicht verzieht.

„Ja? Wann lernen wir ihn kennen?" Nicht, dass ich begeistert wäre, einen neuen Chef zu bekommen, aber es war schwierig, dem CEO Bericht zu erstatten, da er nie im Büro ist. Er arbeitet an einem anderen Standort, und unser Executive Producer hatte normalerweise direkten Kontakt mit dem CEO.

„Du lernst ihn jetzt kennen", sagt eine tiefe Stimme, und ich atme scharf ein. „Weston Muffel-Grump, und wage es nicht, meinen Nachnamen zu kommentieren."

Meine Zunge streicht über meine Oberlippe. Wie lange hatte er draußen auf dem Flur gestanden? Wie viel hatte er gehört?

„Mr. Muffel-Grump", sage ich, stehe auf und strecke meine Hand aus, um mich richtig vorzustellen. „Elisa Emerson, ich bin Ihre Akquisitionsredakteurin."

„Wunderbar", sagt er, schaut mir in die Augen, und die Luft im Raum scheint dünner zu werden.

„Ich bin Sloane Michaels", sagt meine Kollegin und steht auf, um sich vorzustellen.

„Schön, Sie kennenzulernen, Ms. Michaels", sagt Weston.

„Nennen Sie mich einfach Sloane. Wir sind hier alle ziemlich zwanglos."

Ich war froh, dass Sloane redet, denn in diesem Moment ist mein Mund ausgetrocknet wie ein Kaktus. Erkennt Weston mich wieder? Als er mich am Freitagabend das letzte Mal gesehen hat, waren meine Haare lang, blond und brannten lichterloh.

Nach diesem Desaster machte ich mich aus dem Staub, ging nach Hause und schwor mir, ihn nie wiederzusehen.

Am Samstag hatte ich einen Notfalltermin beim Friseur. Sie hat das Desaster in Ordnung gebracht, und nach dem Schneiden, hat sie die Haare auch gleich noch gefärbt. Mit meiner blassen Haut sehe ich für meinen Geschmack ein wenig Gothic aus, aber das ist mir egal. Ich bin dankbar für die Veränderung.

Ist es möglich, dass Weston nicht weiß, dass ich das Mädchen von Freitagabend bin? Er hat sich nichts anmerken lassen, außer einen langen Blick. Vielleicht dachte er, ich käme ihm bekannt vor? Das könnte schon sein, denn mein Name Elisa kommt nicht allzu häufig vor.

„Miss Emerson, ich schlage vor, Sie nehmen sich einen Stift und Papier und kommen in zehn Minuten in mein Büro." Er drehte sich um und ging zurück in sein Büro.

„Was glaubst du, was er will?", fragt Sloane und wackelt anzüglich mit den Augenbrauen.

„Hör auf", zische ich und starre sie an. Ich hatte nicht den Mut, ihr zu sagen, dass *er* mein mieses Date war. „Er ist unser Chef."

„Er ist heiß wie die Sünde. Mädchen, lass mir die Fantasie, zumindest bis er anfängt, uns alle herumzukommandieren."

„Du weißt, dass er das tun wird", sage ich. „Mit einem Nachnamen wie Muffel-Grump ist das unvermeidlich." Ich sage ihr nicht, dass es ein schreckliches Date war. Es war nicht seine Schuld, dass meine Haare in Flammen aufgingen, aber es war seine Schuld, dass er ständig die Blondine anstarrte und auf sein Handy schaute.

Ich schätze, er hat eine Schwäche für Blondinen. Es ist gut, dass ich nicht mehr sein Typ bin.

Sloanes Lachen schallte durch den offenen Raum. „Mädchen, reiß dich zusammen." Ich verdrehte meine Augen, da ich befürchtete, dass Mr. Muffel-Grump herauskommen könnte, um zu sehen, was es mit dem ganzen Trubel auf sich hat. Wir werden ihn auf keinen Fall in den Scherz einweihen.

Ich hatte das Gefühl, dass ich mich über ihn lustig mache, weil ich mit ihm ausgegangen bin.

Das liegt an der Erfahrung und an den lausigen Dating-Apps. Man muss eine Menge Frösche küssen, um seinen Prinzen zu treffen. Und Weston Muffel-Grump ist zu hundert Prozent ein Frosch. Ich meine, er sieht gut aus, hat einen umwerfenden Körper, und wenn er sein Lächeln zeigt, lässt es mein Herz höher schlagen. Ich bekomme dieses prickelnde Flattern im Bauch, was mich erröten lässt. Aber er ist immer noch ein Griesgram.

Ich nehme einen Stift von meinem Schreibtisch und einen leeren Notizblock, um alles aufzuschreiben, was Mr. Muffel-Grump besprechen möchte. Ich gehe zu seinem Büro und klopfe kräftig an, bevor ich eintrete.

„Herein", sagt er, und ich trete ein. „Schließen Sie die Tür hinter sich."

Ich atme nervös ein und versuche, ihm nicht zu zeigen, dass meine Hand zittert. „Sie wollten mich sehen, Mr. Muffel-Grump."

„Nennen Sie mich Weston." Er blickt wenig amüsiert von seinem Schreibtisch auf. „Setzen Sie sich." Er deutet auf den leeren Stuhl gegenüber von seinem Schreibtisch.

„Ja, Sir." Ich folge seinen Anweisungen. Es ist keine große Sache, dass er mich in seinem Büro sitzen lässt. Ich bin sicher, dass ich viel mit ihm zusammenarbeiten muss, wenn ich unter ihm arbeiten werde. Es sei denn, er merkt, dass es ihm hier nicht gefällt, und es besteht die Möglichkeit, dass er weiterzieht und woanders arbeitet?

„Wie lange sind Sie schon in der Firma, Miss Emerson?", fragt er und respektiert meine Bitte, mich mit meinem Nachnamen anzusprechen.

„Sieben Jahre, Sir."

„Und haben Sie in dieser Zeit jemals den CEO getroffen?"

Ich atme scharf ein. „Nein." Meine Stirn zieht sich zusammen. Worum geht es bei dieser Art der Befragung?

„Stift. Papier?"

„Genau hier", sage ich und tippe mit meinem Kugelschreiber auf den leeren Notizblock. „Haben wir eine Besprechung, Sir? Sie haben erwähnt, dass ich mir Notizen machen muss."

„Das war eine Annahme, dass sie sich Notizen machen sollen. Ich möchte, dass Sie einen Vorschlag entwerfen, der an das gesamte Unternehmen und dann an unsere PR-Abteilung gehen wird."

„Okay", sage ich, unsicher, was ich schreiben soll.

„Der CEO von Blazing-Media, mein Vater, ist gestern Abend verstorben. Ich habe das Unternehmen gemäß seinem Testament übernommen." Weston starrt mich an. „Warum schreiben Sie nicht?"

„Oh, richtig! Tut mir leid, Mr. Muffel-Grump." Ich notiere mir die Informationen, die Weston mir gibt, aber das ist nicht sehr viel.

„Nach dem Tod meines Vaters bin ich der neue Geschäftsführer." Seine Augen verengen sich. „Streichen Sie das. Sagen wir mal so: Unter diesen unvorhergesehenen Umständen ist Mr. Weston

Muffel-Grump zum neuen CEO ernannt worden. Auch wenn es in der nächsten Zeit zu Veränderungen kommen wird, kann jeder sicher sein, dass Blazing-Media in absehbarer Zeit weiterhin Liebesfilme produzieren wird."

Ich schreibe so viel auf, wie ich kann, aber mein Handgelenk verkrampft sich, und Mr. Muffel-Grump scheint es nicht zu bemerken.

„Der Verlust ihres Vaters tut mir leid", sage ich.

„Sparen Sie sich das, Miss Emerson. Ihr Einschleimen wird Ihnen nichts nützen." Eine gewisse Härte schwingt in seinen Worten mit, aber ich möchte glauben, dass es daran liegt, dass er trauert und sein Vater gerade unerwartet verstorben ist. „Ich benötige den Entwurf innerhalb einer Stunde auf meinem Schreibtisch."

Das ist keine Frage. „Natürlich, ich werde mich sofort darum kümmern", sage ich.

Er starrt mich an. „Sie können gehen."

Mir fällt die Kinnlade herunter. „Ich habe eine Frage an Sie, Mr. Muffel-Grump."

Seine Nasenflügel blähen sich auf. „Ich hoffe, dass Sie beim Schreiben besser auf die Anweisungen hören, denn ihre Fähigkeiten, zuzuhören, sind sehr mangelhaft. Ich heiße Weston. Nennen Sie mich Weston." Sein Gesicht ist hart, als er mich anschaut. Als er merkt, dass ich sein Büro nicht verlasse, macht er eine Geste zum Sprechen. „Fahren Sie fort."

„Werden Sie einen Nachfolger für die Stelle des Executive Producers einstellen? Sloane und ich dachten, Sie wären heute Morgen der neue Mitarbeiter", sage ich und setze die Kappe auf meinen Stift.

„Nein, wir werden in den nächsten Monaten einen Einstellungsstopp verhängen, während ich die Bücher und unsere Rentabilität prüfe, um zu sehen, was hier funktioniert und was nicht. Mein Vater, eigentlich mein Stiefvater, hat sich nicht sehr um das Unternehmen gekümmert. Das möchte ich in Zukunft ändern."

Mr. Muffel-Grump steht auf, geht zur Bürotür und öffnet sie.

„Sie werden mir direkt Bericht erstatten, Miss Emerson. Ich erwarte dieses Schreiben in fünfundfünfzig Minuten auf meinem Schreibtisch."

„Ja, Sir."

Ich verlasse eilig sein Büro und gehe zurück an meinen Schreibtisch. Wenige Minuten später tippe ich auf der Tastatur herum.

„Irgendwelcher Klatsch und Tratsch?", fragt Sloane.

„Er möchte, dass ich ein unternehmensweites Memo verfasse", sage ich.

„Etwas Besonderes?"

„Ich gebe dir einen Tipp: Er ist nicht der Executive Producer."

Ihre Augen weiten sich. „Wer ist er? Was ist seine Rolle?"

Ich klicke auf die Tasten des Computers und versuche mein Bestes zu geben, dass Memo vorzeitig fertig zu stellen. Mr. Muffel-Grump hat mir ja nicht viel Zeit gegeben, die E-Mail fertigzustellen.

„Du wirst warten müssen", sage ich, nicht bereit, seine Geheimnisse zu verraten. Sie wird es erfahren, wenn er die unternehmensweite E-Mail an alle Mitarbeiter schickt.

Sloane starrt auf sein Büro, als würde sie sich den Mann nackt vorstellen. Ich schwöre, sie ist sabbernd und besessen von ihm. „Er ist heiß. Weißt du, ob er verheiratet ist?"

Das wäre mein Glück. Der Junggeselle in Wohnung 4B ist eigentlich kein Junggeselle. Es wäre nicht das erste Mal, dass ich überlistet werde. Aber ich habe keine Anzeichen für eine Frau oder Freundin gesehen. Kein

Ring an seinem Finger, und sein Büro ist ziemlich kahl, keine Bilder von einer Familie. Aber es ist sein erster Tag.

„Ich glaube nicht, dass er es ist, aber er ist tabu. Vertrau mir", sage ich, ohne weiter darauf einzugehen.

„Natürlich, Elisa. Er ist unser Chef. Aber ich schwöre, er könnte ein Unterwäschemodell sein."

„Glaube mir, er ist es nicht wert. Die Gutaussehenden halten sich alle für einen heißen Feger. Mr. Muffel-Grump mag zwar traumhaft sein, aber ich bin sicher, dass sein Schwanz im Bett nur ein kleiner Pimmel ist und er nicht einmal das Boot schaukeln kann. Wahrscheinlich hat er eine Gurke da drin, damit die Mädchen denken, er hätte einen Riesenschwanz, aber in Wirklichkeit ist er wie eine dieser Mini-Gurken."

Eine feste, schwere Stimme räuspert sich. „Elisa, in mein Büro, sofort!", schnauzt er mich an.

Sloane bricht in Gelächter aus, und ich werfe meinen Stift nach ihr. Sie weicht dem Geschoss aus und grinst mich an, als wäre sie stolz darauf, dass ich zum Direktor gerufen wurde.

Scheiße.

Werde ich bald gefeuert?

Ich habe meinen Laptop dabei und nehme ihn aus der Dockingstation. Wenn Mr. Muffel-Grump verlangt, dass ich mir mehr Notizen mache, ist das mit dem Laptop einfacher zu bewerkstelligen.

Er lässt mich zuerst in sein Büro treten, dann schlägt er die Tür abrupt hinter sich zu.

Ich atme scharf ein, und die Luft ist kühl. Meine Arme sind mit Gänsehaut bedeckt.

„Halte Sie es für angemessen, mit einem anderen Mitarbeiter über meinen Schwanz zu sprechen?"

„Ich weiß nicht, wovon Sie sprechen", sage ich und versuche, mir eine Ausrede auszudenken, um dieser neuen Hölle zu entkommen, in die ich geraten bin.

Aber es gibt keinen Ausweg. Ich habe mir das selbst angetan und werde dafür bezahlen müssen.

2

WESTON

ICH DACHTE, das Wochenende war schlimm. Ich hatte nicht erwartet, dass der Montag noch schlimmer sein würde. Nachdem ich vom Tod meines Stiefvaters erfuhr und am Wochenende noch einen Termin mit dem Anwalt hatte, erschien ich gleich am Montagmorgen bei Blazing-Media.

Zumindest die Personalabteilung erwartete mich, aber nur eine Handvoll Leute weiß, dass ich jetzt CEO bin.

Es ist nicht so, dass ich das Unternehmen nicht kenne. Ich habe in den vergangenen zehn Jahren unter meinem Stiefvater gearbeitet. Der Mann hatte in letzter Zeit einige Gedächtnisprobleme, und ich habe die meiste Arbeit für ihn erledigt, während er die Lorbeeren erntete.

Deshalb war er auch nie im Büro.

In den letzten Jahren habe ich von zu Hause aus gearbeitet, während ich mich um meinen Sohn kümmern musste.

Zurzeit ist mein dreijähriger Sohn in einer Kindertagesstätte am anderen Ende der Stadt, näher an unserem alten Wohnort. Ich habe eine Wohnung mit zwei Schlafzimmern in einem Wohnkomplex gemietet, während mein Haus renoviert wird. Für Tyler ist es nicht ideal, die Vorschule zu wechseln, vor allem, wenn wir vor oder kurz nach Weihnachten wieder in unser Haus zurückkehren.

Offensichtlich hatte das alte Anwesen bleihaltige Farbe an den Wänden und Asbestverkleidungen auf dem Dach. Wenn ich das gewusst hätte, dann wäre die Renovierung schon früher durchgeführt worden.

Obwohl ich mich nicht darüber freue, umzuziehen, auch nicht vorübergehend, weil Tyler Stabilität in seinem Leben braucht, möchte ich auch seine Gesundheit nicht gefährden. Er ist schon so zerbrechlich genug.

Tyler bedeutet alles für mich. Nie im Leben konnte ich mir vorstellen, Kinder zu haben. Ich hatte nichts davon geplant, aber ich werde alles tun, was notwendig ist, um ihn zu beschützen.

Das bedeutet in der Regel, dass ich mich nur gelegentlich mit Frauen treffe und keine von ihnen mit nach Hause bringe. Ich erzähle selten jemandem, dass ich Vater bin. Das heißt nicht, dass ich nicht stolz auf meinen Sohn bin. Es geht nur niemanden etwas an. Außerdem bin ich ein Milliardär. Ich möchte vermeiden, dass jemand auf die verrückte Idee kommt, meinen Jungen für Lösegeld zu entführen.

Ich habe genügend Filme darüber gesehen. Ich habe eine Menge erstklassiger Sicherheitsvorkehrungen in meinem Haus. Die Eigentumswohnung, die ich gemietet habe, ist eine andere Geschichte. Ich muss mich unauffällig verhalten, um meinen Jungen zu schützen.

Ich hätte auch meinen Schwanz im Zaum halten sollen, als ich die süße Blondine von nebenan sah.

Stattdessen bin ich derjenige, der von einer schlechten Verabredung gequält wird, zu der ich am Freitagabend gegangen bin. Wie zum Teufel konnte sich Elisa die Haare anzünden?

Es war nicht der erste Flaming Dr. Pepper, den ich bestellt hatte, und vielleicht war das der Fehler gewesen. Nicht meiner, aber die Kellnerin war zu übermütig geworden und hatte vergessen, den Schuss auszublasen, bevor sie ihn in das Bierglas warf.

Gerade als sie das tat, öffnete ein Arschloch die Tür und brachte genug Wind herein, dass Elisas wunderschöne blonden Locken in Flammen standen.

Ich glaube nicht, dass ich jemals wieder trinken werde.

Nun, nichts ist in Flammen aufgegangen.

Das schreckliche Bild geht mir bis jetzt nicht aus dem Kopf, und ich deckte sie mit meinem Mantel zu, um die Flammen so schnell wie möglich zu löschen.

Ihr Gesicht und ihre Haut waren unversehrt, aber ihre langen Locken waren versengt. Elisa behauptete, auf die Toilette gehen zu müssen, aber sie muss sich durch die Hintertür hinausgeschlichen haben, denn sie kam nicht mehr an den Tisch zurück.

Was für ein verdammter Albtraum.

Oh, und es kam noch schlimmer. Meine Ex-Freundin hat sich an der Bar etwas zu trinken geholt, und es war nicht ihr neuer Mann. Gerade als ich dachte, ich wäre endlich über sie hinweg.

Um meinen spektakulären Montag abzurunden, ist Elisa eine Angestellte von Blazing-Media, und als ich hereinkam, hörte ich, wie sie mit einer Mitarbeiterin über meinen Schwanz sprach.

Was zum Teufel?

Könnte mein Leben noch komplizierter werden?

Ich fahre mir mit der Hand durch die Haare und versuche, nicht die Fassung zu verlieren, denn ich bin kurz davor, in die Luft zu gehen. „Machst du es dir zur Gewohnheit, mit anderen Mitarbeitern über den Schwanz deines Chefs zu reden?" Ich fixiere sie mit meinem Blick.

Ihre hellblauen Augen funkeln mich unter ihren dichten dunklen Wimpern an. Das ist ein starker Kontrast zu ihrem rabenschwarzen Haar.

Nachdem das Feuer ihr Haar beschädigt hatte, trug sie ihr langes Haar nicht mehr bis zur Hälfte des Rückens, sondern es war bis kurz über die Schultern geschnitten. Aber statt blond ist ihr Haar jetzt tiefschwarz gefärbt. Gothic ist nicht ihre Farbe, aber ich beiße mir auf die Zunge, denn ich weiß, dass ich mich nicht über die Frisur einer Frau äußern sollte.

„Nein, Sir", sagt Elisa. „Das war völlig unangebracht."

„Verdammt, richtig", knurre ich. „Hast du der klatschsüchtigen Sloane von Freitagabend erzählt?"

Sie beißt auf ihre Unterlippe.

Schuldig im Sinne der Anklage.

Das ist Scheiße.

Ich atme tief ein und aus. „Muss ich die Personalabteilung darüber informieren, was vor unserer Zusammenarbeit passiert ist?"

Sie schüttelt schnell den Kopf. „Nein, das ist nicht nötig. Wir hatten ein lausiges Date. Wir wissen beide, dass es nie wieder vorkommen wird."

„Gut", sage ich und bin froh, dass sie auf derselben Seite steht. Ich mag es nicht, während eines Dates abserviert zu werden. Auch wenn ich nicht in Bestform war, ich war ich nicht derjenige, der ihr die Haare in Brand gesetzt hat. Sie hätte nicht durch die Hintertür verschwinden müssen. Ich hätte sie nach Hause gebracht, wenn sie gehen wollte. Ich kann ein Gentleman sein, wenn sich die Gelegenheit ergibt.

Sie stößt einen zittrigen Atemzug aus. „Gibt es sonst noch etwas? Ich bin fast fertig mit dem Entwurf, den Sie angefordert haben." Sie hält ihren Laptop fest in den Händen.

„Setz dich." Ich deute auf den Stuhl. „Zeig mir, was du gemacht hast."

Entgegen der landläufigen Meinung bin ich kein Unmensch. Ich bin jedoch sehr zielgerichtet und bekomme immer, was ich will.

Elisa öffnet ihren Laptop und bespricht mit mir den Brief, den sie zusammengestellt hat. Ich mache ein paar Vorschläge und ändere sie ab, bevor sie mir die endgültige Fassung per E-Mail schickt, die ich dann an alle Mitarbeiter versende.

„Gibt es sonst noch etwas?", fragt Elisa, obwohl es offensichtlich mehr aus der Not heraus als aus dem Wunsch heraus geschieht. Sie will zurück zu ihrem Schreibtisch und so weit wie möglich weg von mir.

„Ja, du wirst meine Assistentin sein, zusätzlich zu deinen Aufgaben im Bereich der Akquisition.

„Wie bitte? Gibt es nicht jemand anderen, der besser für diese Aufgabe qualifiziert ist?"

Sie hat nicht Unrecht. Es geht nicht darum, dass ihre Erfahrung begrenzt oder unzureichend ist. Es geht eher darum, dass es gefährlich ist, wenn wir beide Seite an Seite arbeiten. Nicht, dass wir zusammen im Bett landen würden. Einer von uns wird höchstwahrscheinlich vorher tot enden.

Ich zwinge mich zu einem Lächeln. Ich verschränke die Arme vor der Brust und kneife die Augen zusammen.

Ihr Laptop liegt auf meinem Schreibtisch, und ich versuche, so zu tun, als wäre ich nicht begeistert davon, sie als meine Assistentin zu haben, sie auf Trab zu halten und mir Bericht zu erstatten. Es hat etwas sehr

Befriedigendes, sich an der Frau zu rächen, die sich bei einem Date davongeschlichen hat.

War es das erste Mal, dass sie etwas so Unhöfliches getan hat, oder kommt das regelmäßig vor? Wenn sie sich nicht amüsiert, steht sie dann normalerweise auf und geht?

Muss ich mir Sorgen machen, dass sie sich einen anderen Job suchen wird?

„Es gibt zwar einen Einstellungsstopp, weil ich nicht beabsichtige, einen neuen Executive Producer einzustellen, aber ich bin bereit, dir eine zwanzigprozentige Gehaltserhöhung anzubieten, wenn du direkt unter mir arbeitest. Du wirst zusätzliche Aufgaben haben, aber ich kann dir versichern, dass der Hauptteil deiner Arbeit weiterhin in der Akquisitionsabteilung liegen wird."

„Und wenn ich es ablehne?"

„Das wirst du nicht", sage ich ein wenig zu kühn. „Wie auch immer, Miss Emerson, du arbeitest für mich."

Ihre Zunge fährt seitlich an ihrer Lippe heraus, um mein Angebot zu überdenken. „Darf ich darüber nachdenken?"

„Du hast vierundzwanzig Stunden Zeit."

Hätte ich ihr mehr Geld anbieten sollen, damit sie für mich als Assistentin arbeitet? Ich gebe nur ungern zu, dass ich nicht einmal weiß, was sie verdient, ich werde sie auch nicht fragen. Ich werde später zur Personalabteilung gehen und ein wenig nachforschen, um zu sehen, ob mein Angebot von zwanzig Prozent gut genug war.

„Gibt es sonst noch etwas?", fragt sie. Es ist offensichtlich, dass sie nicht im selben Raum wie ich sein möchte; sie kann mir kaum in die Augen sehen.

Ich überlege, ob ich unseren Abend erwähnen soll, dass sie abgehauen ist, aber ich entscheide mich anders. Jetzt ist nicht der richtige Zeitpunkt, um auf sie sauer zu sein, wie sie mich behandelt hat. In Manhattan gibt es viele alleinstehende Frauen. Außerdem ist es verpönt, mit einem Kollegen oder besser gesagt, mit einem Angestellten auszugehen. Ich bin jetzt CEO und nicht mehr nur ein Angestellter. Nein, ich werde mich nicht an Miss Emerson heranmachen.

„Das kommt darauf an. Hast du vor, mir behilflich zu sein? Oder willst du auf die Toilette rennen und mir alles überlassen, einschließlich der Rechnung?"

Okay, fürs Protokoll, ich hatte nicht vor, diese Worte zu sagen. Ich habe mir geschworen, es nicht zu tun, und dann kommt es unfreiwillig heraus, weil sie mich innerlich aufregt. Sie nur anzusehen, weckt Gefühle in mir, die ich nicht haben sollte.

Ihr Mund verzieht sich und ihre Augen werden groß. „Das ist höchst unangebracht", sagt Elisa. Und sie hat recht.

Aber das ist mir egal.

Ich habe die Grenze bereits überschritten. Ich habe es angesprochen, und jetzt ist es zu spät, den Schaden rückgängig zu machen. „Normalerweise würde es mir nichts ausmachen, für Drinks, Abendessen und einen Abend mit einer schönen Frau zu bezahlen, aber auf dem Weg zur Toilette durch die Hintertür entkommen, ist ein wenig kindisch, selbst für dich, Elisa."

„Es heißt Miss Emerson", korrigiert sie mich.

Warum jetzt aufhören?

Ich bin in Rage geraten und kann mir nicht helfen.

Ich trete näher, mein Blick wandert über ihren Körper und wieder zurück zu ihrem Gesicht. „Das Schwarz steht dir nicht, Miss Emerson", sage ich.

„Mein Kleid?", fragt sie und wirft einen Blick auf ihr Kleid, da sie offensichtlich durch meine Unverfrorenheit verunsichert ist.

„Dein Haar." Ich bin kein Idiot; mich über die Haare einer Frau zu äußern, vor allem, wenn sie einem nicht gefallen, gehört es sich nicht, aber hat sie nicht etwas Schärfe und Schelte verdient? Wenn sie bei Blazing-Media arbeiten will, muss sie sich ein Rückgrat antrainieren. Ich schätze keine Frauen, die bei Dates weglaufen.

Sie spottet über meine Bemerkung und knallt dann den Deckel ihres Laptops zu. „Das war's; ich kündige!" Elisa steht auf, sie ist einige Zentimeter kleiner als ich.

Wenn sie versucht, hart zu sein oder eine Show zu veranstalten, funktioniert das nicht.

„Gut, ich werde einen anderen EA finden. Jemanden, der Befehle befolgen kann und tut, was man ihm sagt. Einen, der nicht durch die Hintertür verschwindet, wenn es schwierig wird." Ich bin mir nicht mehr sicher, ob ich nur von einer Assistentin oder auch von einem Date spreche.

Wann zum Teufel sind die Grenzen so verdammt unscharf geworden?

Ihre Wangen sind rot. Es ist die einzige Farbe, abgesehen von ihren Augen, die einen dunkleren Blauton angenommen haben. Mit dem schwarzen Kleid und dem schwarzen Haarschnitt würde sie in mein Büro passen, wenn das Licht aus wäre und die Jalousien geschlossen.

Aber sie sind es nicht. Die grellen Leuchtstoffröhren machen Elisa unglaublich blass und verwaschen, mit dem starken schwarzen Farbton, der sie umgibt. Die Sonne dringt von draußen in das Büro und strahlt hell.

„Du bist unverbesserlich!", schreit sie mich an, klemmt sich ihren Laptop unter den Arm und stürmt zur Tür.

„Du bist immer auf der Flucht, *Miss Emerson*", sage ich und stehe aufrecht neben ihr. „Ist das alles, was du tust?"

Sie wirbelt herum und verpasst mir einen fiesen rechten Haken.

„Scheiße", murmle ich und halte mir den Kiefer. Mein Auge zuckt, und ich knurre, als sie die Tür aufreißt und aus meinem Büro stürmt.

Vielleicht bin ich ein wenig zu weit gegangen.

3

ELISA

„WAS FÜR EIN ARSCHLOCH!" Ich konnte nichts gegen die Welle der Wut tun, die mich durchströmt, als ich einen Aktenkarton nahm, den Inhalt auf den Boden warf und den ganzen Mist von meinem Schreibtisch hineinstopfe.

„Was ist passiert?", fragt Sloane ungläubig, die Augen weit aufgerissen, die Kinnlade fast auf dem Boden.

„Ich kann nicht für ihn arbeiten, Sloane."

„So schlimm kann es doch nicht sein. Was ist passiert?", fragt sie und blickt in Richtung seines Büros, als er wie ein Bigfoot heraus stapft. „Drinks später, für mich." Sloane rollt ihren Stuhl zurück an ihren Schreibtisch und achtet darauf, beschäftigt auszusehen, als Mr. Muffel-Grump sich meinem Schreibtisch nähert.

Sloane sitzt nur ein paar Meter entfernt und kann in unserem Großraumbüro alles mithören. Wir sind Nachbarn.

Die Ironie ist mir nicht entgangen, und ich fahre fort, die letzten Habseligkeiten in die Kiste zu packen, um dem hitzigen Blick des Chefs auszuweichen.

„Elisa, wir müssen reden."

„Ich habe dir nichts zu sagen." Ich bin überrascht, dass er mich nicht wegen Körperverletzung verklagt, vielleicht wird er das noch tun. Oder zumindest eine einstweilige Verfügung.

Ich kann ihm nicht einmal aus dem Weg gehen, auch wenn ich es wollte, denn er wohnt in meinem Haus.

Vielleicht sollte ich umziehen, obwohl dieser Muffel-Grump der neue Mieter ist. Er sollte gehen, aber ich bezweifle, dass er das tun wird. Der Mann bekommt wahrscheinlich alles, was er will, auf einem Silbertablett serviert. Er denkt, er sei königlich.

Ein solcher Arsch!

Ich nehme die Schachtel, werfe meinen Mantel über und gehe zum Aufzug, ohne die Blicke der anderen zu beachten. Die E-Mail, dass er der CEO ist, ist noch nicht herausgegangen. Stellen Sie sich die Überraschung vor, wenn alle erfahren, dass er nicht nur der neue Executive Producer ist, sondern der verdammte Chef dieses Medienhauses.

Die Implosion kann beginnen.

Ich schaue nicht über meine Schulter. Ich bin mir nicht sicher, was ich von ihm erwarte. Hinter mir herjagen? Ja, klar. Das ist keine Liebesgeschichte. Er ist nicht mein Prinz oder Ritter in einer glänzender Rüstung. Er ist das griesgrämigste Boss-Arschloch, das ich je getroffen habe.

Zum Glück muss ich keinen weiteren Tag in meinem Leben für ihn arbeiten.

Ich schlage auf den Knopf des Fahrstuhls und will, dass die verdammte Fahrt endlich losgeht.

„Sie sollten aufhören, mein Gebäude anzugreifen", sagt Mr. Muffel-Grump. Im selben Moment, als er spricht, höre ich wie aus dem Nichts seine Anwesenheit.

Er hat sich schweigend genähert, aber er kocht vor Wut. Will er, dass ich mich klein und unbedeutend fühle? Ich fühle mich jetzt schon beschissen. Es war schon schlimm genug, dass ich ihn angefahren habe, aber jetzt will er mich auch noch auf dem Weg zu meinem Auto belästigen?

„Es wäre klug, wenn du zurücktreten würdest", warne ich.

Die Aufzugstüren öffnen sich, aber es geht nicht schnell genug. Ich eile in den Aufzug, und er lehnt sich hinein und drückt auf den Knopf für das Parkhaus. Er steigt aber nicht in den Aufzug ein.

„Deine Zugangskarte wird deaktiviert, sobald du das Parkhaus verlässt."

„Gut." Ich zucke mit den Schultern, als ob es keine Rolle spielen würde. „Falls du es bis jetzt nicht gemerkt hast, ich habe gekündigt, Mr. Muffel-Grump. Ich kehre nicht in dein Büro zurück, und ich schwöre, wenn du mich in meiner Wohnung ansprichst ..."

„Du wirst was?", faucht er und wirft mir einen Blick zu. Als ob ich zu klein wäre, um eine echte Gefahr für ihn darzustellen.

„Ich werde eine einstweilige Verfügung beantragen!", meldete ich mich zu Wort.

Er lacht düster. „Ernsthaft? Du hast mich verprügelt, und jetzt willst du eine einstweilige Verfügung. Wirklich originell, *Liebling*", schnurrt er mich an.

Ich drücke auf den Schließknopf der Aufzugtür und bin erleichtert, als sie endlich zugeht. Schade, dass es nicht auf seinem Gesicht ist.

Ich möchte schreien und schreien. Den Aufzug verprügeln, aber was soll das bringen?

Weston Muffel-Grump geht mir nicht mehr auf den Sack. Ich gehe zu meinem Auto, öffne den Kofferraum und lege die Schachtel hinein. Ich eile zur Fahrertür, klettere hinein und verlasse eilig das Parkhaus. Ich will nicht noch einmal mit Muffel-Grump zusammenstoßen. Obwohl ich ihn genauso gut in dem Haus sehen könnte, in dem ich wohne.

————

„Ich kam mit dem Muffel-Grump nicht zurecht und habe ihn an seinem ersten Tag als CEO verlassen", sage ich. Clare und ich lernten uns vor ein paar Monaten kennen, als ich zu einer Buchkonferenz fuhr. Sie war dort wegen ihrer Liebe zum Lesen. Ich war dort, um Talente aufzuspüren und das nächste große Buch zu finden, das verfilmt werden soll. Clare ist Kindermädchen und baldige Mutter eines süßen kleinen Mädchens. Ihr Name ist Amelia.

„Ach du meine Güte!", quiekt Clare. „Du hast gesagt, du hast ihn geschlagen?"

„Was?" Sloane fällt die Kinnlade runter. Wir sind zu dritt und trinken etwas, um meine Freiheit zu feiern. Ich fühle mich schlecht für Sloane, weil sie seine

Possen ertragen muss, aber wenigstens hat sie nicht versucht, mit ihm auszugehen.

Ich schätze, Sloane hat diesen Teil der Geschichte verpasst. Ich hatte Clare angerufen, um ihr mitzuteilen, dass ich meinen neuen Chef geschlagen habe, der zufällig mein schlechtes Date vom letzten Wochenende war, und ob sie mit mir etwas trinken gehen kann, weil ich mal Luft ablassen muss.

„Ja, ich habe ihm einen Kinnhaken verpasst, als er das Date aus der Hölle erwähnte. Er hat sich nicht dafür entschuldigt, dass meine Haare in Flammen aufgegangen sind, oder dafür, dass er die Blondine ständig angeschaut hat, oder dafür, dass er auf sein Handy gestarrt hat. Nein, er war wütend, dass ich seinen Arsch verlassen habe, und er die Rechnung übernehmen musste. Die ohnehin seine war, da ich das Essen nicht angerührt habe und er für den Tisch bestellt hat."

„Tisch, als ob es mehr als nur zwei bei dem Date gegeben hätte?", fragt Clare und versucht, den Anschluss zu finden.

„Nein, es waren nur wir. Aber er hat versucht, für mich zu bestellen. Wer macht so etwas?", frage ich.

Clare grinst. „Ich finde es ziemlich heiß, wenn ein Typ für mich bestellt."

„Bei einem ersten Date?", frage ich. „Das ist rechthaberisch und anmaßend. Woher weiß er, dass ich nicht Veganerin bin? Er hat so viel Käse bestellt. Meine Güte, ich könnte nicht einmal das Essen essen, das er bestellt hat."

Sloane nimmt einen großen Schluck von ihrem Daiquiri. „Klingt kompliziert. Übrigens hast du Weston in einer schrecklichen Stimmung zurückgelassen, als du gekündigt hast. Den ganzen Tag hat er Trübsal geblasen und war nicht zu beruhigen."

„So ist er die ganze Zeit, da bin ich mir sicher. Deshalb ist sein Nachname Muffel-Grump!"

„Ist es nicht", sagt Clare und bricht in Gelächter aus. „Oh mein Gott, Gott sei Dank heißt Levi mit Nachnamen nicht Muffel-Grump. Das könnte ich nicht verkraften, Mrs. Muffel-Grump zu werden. Niemals!"

Ich grinse und freue mich, dass ich nach meiner Erzählung über alles andere reden kann. „Der große Tag steht vor der Tür. Bist du aufgeregt?" Ich ergreife ihre Hand und bewundere den Verlobungsring, den Levi ihr an den Finger gesteckt hat. Er ist der Chef der Luxenberg-Hotelkette und Besitzer von Luxenberg-Enterprises. Außerdem ist er unvergleichlich wohlhabend.

„Ich bin ein wenig nervös", gesteht Clare. „Aber ich liebe ihn, und ich freue mich darauf, Amelias Mutter zu werden. Ich meine, ich weiß, dass ich ihre Stiefmutter sein werde, aber es ist trotzdem eine große Sache. Levi lässt mich juristische Dokumente unterschreiben, um sicherzustellen, dass ich für sie verantwortlich sein kann, falls ihm etwas zustößt."

„Er muss ihr wirklich vertrauen", sagt Sloane und nippt an ihrem eiskalten Getränk.

Ich stoße Sloane mit dem Ellenbogen an. „Natürlich vertraut er ihr; sie werden heiraten, und sie ist Amelias Kindermädchen. Ich meine, was gibt es da nicht zu vertrauen?" An Clare gewandt, füge ich hinzu: „Du kannst gut mit Kindern umgehen. Wenn ich Kinder hätte, würde ich dir meine anvertrauen."

„Wann ist die Hochzeit?", fragt Sloane.

„In ein paar Wochen. Da fällt mir ein, hast du dein Kleid?", fragt Clare. Ich soll für sie als Brautjungfer bei ihrer Hochzeit einspringen. Sie planen etwas Intimes in dem Blockhaus, das sie gerade gekauft haben, was für einen Milliardär etwas ironisch erscheint. Aber das ist es, was Clare will, nichts Auffälliges, und ich habe den Eindruck, dass Levi es auch so will.

„Das tue ich, aber ich kann nicht glauben, dass du im Winter eine Hochzeit im Freien machen willst!" quieke ich.

„Bist du verrückt?", fragt Sloane. „Wie hier, in New York?"

„Wir werden eine kurze Zeremonie im Freien abhalten. Es wird Outdoor-Heizungen geben, diese Fackeln, die mit Propan betrieben werden und tragbar sind, damit alle während unseres Gelübdes warm bleiben. Der Empfang findet drinnen statt, und oh mein Gott, ich habe euch noch gar nichts von *meinem* Kleid erzählt", sagt Clare.

„Nein, das hast du nicht." Ich bin immer noch überrascht, dass ich zur Hochzeitsgesellschaft gehöre. Wir sind erst seit ein paar Monaten befreundet, aber ich konnte nicht Nein sagen.

„Es ist schwarz."

„Du hast ein schwarzes Hochzeitskleid?" Sloane fällt die Kinnlade herunter.

Ich lache und nicke. „Clare ist nicht sehr traditionell."

„Levi auch nicht, was perfekt ist", sagt sie. „Er ist mit allem einverstanden, was ich will, auch wenn ich ihm das Kleid nicht gezeigt habe. Das würde Unglück bringen. Außerdem hatte ich schon mal ein weißes

Kleid für eine Riesenhochzeit, und das hat nicht geklappt."

„Ich wusste nicht, dass du schon einmal verheiratet warst", sage ich.

Clare winkt abweisend mit der Hand. „Lange Geschichte. Er war ein narzisstischer Arsch, der jeden Zentimeter meines Lebens kontrolliert hat. Von dem, was ich trug, bis zu der Frage, wen ich besuchen durfte. So lernten Levi und ich uns kennen, als ich nach New York kam, nachdem meine Scheidung abgeschlossen war. Ich brauchte eine Bleibe, es gab ein Durcheinander und ich habe ihm unterstellt, dass er seine Tochter entführt hat."

„Niemals!" Sloane keucht.

„Nun, Amelia hat gesagt, dass er nicht ihr Vater ist. Ich war beschwipst und, nun ja, sie hatten sich gerade erst kennengelernt, also war sie etwas verwirrt über die Situation, und der Rest ist Geschichte!" Sie trinkt ihren alkoholfreien Cocktail aus und bestellt sich noch einen.

„Bist du schwanger?", frage ich. Clare ist wunderschön und hat viele Kurven. Man sieht es ihr nicht an, aber die Tatsache, dass sie bei einem Mädelsabend in der Bar keinen Alkohol trinkt, lässt mich an ihren Gründen zweifeln.

„Nein", sagt Clare und lacht. „Aber wir versuchen es. Wir versuchen es schon seit einer Weile. Und ich habe meinen Eisprung, also möchte ich keinen Alkohol trinken, falls wir heute Abend versuchen, schwanger zu werden."

„Du Schlampe", necke ich. „Du schläfst mit einem Mann, der bald heiraten wird!"

„Mein Verlobter." Clare kichert. „Ach du meine Güte, sag mir nicht, dass du dich für deinen Hochzeitstag aufsparst, weil-"

Sloane unterbricht sie. „Mr. Muffel-Grump ist gerade hereingekommen."

„Niemals!" Clares Augen weiten sich, und sie wendet ihre Aufmerksamkeit der Tür zu. „Welcher?"

Für ein Mädchen, das völlig nüchtern ist, redet sie sehr laut. Allerdings ist die Bar ziemlich voll und laut. Vor kurzem hat jemand die Musik aufgedreht, so dass alle lauter schreien mussten, wenn sie sich unterhalten wollten.

„Der heiße Typ mit dem weißen Hemd und der schwarzen Krawatte. Dickes schwarzes Haar", weist Sloane wörtlich auf ihn hin, ohne auf ihn zu zeigen.

Clares Aufmerksamkeit richtet sich auf Weston. „Verdammt ist er heiß. Ich meine, er ist nicht so heiß wie *mein* Verlobter, aber wow. Er könnte ein italienischer Hengst im Bett sein."

„Oder ein Muffel-Grump-Freak", werfe ich ein und schaue weg. Ich möchte vermeiden, dass er mich sieht. „Können wir die Plätze tauschen?", frage ich und möchte, dass sie mich vor seinem Blick abschirmen.

„So schlimm kann er doch nicht sein?", scherzt Clare.

„Doch, das ist er", sagt Sloane. „Er war furchtbar, nachdem du gegangen bist. Er verlangte ein irrsinniges Arbeitspensum, das innerhalb einer Stunde erledigt sein musste. Er gab mir sechs neue Projekte, die ich zusätzlich zu meinem ohnehin schon wahnsinnigen Arbeitspensum erledigen muss. Als ob der Kerl nicht verstehen würde, dass es oft um Forschung geht. Die Hälfte der Büroangestellten hat gekündigt."

„Auf keinen Fall", keuche ich und bedecke meine Lippen.

„Ich möchte aufhören, aber ich kann es mir nicht leisten zu gehen", sagt Sloane.

„Ja, ich auch nicht." Ich trinke meinen Martini aus, obwohl ich noch einen möchte, will ich nicht riskieren, an die Bar zu gehen und Mr. Muffel-Grump gegenüberzustehen. „Ich muss einen anderen Job finden."

„Das wirst du", sagt Clare. „Ich kann mit Levi sprechen und sehen, welche Stellen wir freihaben."

„Das ist nett. Ich werde mich zuerst bei einigen anderen Medienhäusern bewerben. Wenn das nicht klappt, komme ich vielleicht auf dich zurück", sage ich. Ich liebe es, in der Akquise zu arbeiten, besonders im Bereich der Liebesromane. Das Hotelmarketing fühlt sich nicht so energiegeladen und inspirierend an, aber ganz ehrlich, ich nehme alles, was möglich ist, um die Rechnungen zu bezahlen.

Aber ich habe ein paar Monatsgehälter gespart, sodass ich versuchen kann, mich zu bewerben, und wenn das nicht klappt, kann ich immer noch Clare um Hilfe bitten.

„Sage mir einfach Bescheid, sei nicht schüchtern", sagt Clare.

„Ist dieses Mädchen schüchtern?" Sloane gluckst und zeigt auf mich. „Nicht mal annähernd. Sie hat sich mit dem Boss angelegt. Bist du sicher, dass du willst, dass sie für deinen Verlobten arbeitet?"

Ich schlage Sloane auf den Arm. „Du bist furchtbar!"

„Ich mache nur Spaß, ich schwöre es. Du hast es verdient, einen Job bei einem Chef zu finden, der dich anbetet und dir das zahlt, was du verdienst", sagt

Sloane. „Im Ernst, ich bin froh, dass du gekündigt hast."

„Warum das?", frage ich.

„Ich hoffe einfach, dass er zurücktritt oder jemand anderen einstellt, der das Unternehmen so leitet, wie sein Vater das Medienhaus geleitet hat", sagt Sloane.

„Er ist zu sehr ein Idiot, um wegzugehen und jemand anderem die Leitung der Firma zu überlassen." Ich fahre mit dem Finger über mein leeres Martiniglas.

„Soll ich dir noch einen Drink holen?", fragt Clare. „Du meidest die Bar seinetwegen, stimmt's?"

Ich hasse es, wie leicht sie mich durchschauen kann. „Ich schon", sage ich lachend und starre auf den Tisch hinunter. „Das sollte mir egal sein, ich sollte mich an ihn heranpirschen und ihm sagen, dass er mich mal kann."

„Das hast du schon im Büro gemacht", sagt Sloane. „Alle haben euch beide im Aufzug beobachtet. Es war heiß und intensiv. Wir haben Wetten abgeschlossen, ob er dich küssen würde."

„Was? Du bist verrückt."

„Eine solche Chemie habe ich noch nie erlebt", sagt Sloane. „Es war wild und überwältigend." Sie fächelt sich selbst Luft zu.

„Er ist ein Arschloch, ernsthaft, er ist die Mühe nicht wert. Auch wenn er umwerfend ist", murmle ich.

„Okay, dann eine zweite Runde", sagt Clare und klettert von ihrem Stuhl, um an die Bar zu gehen und eine weitere Runde Getränke für uns drei zu bestellen.

„Ich helfe dir, die Getränke an den Tisch zu tragen", sagt Sloane und klettert vom Stuhl, um Clare zu helfen, sobald die Bestellung fertig ist.

Ich stöhne, weil ich nicht allein gelassen werden will, und das aus gutem Grund. Mr. Muffel-Grump wirft einen Blick zurück in die Richtung der Bar, und sein Blick fällt auf meinen.

Er nimmt sein Bierglas, oder was auch immer er gerade trinkt, und hebt es mit einem Nicken in meine Richtung. Warum zum Teufel lächelt er mich an? Als ob er sich freuen würde, dass ich hier bin und mich in meinem eigenen, selbst gemachten Elend suhle.

Okay, nun, einiges davon war selbst gemacht. Ich habe Mr. Muffel-Grump einen körperlichen Schlag versetzt, aber er hat in seinem Büro einige unangemessene und unnötige Bemerkungen zu mir gemacht. Aber kämpfen und aggressiv sein ist keine Lösung. Meine Eltern wären nicht gerade stolz auf mich.

Verdammt, ich bin im Moment auch nicht besonders stolz auf mich.

Mr. Muffel-Grump stößt sich von seinem Stuhl ab und kommt auf mich zu.

Oh, verdammt, nein. Ich schaue finster drein, und ich hätte den Martini wirklich gern, auch wenn er nur in Muffel-Grumps Gesicht landet. Es wäre eine Verschwendung eines perfekten Martinis, aber die zwölf Dollar für einen Drink sind es wert.

„Elisa", sagt er und nickt. Als ob er sich freuen würde, mich zu sehen. Er kann nicht glücklich sein. Ich bin nicht glücklich, ihn zu sehen.

„Was willst du, Muffel-Grump?", murmle ich und streife mit den Fingern über den Holztisch. Ich schaue an ihm vorbei zu Sloane und Clare. Sie halten die Getränke in der Hand und tuscheln miteinander, wahrscheinlich um zu entscheiden, was sie machen sollen.

Wenn sie meine Gedanken lesen könnten, wäre es meine erste Wahl, sie ihm ins Gesicht zu schleudern.

Aber Sloane arbeitet immer noch für diesen Idioten, und ich bezweifle, dass sie bereit ist, sich von ihrem Job zu verabschieden. Zumindest von dem Geld kann sie sich bisher nicht trennen.

„Echtes Original, Elisa", sagt er, und seine Augen verdichten sich. Mit einer Hand hält er sein Bierglas fest umklammert, die Adern in seinem Arm treten hervor, als würde er es ein wenig zu fest zusammendrücken, und es würde jeden Moment zerbrechen.

„Was willst du?" Ich nehme an, er will etwas, sonst würde er mich in Ruhe lassen. „Willst du das letzte Wort haben? Ich habe gehört, die Hälfte der Belegschaft hat heute gekündigt."

„Die Hälfte der Akquisitionsmitarbeiter", sagt er achselzuckend. „Das vereinfacht es für mich. Ich muss weniger Leute entlassen."

„Du bist ein Arschloch", murmle ich und hebe meinen Arm, um meinen Freunden zu signalisieren, dass sie mit den Getränken zurückkommen und mich retten sollen.

Sloane schüttelt den Kopf, und Clare macht ein Kussmund-Gesicht.

Was soll's? Ich knutsche nicht mit dem Idioten. *Meinen Drink* gebe ich den Mädels zu verstehen, aber sie ignorieren mich.

„Sieht aus, als hätten Sie keinen Martini mehr. Ich würde anbieten, dir einen neuen Drink zu spendieren, aber vielleicht bleibst du nicht hier, bis er kommt", sagt Mr. Muffel-Grump.

„Was weißt du schon davon, solange zu warten, bis etwas *kommt*", säusle ich. „Du bist wahrscheinlich ein Zwei-Minuten-Mann."

Er schnaubt leise und nippt an seinem Bier, während seine Augen über mich wandern. Ich schwöre, der Mann zieht mich mit seinem Blick aus, und ich bewege mich unbehaglich.

„Was willst du?", frage ich. „Bist du hierhergekommen, um dich damit zu brüsten, dass du mich losgeworden bist, ohne eine Abfindung zahlen zu müssen?"

Er runzelt die Stirn und schweigt. Nach einem Moment blickt er auf das leere Glas hinunter. „Wie viele davon hast du getrunken?"

„Warum?" Ich blicke zu ihm auf.

„Ich überlege gerade, ob du ein gemeiner Säufer bist oder einfach nur gemein." Er nimmt einen weiteren Schluck, diesmal trinkt er das letzte Bier aus. Entschlossen knallt er das leere Glas auf den Tisch.

„Immer, wenn ich in deiner Nähe bin."

Er legt beide Hände auf den Tisch, lehnt seinen Kopf nach unten und dringt in meinen persönlichen Raum ein. Die Hitze strahlt zwischen uns, knistert wie Elektrizität, und ich fühle mich zu ihm hingezogen.

Eigentlich sollte ich ihn nicht küssen, aber seine Nähe hat etwas unerklärliches mit mir gemacht. Vielleicht sind es die Pheromone und sein Duft, die mich dazu bringen, mich ihm zu nähern und mich zu ihm hingezogen zu fühlen wie zu einem himmlischen Körper, dem ich nicht entkommen kann.

Er ist ein schwarzes Loch, das mich einsaugt und mir den letzten Atem raubt.

Sein Mund nähert sich meinen Lippen, als er sich über mich beugt, und ich starre zu ihm hoch und knurre vor Abscheu. Aber mein Körper reagiert nicht so, wie mein Verstand es will.

Mein Herz flattert wie damals, als er mich zum ersten Mal gefragt hat, ob ich mit ihm ausgehe, und in meinem Inneren ist es warm und kribbelig. Ich fühle mich von meiner inneren Reaktionen, die ich nicht kontrollieren kann, betrogen.

Ein leiser Lufthauch entweicht meinen Lippen, und er steht einfach nur da, und taucht mich in seinen unwiderstehlichen Duft. Ich möchte ihn abstoßend finden, aber stattdessen lehne ich mich zu ihm hin. „Du bist ein Muffel-Grump", sage ich, starre ihn an und fordere ihn auf, seine beste Waffe, die er hat auf mich abzugeben.

„Du hast mich dazu gebracht, *Schätzchen*." Ein verruchtes Grinsen liegt auf seinem Gesicht.

„Nenn mich nicht *Schätzchen*", ich koche innerlich und balle meine Hände zu Fäusten.

„Ich nenne dich, wie es mir verdammt noch mal gefällt", sagt Mr. Muffel-Grump mit einem Grinsen, und seine dunkelbraunen Augen flackern vor Heiterkeit. Der Mann muss seine Einstellung ändern.

Ich werde meinen Chef nicht schlagen.

Ich werde meinen Ex-Boss nicht schlagen.

Ich werde niemanden schlagen.

Ich wiederhole das stumme Mantra und versuche mich daran zu erinnern, dass Gewalt keine Lösung ist. Auch wenn ich diesen Mann am liebsten zu Boden prügeln und dominieren würde.

Das ist Scheiße.

Woher kommen diese reißerischen Gedanken?

Ich neige meinen Kopf, um an ihm vorbei Ausschau nach meinen Freundinnen zu halten. Clare und Sloane haben sich inzwischen an der Bar niedergelassen und trinken meinen Martini.

Oh Gott!

Das sind tolle Freunde, die mich mit Mr. Muffel-Grump zurücklassen.

„Deine Freundinnen kommen nicht, um dich zu retten", sagt er.

Er ist zu scharfsinnig. „Ja, ich mochte sie ohnehin nicht besonders", murmle ich vor mich hin. Nicht, dass ich zwei Freundschaften wegen der Scheiße, die du gerade abgezogen hast, wegwerfen würde, aber sie werden später eine Ohrfeige bekommen.

Warum regt er mich innerlich so auf? Meine Zunge schießt heraus und ich streiche über meine Oberlippe. Anders als vorhin, als sich mein Mund wie ein Kaktus anfühlte und stachelte, merke ich, dass er mir auf die Lippen starrt. Hat er das vorhin auch schon getan? Oder ist es der Alkohol, der ihn dazu bringt, seine Deckung fallen zu lassen und die versteckte Fassade des harten Kerls zu verlieren, die er so gut verkörpert?

Als ich merke, dass er auf meine Lippen starrt und sich vorbeugt, tue ich es noch einmal. Diesmal lasse ich meine Zunge langsam über meine Unterlippe wandern.

Mr. Muffel-Grump knurrt mich an und stürzt sich auf mich. Seine Lippen berühren fast meine. Aber seine tief vergrabene Zurückhaltung kommt zum Vorschein und hält ihn davon ab, mich zu küssen.

Verdammt, sei seine Selbstbeherrschung.

Warten?

Warum will ich, dass er mich küsst?

Er ist der ultimative Griesgram. Der weltweit größte Arsch, und ich fange an, Gefühle für ihn zu entwickeln? Nein.

Auf keinen Fall.

Ich weigere mich, die Schmetterlinge nur als Ergebnis von Wut und Adrenalin zu betrachten.

Natürlich ist er heiß, hauptsächlich mit diesem glühenden Blick in seinen Augen, aber das ist auch schon alles. In dem Moment, in dem er seinen Mund öffnet, ist es vorbei. Er ist der Teufel.

„Du bist dafür verantwortlich, dass das halbe Akquisitions-Team abgehauen ist, Miss Emerson."

„Geht das schon wieder los?", sage ich und schmolle.

Bin ich enttäuscht, dass er den Spieß umdreht und die Geschehnisse im Büro anspricht? Ja, absolut. Ich wollte, dass er mich küsst.

Nein.

Ich möchte, dass er mich küsst.

Das war's.

Ich möchte, dass er mich begehrt.

Ich stelle mir vor, wie es mit ihm sein könnte.

Aber ich lasse nicht zu, dass er mich anfasst.

Er darf meinen Körper, mein Herz oder meine Seele nicht verehren. Ich gehöre weder ihm noch sonst jemandem, und er wird nie die Gelegenheit bekommen, mich nackt zu sehen.

Und wenn er glaubt, dass er mich küssen oder mir weiche Knie machen kann, dann hat er etwas anderes verdient. Eine Faust ins Gesicht.

Ich ziehe eine Grimasse.

Keine Gewalt mehr.

Okay, ich weiß, ich muss mich verdammt noch mal beruhigen. Aber es ist schwer, wenn mir Muffel-Grump im Nacken sitzt.

„Die Katze hat deine Zunge? Ich habe noch nie erlebt, dass du sprachlos bist", flüstert er und hängt fast über mir.

„Stehst du darauf, einer Frau ihren Freiraum zu rauben?" Meine Hand greift nach seiner Brust und ich drücke ihn zurück, aber dabei streifen meine Finger seine Krawatte.

Verdammt noch mal. Was ich mir alles vorstellen könnte, wie ich an seiner Krawatte zerre, ihn zu mir herunterziehe und spüre, wie sein Körper meinen umschließt.

Oder noch besser, ich benutze seine Krawatte, um seine Arme zu fesseln, und sehe zu, wie er zittert, wenn ich mit meinen Fingern über seinen nackten Körper fahre.

Muffel-Grump Augen flackern, und ich bete, dass er nicht bemerkt hat, dass ich durch seine Anwesenheit erregt wurde. Es ist nur Wut und Emotion, kein sexuelles Verlangen.

Ich begehre ihn nicht. Er sieht einfach anständig aus.

Er ist eine Zehn von Zehn, er ist unschlagbar. Er ist arrogant und herrschsüchtig. Als ob das nicht schon schlimm genug wäre, heißt er auch noch Mr. Muffel-Grump!

Er räuspert sich, tritt einen Schritt zurück und stellt sich aufrecht hin. Wie von einem Bann befreit, schüttelt er den Kopf und geht davon.

Was zum Teufel war das?

Clare und Sloane haben uns die ganze Zeit über beobachtet. In dem Moment, als er sich von unserem

Tisch entfernt, bringen sie den Rest ihrer halb ausgetrunkenen Cocktails und Mocktails an den Tisch.

Ich schnappe mir meinen Martini von Clare und trinke ihn in Sekundenschnelle aus. Meine Wangen brennen, und der Rest von mir fühlt sich glühend an.

„Wow, das ist Mr. Muffel-Grump?", sagt Clare und ihr Mund steht offen.

„Er ist unausstehlich!", sage ich und balle meine Hände zu Fäusten.

„Er ist heiß", flüstert Clare und sieht ihn an. Er steht mit dem Rücken zu uns, als er an der Bar einen weiteren Drink bestellt.

„Jede Sexualität wird schnell durch seine Persönlichkeit ersetzt. Glaub mir", sage ich.

„Sie hat nicht Unrecht. Ich muss mit ihm arbeiten, und es ist nicht leicht, mit ihm zusammen zu sein", sagt Sloane. „Aber er hat dich angeschaut wie ein läufiger Löwe."

„Ist das überhaupt möglich?" Ich trinke den letzten Schluck meines Martinis aus und gebe Sloane ein Zeichen, mit mir den Platz zu tauschen. Diesmal gehe ich an die Bar und hole mir noch einen Drink. Es kann nicht schlimmer sein als das, was ich gerade von Mr. Muffel-Grump erfahren habe.

„Sie holt sich noch einen Nachschlag", scherzt Clare, als sie mich zum Barkeeper schlendern sieht.

Mr. Muffel-Grump sitzt auf einem Hocker und nuckelt an seinem Drink, als ich neben ihm auftauche. Ich ignoriere ihn, damit er Bescheid weiß.

„Martini", sage ich zum Barkeeper.

„Was ist das, Nummer drei?", fragt Mr. Muffel-Grump.

„Warum zählst du?" Obwohl es mein dritter Drink ist, hätten es schon mehr sein können, wenn ich viel früher damit angefangen hätte. Aber das habe ich nicht. Ich habe gewartet, bis Sloane und Clare auftauchten, bevor die Party begann.

„Du solltest vorsichtig sein. Alkoholvergiftungen sind ein ernstes Problem", sagt Herr Muffel-Grump.

„Ach du meine Güte, mach dich locker, *alter Mann*. Du bist schlimmer als mein Vater."

Seine Augen zucken, und mir wird klar, dass die Erwähnung einer elterlichen Figur vielleicht nicht die beste Wortwahl war, da sein Stiefvater gerade verstorben ist.

Das ist Scheiße.

Ich habe fast Mitleid mit dem Mann, der allein trinkt, bis er den Mund aufmacht und mich daran erinnert, warum ich meinen Job aufgegeben habe.

„Alter Mann?", wiederholt er, dreht sich auf dem Barhocker, um sich mir zuzuwenden. „Du jagst immer diesem alten Mann hinterher", sagt er grinsend.

„In deinen Träumen." Ich nehme meinen Martini und eile zurück zu meinen Freundinnen, denn ich muss so schnell wie möglich von Weston Muffel-Grump weg, bevor er mich mit seinem verruchten Charme verschlingt und in seinen Bann zieht.

Er hat etwas Faszinierendes an sich, nicht nur in der Art und Weise, wie er auftritt, sondern auch, eine gewisse Autorität, die er ausstrahlt.

„Wow, du hast beim ersten Mal nicht genug von ihm bekommen, du musstest gleich einen Nachschlag holen", sagt Clare kichernd.

Ich halte es für erstaunlich, dass sie alkoholfreie Cocktails trinkt, aber wenigstens einer von uns beiden bleibt heute Abend nüchtern. Sie kann mich davon abhalten, etwas Dummes zu tun, obwohl sie nicht so unglaublich hilfreich war, als Mr. Muffel-Grump sich an den Tisch setzte.

„Glaubt mir. Ich habe mehr, als ich jemals benötigen werde."

„Da bin ich mir nicht so sicher", sagt Clare. „Er hat dich am Tisch fast umarmt. Habt ihr beide euch geküsst? Er war so nah dran, dass ich es nicht richtig erkennen konnte."

„Glaubst du, ich würde diesen Idioten küssen?" Ich nippe an meinem Martini, und beide Mädchen starren mich an.

„Ist das ein Nein?", fragt Sloane.

„Er war das schlimmste Date, was ich bisher hatte. Ich würde ihn nie küssen. Niemals. Nicht einmal, wenn wir die letzten beiden Menschen auf der Erde wären. Die Welt wird zuerst untergehen."

Clare nimmt einen großen Schluck von ihrem alkoholfreien Cocktail. „Wow, du hast wirklich darüber nachgedacht. Stimmt's?"

„Nein!" Meine Wangen brennen, aber nicht aus dem Grund, den sie sich denken. Er regt mich auf.

„Ich finde das Geplänkel liebenswert", sagt Clare.

„Das findest du", kichert Sloane, „du musst doch nicht mit ihm arbeiten."

Clare zeigt auf mich. „Das tut sie auch nicht mehr."

„Erinnere mich nicht daran", sage ich. Ich stütze meinen Kopf in die Hände. Gleich morgen muss ich mich auf die Suche nach einem neuen Job machen.

„Ich weiß nicht, ob du das weißt, Elisa, aber als Levi und ich uns das erste Mal trafen, haben wir einander gehasst. Ich meine, na ja, er hasste mich. Ich habe versucht, ihn verhaften zu lassen." Clare kicherte.

Besteht die Möglichkeit, dass ich Weston Muffel-Grump in Handschellen abführen kann?

So ein Mist.

Warum stelle ich mir plötzlich vor, wie ich unanständige Dinge mit ihm mache? Ich zucke zusammen und trinke den Rest des Martinis aus. Das sollte helfen.

Clare hat mir die Geschichte zwar schon im Vertrauen erzählt, aber sie war auch betrunken und kann sich wahrscheinlich nicht mehr an viel aus dieser Nacht erinnern. „Er würde mich umbringen, wenn er wüsste, dass ich es jemanden erzähle. Aber es ist unser süßes Treffen."

„Dein was?", fragt Sloane und rümpft die Nase.

„Das erste Mal, als wir uns trafen. Wie auch immer, manchmal beginnen die besten Liebesgeschichten nicht damit, dass zwei Menschen wahnsinnig verliebt sind", sagt Clare.

„Oh, er ist wirklich wütend", murmele ich.

„Und du bist verrückt nach ihm", sagt Sloane in ihr Daiquiri-Glas.

„Das habe ich gehört!" Ich winkle Sloane zu. „Du bist unglaublich."

„Und du hast deinen Martini ausgetrunken. Gib uns noch eine Runde aus."

Ich stöhne. Es geht nicht um das Geld. Ich würde gerne für alle Drinks heute Abend bezahlen. Natürlich wäre es von Vorteil, einen Job zu haben, aber es geht darum, wieder an die Bar zu gehen und wieder direkt neben Mr. Muffel-Grump zu stehen.

„Wollt ihr mich quälen?", frage ich.

„Vielleicht", sagt Clare. „Es macht Spaß zu sehen, wie dein Gesicht so rot wie eine Tomate wird."

Meine Augen weiten sich vor Entsetzen.

„Keine Sorge, so schlimm ist es nicht. Er findet es wahrscheinlich süß", wirft Sloane ein.

„Ihr bringt mich noch um. Ich schwöre, ich sollte mich jetzt einfach mitten in den Verkehr stellen."

Clare lacht und trinkt den letzten Tropfen ihres alkoholfreien Cocktails aus. „Sei nicht so dramatisch, hole uns noch eine Runde, bevor ich nach Hause zu Levi muss."

„In Ordnung, Miss Bossypants", scherze ich und stehe von meinem Stuhl auf.

„Heb dir deine Spitznamen für deinen mürrischen Ex-Boss auf", ruft mir Clare hinterher.

Ich stöhne auf, als ich an die Bar gehe. Wie kommt es, dass der einzige freie Platz wieder einmal neben Weston Muffel-Grump ist?

Versucht das Universum, mich zu quälen?

Mir ist klar, dass er heiß ist. Ich brauche keine Erinnerung daran, aber es wäre schön, wenn ich nicht mit ihm reden müsste. Lasst mich einfach meine Augenweide haben, drei Drinks bestellen, und ich verschwinde, bevor es zu spät ist.

„Hast du mich vermisst?", sagt Mr. Muffel-Grump und dreht sich leicht auf dem Barhocker.

„Trinkst du immer allein? Oder vergraulst du alle hübschen Mädchen?"

Er zieht die Augenbrauen zusammen, winkt den Barkeeper heran und bestellt sich ein weiteres Bier. Ich bin erleichtert, dass er nicht wieder ein flammendes Getränk bestellt wie am Freitagabend.

Das ist eine Erfahrung, die ich niemals wiederholen möchte.

„Ich könnte jedes Mädchen in der Bar bekommen", sagt er.

„Ein Mädchen?"

„Abzüglich der gegenwärtigen Gesellschaft und Ihres Gefolges."

Verdammt, es wäre lustig gewesen, zu sehen, wie er mit Sloane oder Clare flirtet und abgewiesen wird. Die Chancen, dass eine von ihnen die Gefühle erwidern würde, sind gleich null.

„Was ist mit ihr?", sage ich und nicke in Richtung des Mädchens am Ende des Tresens. Sie hat blondes Haar, was, wie ich vermute, sein Typ ist.

„Was ist mit ihr?"

„Du hast gesagt, ein Mädchen." Okay, ich muss zugeben, dass ich mir ein Mädchen ausgesucht habe, das nicht das geringste Interesse an Männern zu haben scheint. Sie ist mit einer anderen Frau zusammen und sie trägt ein Stolz-Shirt, was vermutlich ein Hinweis ist, dass sie sich nicht zu männlichen Spezies hingezogen fühlt.

„Wie wäre es, wenn ich mir die Frauen selbst aussuche?"

„Dann wirst du wohl kein Mädchen bekommen." Ich lächle stolz, und der Barkeeper reicht mir die Rechnung. Ich schiebe meine Kreditkarte rüber und übernehme die Rechnung für die drei Drinks.

„Ich hab's", sagt Mr. Muffel-Grump und legt seine Karte auf das Tablett.

„Was? Du bezahlst unsere Drinks nicht. Ich brauche keine Almosen."

„Du hast keinen Job."

Warum muss er mich daran erinnern, dass ich heute Morgen gekündigt habe?

Wird er mich als Nächstes daran erinnern, dass ich ihm einen Schlag verpasst habe?

Ich ignoriere seine Bemerkung. „Hast du Angst vor einer kleinen Wette?"

„Worüber reden wir?", fragt Mr. Muffel-Grump. „Ein Date. Ein Kuss. Deine Telefonnummer?" Er macht keinen Rückzieher, so viel ist sicher.

Ich halte inne und erwäge die Optionen. „Küss sie." Ich bin bereit, ihm zuzusehen, wie er zweimal an einem Tag kaltgestellt wird.

„Das war's? Ich muss sie nur küssen?" Das Lächeln in seinem Gesicht ist viel zu selbstgefällig. Er ist von seinen Fähigkeiten überzeugt, eine Frau umzuhauen. „Da es eine Wette ist, wenn du gewinnst, zahle ich deine Drinks."

Das scheint einfach zu sein, und ich nehme an, ich kann die drei Drinks auf seine Rechnung setzen lassen. Was ist daran schlimm?

„Und wenn du gewinnst?", frage ich. Mein Magen flattert; ich habe Angst davor, was er als Gegenleistung verlangen wird.

„Ein zweites Date mit dir."

„Du bist sadistisch", sage ich. Ist er ernsthaft hinter einem zweiten Date her? Wir hassen einander.

„Wahrscheinlich, aber mein Ego wurde verletzt, als du abgehauen bist. Ich verspreche, dass hier kein Alkohol angezündet wird. Jedenfalls nicht absichtlich."

Ich starre ihn an, verblüfft über seinen Vorschlag. „Du wirst nicht gewinnen."

„Dann sehe ich kein Problem mit der Wette. Und wir sollten sie ein wenig interessanter gestalten", fügt Mr. Muffel-Grump hinzu.

Innerlich stöhne ich auf. „Was?", frage ich.

„Wenn sie mich mit der Zunge verwöhnt, kommst du zurück und arbeitest für mich."

Ist er wahnsinnig? Das muss er sein, wenn er glaubt, dass mich das interessiert. „Warum? Damit du mich auf unbestimmte Zeit quälen kannst? Nein, danke."

„Ich bin bisher nicht zum guten Teil gekommen, wenn du gewinnst", sagt er und lässt es in der Luft hängen, und ich schaue wieder zu der Frau, die hinten an der Bar sitzt. Sie wird ihn auf keinen Fall küssen, schon gar nicht mit Zunge.

Mr. Muffel-Grump ist zwar umwerfend und sexy, aber sobald er den Mund aufmacht, zerstört er alles. „Und was ist das?" Ich schlucke den Köder. „Du gibst mir deinen Job und lässt mich die Firma leiten?"

Er grinst schief. „Ich mag deinen Sinn für Humor, aber das kommt nicht infrage."

„Schade, ich dachte, es würde interessant werden. Außerdem weiß ich, dass du sie nicht dazu bringen kannst, dich zu küssen."

Ich schwöre, ich höre ihn leise knurren. „Abgemacht."

Ernsthaft?

Mir bleibt der Mund offen stehen, und er schiebt mir sein Sakko zu, während er die Ärmel seines Hemdes bis zu den Ellbogen hochkrempelt.

Ich versuche, nicht auf seine Arme zu starren. Der Mann hat Muskeln, und ich stelle mir vor, dass sein Bizeps dick ist, aber sie sind unter dem Baumwollstoff verborgen. Er trägt immer noch seine Krawatte, tiefschwarz, ohne einen Hauch von Farbe. Der Mann ist schlicht und langweilig, aber er hat Stil.

Ich bleibe an der Bar stehen, während er wie ein Mann auf einer Mission durch den Raum schreitet. Ich möchte nicht zusehen, wie er ein beliebiges Mädchen in einer Bar küsst. Meine Hände ballen sich zu Fäusten, als ich sein Sakko zerknittere.

Er schlendert zu ihr, flüstert ihr etwas ins Ohr, und sie beißt sich kokett auf die Unterlippe.

Sie kann nicht darauf hereinfallen.

Er sieht gut aus, aber er ist arrogant.

Selbstgefällig.

Es ist unmöglich, mit ihm zurechtzukommen, aber sie muss nicht jeden Tag mit ihm zurechtkommen. Alles, was er tun muss, ist, das Mädchen zu überzeugen, ihn zu küssen.

Ich hätte sie etwas genauer unter die Lupe nehmen sollen. Trägt sie einen Hochzeits- oder Verlobungsring? Sie steht zu weit weg, um ihren Schmuck zu sehen.

Mr. Muffel-Grump schaut zu mir zurück, grinst und zwinkert.

Mir dreht sich der Magen um, als das Mädchen ihn an der Krawatte packt und ihre Lippen auf seine presst. Da ist definitiv Zunge im Spiel, und den Rest kann ich nicht mit ansehen.

Ich brauche Luft.

In der Bar ist es heiß und stickig.

Der Raum dreht sich, und mir dreht sich der Magen um.

Ich will nicht krank werden, nicht vor Weston, obwohl ich bezweifle, dass er das merkt, weil er mit diesem Mädchen knutscht.

Ich verlasse fluchtartig die Bar, ohne Rücksicht darauf, dass ich Clare und Sloane im Stich lasse. Sie können selbst auf sich aufpassen.

Schweiß rinnt mir über die Stirn. Die kalte Nachtluft ist eine willkommene Abwechslung zur Hitze in der Bar und dem Moment, den ich gerade zwischen den beiden erlebt habe.

Das sollte mir egal sein.

Ich hasse ihn. Er war das absolut schlechteste Date, das ich je hatte, und er ist der Grund, warum ich meinen Job gekündigt habe.

Aber als er seinen Mund auf den eines anderen Mädchens drückte, seine Hände in ihrem Haar und ihre um seinen unteren Rücken, das war zu viel.

Ich packe sein teures Sakko zusammen, schleiche die Straße entlang und biete es einem Obdachlosen an. Ich hätte es auch in den Müll werfen können, aber jemand könnte es noch gebrauchen.

Die Wut kocht in mir, und meine Hände krampfen sich zusammen, je mehr ich an seine Hände auf ihrem Gesicht und in ihrem Haar denke, wie er sie näher an sich heranzieht, als würde er es genießen.

Ich möchte meinen Kopf zurückwerfen und den Himmel anschreien, weil er mir solche Qualen bereitet. Und er wohnt in meinem Haus. Wie soll ich ihm gegenübertreten?

Ich werde umziehen müssen. Das ist die einzige Möglichkeit. Meine Sachen zusammenpacken, Kisten packen und die Wohnung verkaufen. Ich kann ihm nicht jeden Tag gegenübertreten.

Nicht, wenn er andere Mädchen küsst, und was, wenn er eine von ihnen mit zu sich nach Hause nimmt?

Was, wenn er *sie* heute Abend zu sich nach Hause bringt?

Ich verachtete Mr. Muffel-Grump, als ich bei Blazing-Media aufhörte, aber jetzt hasse ich ihn. Nichts kann meine Meinung ändern oder mich dazu bringen, etwas anderes zu denken.

Warum war ich so naiv, seine Wette anzunehmen?

Er würde mich nie die Firma leiten lassen. Das war alles Quatsch, er erzählte mir alles, um mich davon zu überzeugen, bei seiner Wette mitzumachen.

Und warum?

Damit ich zusehen kann, wie er ein anderes Mädchen küsst?

„Elisa!" Sloane eilt nach draußen, und Clare ist ihr dicht auf den Fersen, um mich auf dem Bürgersteig zu verfolgen. „Was ist passiert?"

„Ich bin ein Idiot", sage ich und kneife die Augen zu. „Ich habe eine ziemlich dumme Wette verloren."

„Was?" Clare tritt vor und zieht mich in ihre Arme, um mich zu umarmen. „Was auch immer es ist, es kann nicht so schlimm sein. Er ist ein Arschloch, weil er ein anderes Mädchen geküsst hat."

Sie haben den Kuss gesehen.

Ich könnte vor Verlegenheit sterben, und es war nicht so, dass ich Weston Muffel-Grump geküsst habe. Aber ich hasse es, dass er ein Feuer in mir geschürt und dann weggegangen ist, um es köcheln zu lassen.

Ich stöhne, und mein Herz weint, aber meine Augen sind trocken. „Es ist furchtbar. Das Allerschlimmste", sage ich und möchte nur noch nach Hause gehen, mir einen Becher Eis holen und mich in eine warme Decke einwickeln.

„Soll ich zurück in die Bar gehen und ihm ein Bier ins Gesicht schütten?", fragt Sloane. „Denn das werde ich auf jeden Fall für dich tun."

Das zaubert mir ein Lächeln ins Gesicht, das aber in dem Moment verblasst, in dem ich sehe, wie Weston die Bar verlässt.

Hinter ihm steht eine Menschenmenge, und ich schwöre, wenn *sie* mit ihm geht, werde ich einen Anfall bekommen.

Ich bin kindisch und unreif. Ich hätte nicht vorschlagen sollen, dass er sie küsst, aber ich dachte, er hätte keine Chance.

Ich habe aufgrund ihres T-Shirts die Vermutung geäußert, dass sie kein Interesse an Jungen hat. Das war mein Fehler.

Sloane und Clare stellen sich schützend vor mich.

„Du musst deinen Hintern umdrehen und nach Hause gehen", sagt Clare. Sie zeigt auf Westons Brust und stupst ihn an, als er in ihren persönlichen Bereich eindringt und versucht, zu mir zu gelangen.

„Sie hat recht", sagt Sloane. „Welcher Mann küsst ein Mädchen in einer Bar, während er mit einer anderen flirtet?"

Sein Blick strafft sich, er geht an ihnen vorbei und starrt mich an.

Ich möchte wegschauen, aber sein strenger Blick brennt durch mich hindurch. „Die Person, die auf eine Wette besteht. Meine Damen, wenn Sie erlauben, begleite ich Elisa nach Hause."

„Bist du verrückt?", fragt Clare und schiebt ihn mit ihrer Hand einige Meter zurück, um Abstand zwischen uns zu bringen. „Du hast gerade ein anderes Mädchen geküsst und willst Elisa nach Hause begleiten? Das ist nicht cool."

Westons Augen funkeln mich an. „Hast du ihnen das gesagt?"

Ich öffne meinen Mund, aber es kommen keine Worte heraus.

Sloane tritt vor und spricht für mich. „Sie muss nichts sagen. Wir haben gesehen, wie du das Mädchen in der Bar geküsst hast."

„Es war eine Wette. Eine, die deine süße und unschuldige Elisa vorgeschlagen hat."

Clare und Sloane sehen mich zur Bestätigung an.

Clare zieht die Stirn in Falten. „Er meint das nicht ernst?"

Sloane kommt näher und umarmt mich. „Bitte sag mir, dass er ein Lügner ist", flüstert sie mir ins Ohr. „Ich werde meinen Job mit dir zusammen kündigen. Wir können gemeinsam auf Jobsuche gehen."

Ich möchte nicht, dass Sloane das tut, wegen dem, was ich getan habe. „Nein", sage ich, er lügt nicht. „Ich sollte allein mit ihm reden."

„Bist du sicher?", fragt Clare und greift nach ihrer Handtasche. „Ich habe Pfefferspray, falls du es brauchst."

„Ich komme schon zurecht. Ich muss ihn nicht wegen des Kusses angreifen. Ich habe ihm gesagt, er soll es tun."

Clares Augen weiten sich, und sie tritt einen Schritt zurück. „Okay, aber wenn du etwas brauchst, rufst du mich. Kommst du gut nach Hause?"

„Ich bringe sie nach Hause", sagt Weston.

Sloane zuckt zusammen und blickt von Weston zu mir. Sie wartet darauf, dass ich etwas sage, aber was gibt es da zu sagen? Diesmal habe ich es gründlich vermasselt. „Er wohnt im selben Haus. Das ist schon in Ordnung."

„Er ist dein Nachbar?" Sloane verzog den Mund, weil sie diese Erkenntnis vorhin verpasst hatte.

„Keine Sorge, es ist nicht für immer", unterbricht Weston, als er unsere Verabschiedung hört. Ich umarme Sloane und Clare, bevor sie sich gemeinsam auf den Weg zu einem Taxi machen.

Ich sehe Weston an und überlege, ob ich mich aus dem Staub machen soll, aber es ist ja nicht so, dass er nicht wüsste, wo ich wohne.

Triff dich nie mit deinem Nachbarn von nebenan.

4

WESTON

WARUM HABE ich Elisas Vorschlag angenommen und war damit einverstanden?

Ich bin nicht ganz unschuldig. Ja, ich habe das Mädchen geküsst, mit dem Elisa gewettet hat, dass sie sich nicht von mir küssen lässt. Ich fühlte mich in keiner Weise zu ihr hingezogen.

Ich bot ihr hunderttausend Dollar, und als sie ablehnte, erhöhte ich den Betrag auf eine halbe Million. Das genügte ihr, um mich an meiner Krawatte zu packen, und der Rest sollte Geschichte sein.

Ich habe die Wette gewonnen.

Elisa hat nie Regeln für die Bezahlung aufgestellt, und ich wollte auf keinen Fall ein milliardenschweres

Unternehmen an ein Mädchen aus der Akquisition übergeben.

Es war eine Wette, die ich nicht verlieren konnte.

Das war mir fünfhunderttausend Dollar wert. Nicht weil ich den Kuss genossen habe, sondern weil ich einen Blick auf Elisas schockiertes Gesicht zu erhaschen wollte.

Doch in dem Moment, in dem ich das Zungenduell beendete, warf ich einen Blick über meine Schulter, und sie war weg.

Ich stellte der glücklichen Dame an der Bar einen sehr hohen Scheck aus, bevor ich Elisas Freundinnen nach draußen folgte, um sie zu suchen.

Im schlimmsten Fall wäre ich an ihrer Wohnungstür aufgetaucht und hätte sie aufgefordert, die Wette einzuhalten. Ich hatte zwar überlegt, es bei einem einzigen Date zu belassen, aber es ist viel anregender, wenn sie bei mir arbeitet.

Ich brauche einen Assistenten, jemanden, der mit meinem Schwachsinn umgehen kann und ehrlich zu mir ist. Wenn ich eine Idee habe, die Scheiße ist, brauche ich jemanden, dem ich vertrauen kann, und der mir das ins Gesicht sagt. Nicht hinter meinem Rücken über mich redet.

Und Elisa ist ein Rätsel. Vielleicht ist es nicht das Beste für das Unternehmen, sie wieder einzustellen, aber es ist das, was ich will. Sie kennt die Branche und ist schon seit mehreren Jahren im Geschäft.

Ich habe ein wenig nachgeforscht, sie ist für ihre derzeitige Position bei uns in der Akquisition überqualifiziert. Sie hat einen großen Anteil am jüngsten Erfolg des Unternehmens. Die zwanzig Prozent Gehaltserhöhung, die ich ihr für ihre zusätzliche Arbeit angeboten habe, waren nicht unangemessen.

Vielleicht spielt sie mit harten Bandagen, aber diesen Eindruck habe ich nicht. Elisa hätte nicht gekündigt, wenn es ihr nur um das Geld gegangen wäre, nicht ohne einen anderen Job zu haben.

Aber das ist alles nicht wichtig.

Ich warte darauf, dass sich ihre Freundinnen verabschieden und gehen, sodass Elisa und ich allein sind. Wir sind nur ein paar Blocks von der Wohnanlage entfernt.

Es ist kalt draußen, und ich wünschte wirklich, ich hätte mein Sakko dabei, um mich aufzuwärmen. Ich habe nichts anderes als ein Sakko mitgenommen, und das hatte ich Elisa gegeben.

„Wo ist mein Sakko?", frage ich, und kremple meine Hemdsärmel wieder herunter. Es ist nicht genug, aber es hält die Kälte etwas von meiner Haut ab.

„Ich habe es jemandem geschenkt, der es braucht", sagt Elisa und lächelt. „Es ist kalt heute Abend."

„Wem sagst du das?", murmele ich leise vor mich hin.

„Warum? Dir müsste es doch warm genug sein, nachdem du die Hände dieses Mädchens auf dir hattest."

Ich bleibe stehen, packe Elisa am Arm und drehe sie zu mir herum. „Eifersüchtig?"

Sie atmet zitternd ein. „Nein." Sie dreht sich um und entzieht sich meinem Griff. Ich drücke nicht fest zu, sondern lasse sie einen Schritt zurücktreten.

Aber ich bin direkt neben ihr. Sie geht um diese Zeit nicht allein nach Hause. Auch wenn wir in einem ruhigen Stadtteil sind, möchte ich nicht riskieren, dass ihr etwas zustößt.

„Falls du es vergessen hast, du warst diejenige, die mir vorgeschlagen hat, sie mit Zunge zu küssen und du hast das Mädchen ausgesucht."

„Na ja, du hättest es nicht genießen müssen", murmelt sie.

„Du bist eifersüchtig." Das ist das Einzige, was einen Sinn ergibt. Aber warum kümmert es sie?

Wir hatten ein lausiges Date zusammen. Sie hat ihren Job gekündigt, als sie erfuhr, dass ich ihr Chef bin. Zugegeben, ich war nicht gerade warmherzig oder einladend, aber sie musste nicht abhauen.

„Nein, bin ich nicht. Ich hasse es nur, eine Wette zu verlieren."

Ist das der Grund, warum sie aus der Bar gerannt ist und von mir wegwollte? Ist es so quälend für mich zu arbeiten?

Ich musste noch nie Mitarbeiter leiten, geschweige denn ein ganzes Unternehmen. Zumindest nicht direkt. Ich hatte den Luxus, mich hinter meinem Computer zu verstecken und für meinen Vater zu arbeiten.

Jetzt muss ich mich wieder von Neuem beweisen. Vorher musste mein Vater beweisen, dass er fähig war, die Arbeit zu erledigen, obwohl er es nicht war, und ich musste in seinem Namen handeln und Entscheidungen für das Unternehmen treffen.

Wir sind kein börsennotiertes Unternehmen. Es gibt keinen Vorstand und keine Aktionäre, denen ich Rechenschaft ablegen muss.

„Das ist aber schade, Miss Emerson", sage ich, „denn du kommst morgen früh wieder ins Büro."

Sie schürzt ihre Lippen und stößt einen langen Seufzer aus. „Ich nehme an, ich kann es dir nicht ausreden, und dich daran erinnern, dass wir einander hassen."

„Hass ist ein starkes Wort."

Womit habe ich ein solches Misstrauen verdient? Es war nicht meine Schuld, dass das Date eine Naturkatastrophe war. Vielleicht sind wir nicht dazu bestimmt, mehr als Bekannte zu sein, und das ist in Ordnung für mich. Jetzt, wo ich weiß, dass sie für mich arbeitet, muss alles andere tabu sein.

„Ja, aber in diesem Fall ist es verdient", sagt Elisa.

Ich trete näher, und dringe mit jedem Zentimeter weiter in ihren persönlichen Raum ein, ohne sie körperlich zu berühren. „Ich glaube nicht, dass du mich hasst, Miss Emerson. Wenn du das tun würdest, dann wärst du nach diesem Lippenaustausch nicht aus der Bar gerannt."

Ihre Augen flackern, und die Wut, die in ihrem Gesicht erscheint, verschwindet ebenso schnell wieder. Sie ist in der Lage, ihre Gefühle besser zu verbergen, als ich ihr bisher zugetraut habe. „Wie du schon sagtest, ich mache es mir zur Gewohnheit, zu verschwinden. Deshalb sollte ich auch nicht mehr für dich arbeiten."

„Warum? Weil du aufgeben willst." Das überrascht mich nicht.

Nein, was mich überraschte, war Elisas Annahme, dass ich ein anderes Mädchen in der Bar küssen wollte, sie schlug nicht vor, ich sollte sie küssen. Das wäre die einzige Wette, die mich in einen Rausch versetzt hätte, und ich vielleicht die Firma verwettet und an sie verloren hätte.

Aber es gibt noch andere Abende für Spiel und Spaß mit Miss Emerson.

Mein Blick streift über ihren Körper. Sie zittert, ihre Hand umklammert den Griff ihrer Handtasche.

Ist es die Kälte oder meine Nähe, die sie zittern lässt?

Ich möchte der Grund sein.

Aber sie hasst mich. Elisa hat mir unmissverständlich klargemacht, dass sie nichts mit mir zu tun haben will. Eine Frau wie sie beugt sich nicht so leicht dem Willen eines starken und mächtigen Mannes.

Sie ist zu stur, um an ihre Zukunft zu denken, und die Chancen, die sie aufgibt, wenn sie Blazing-Media verlässt.

„Ich habe nicht erwartet, dass du eine Wette aufgibst." Ich möchte mit ihr reden, aber sie wippt mit den Füßen, um das Blut bei dieser Kälte in

Bewegung zu halten, und ich tue mein Bestes, um nicht zu frieren.

Habe ich schon erwähnt, dass ich den Winter verabscheue?

Aber mein Vater ist der Grund dafür, dass ich immer noch in New York bin und nicht an den Stränden von Hawaii oder der Karibik lebe. Sogar der Südpazifik wäre im Moment fantastisch. Überall, nur nicht im New Yorker Winter.

Es ist ja nicht so, dass ich es mir nicht leisten könnte. Ich habe das Unternehmen und das Vermögen meines Vaters geerbt, was mich vom Millionär zum Milliardär macht. Es sind nicht alle Gelder flüssig, aber ich habe mehr, als ich jemals im Leben verbrauchen kann.

Es sind nur sehr wenige Menschen, die etwas über mich wissen. Ich halte mein Privatleben geheim. Und ich prahle nicht mit meinem Geld.

In der Bar vorhin war eine Ausnahme.

Ich konnte die Wette mit Elisa nicht verlieren, ich war bereit, alles zu tun, damit ich nicht verliere. Auch wenn ich die Karten auf den Tisch legen müsste, was ich auch getan habe, darf sie es nicht herausfinden.

Ihre Augen zucken, und sie zittert. „Können wir gehen? Meine Beine sind taub."

Ich könnte sie hochheben und tragen, aber ich glaube nicht, dass ihr das besonders gefallen würde. Ich möchte nicht noch einen Schlag von ihr ins Gesicht bekommen. Mein Glück war, dass sie nicht so hart zurückgeschlagen hat, dass ein blauer Fleck entstanden ist.

„Ja, lass uns spazieren gehen und diskutieren", sage ich und halte ihr Tempo, während wir gemeinsam den Bürgersteig entlang schlendern.

„Ich werde die Wette nicht aufkündigen. Ich glaube nur nicht, dass es dir gefallen wird, wenn ich unter dir arbeite", sagt Elisa.

Unter Dir arbeiten.

Diese Worte gehen mir immer wieder durch den Kopf.

Ich würde sie gerne unter mir haben. Sie festhalten, ihr zeigen, wie es ist, respektiert zu werden.

Ich verpasse, was auch immer sie plappert, als wir durch die in nächsten Straßen gehen. Wir haben noch ein paar Minuten vor uns, bis wir wieder am Wohnkomplex sind.

„Hast du ein Wort von dem gehört, was ich gerade gesagt habe?", fragt Elisa und blickt mich an.

„Es ist kalt. Ich versuche nur, mich darauf zu konzentrieren, in die Wohnung zu kommen, bevor ich Erfrierungen bekomme."

Wir nähern uns dem letzten Häuserblock, aber wir können die Straße nicht überqueren, bis sie vom Verkehr frei ist oder die Ampel umschaltet.

Ich reibe meine Hände aneinander und blase warme Luft in sie hinein. Es hilft nicht.

Warum zum Teufel habe ich nicht ein Taxi vorgeschlagen?

Normalerweise vertrage ich die Kälte, aber für dieses Wetter bin ich nicht gekleidet. Ich hatte nicht vor, von der Bar nach Hause zu laufen, deshalb habe ich meinen Wintermantel nicht mitgenommen.

Sie greift nach dem Schal, den sie sich um den Hals gewickelt hat, bietet ihn mir an, schwingt ihn herum und zieht ihn an beiden Seiten meines Halses herunter.

Ihr Blick verweilt einen Moment länger als nötig. „Sind wir dann quitt?", fragt Elisa.

„Du gibst mir deinen Schal, wenn wir nur zwei Minuten von zu Hause entfernt sind?" Er ist warm, und er duftet einzigartig nach ihrem Parfüm. Der Duft ist überwältigend und wunderbar, eine Mischung aus

Rosen und Vanille, mit einem würzigen Aroma, das meine Nasenflügel kitzelt.

Ich könnte mich an diesen Geruch gewöhnen. Sie darf nicht merken, dass ich ihren süßen Duft einatme, während ich den Schal um mein Kinn, meine Lippen und meine Nase lege. Er ist dick und warm.

„Betrachte es als Friedensangebot", sagt Elisa, „denn ich habe dein Sakko einem Obdachlosen geschenkt."

„Das war nett von dir, auch wenn es auf meine Kosten ging." Die Ampel schaltet um, und wir eilen über die Straße, nicht weil wir Angst haben, überfahren zu werden, sondern weil wir unbedingt in ein warmes Haus wollen.

Als wir uns dem Eingang nähern, greife ich nach meiner Brieftasche mit der Schlüsselkarte und drücke sie gegen die schwarze Türverkleidung, um die Tür zu entriegeln. Ich halte Elisa die Tür auf und lasse sie zuerst eintreten.

Sie zittert, und wir werden beide von einem warmen Hitzeschub überfallen.

„Das ist besser", sagt sie und kramt ihre Schlüssel aus der Handtasche. Die Heizung ist ziemlich hochgedreht, aber es fühlt sich wirklich gut an.

Wir gehen gemeinsam zum Aufzug, und sie drückt den Knopf für den vierten Stock. „Du kommst morgen zur Arbeit", sage ich. Es ist keine Frage.

„Wie bitte?" Elisa blickt mich an. Sie öffnet den Reißverschluss ihrer Jacke, und ich entferne langsam den Schal, den sie mir um den Hals gelegt hat, und wiederhole die Geste.

Ich dringe in ihren persönlichen Bereich ein und lege ihr den Schal um den Hals, wobei meine Hände an den Enden ziehen, um sie nahe bei mir zu halten. Die Geste ist intim und heiß, während wir einander in die Augen sehen.

„Du hast die Wette verloren, Elisa. Du arbeitest für mich."

Ihr Mund verzieht sich, als sie zu mir aufschaut. „Das kann nicht dein Ernst sein. Wie du gesagt hast, ich werde einfach aufhören."

„Neunzig Tage", erwidere ich. Ich hätte ein Jahr sagen sollen, etwas Dauerhafteres, aber ich bin mir nicht sicher, ob einer von uns beiden so lange zusammen überleben kann.

„Ich weiß nicht, warum du mich überhaupt willst, Weston."

Es ist das erste Mal seit unserem Date, dass sie mich mit meinem Vornamen anspricht. Seit diesem epischen Desaster bin ich *Mr. Muffel-Grump,* was langweilig und nicht im Geringsten charmant ist.

Nicht, dass ich versuchen würde, bei Elisa charmant zu sein. Wenn sie für mich arbeitet, ist die Wahrscheinlichkeit, dass wir miteinander schlafen, gleich null.

Ich meide Beziehungen wie die Pest. Ich habe einen Sohn, auf den ich mich konzentrieren muss, nicht auf eine Frau, die um meine Aufmerksamkeit buhlt. Sind sie nicht alle gleich?

Für mich kommt eine Ehe absolut nicht infrage. Niemals in meinem Leben werde ich mich an eine Frau binden. Obwohl es stimmt, dass ich ein wenig Abwechslung mag. Ich kann mich nicht darauf verlassen, dass diese Frau nicht nur hinter meinem Geld her ist.

Sicher, es gibt Eheverträge, die unterschrieben werden können, aber die gelten nur für die Zeit vor der Ehe. Ich brauche keine Frau, die sich durch die Seitentür hereinschleicht, um ein Stück des Imperiums zu bekommen, das mein Vater geschaffen hat.

Obwohl es nicht direkt ihr gehören würde, hätte sie Anspruch auf einen Teil des Geldes, das sie während der Ehe verdient. Nein, danke.

Ich ziehe meine Junggesellenabende und Treffen mit zufälligen Mädchen vor, die nicht wissen, dass ich ein Kind habe, denn ich lade sie nie zu mir ein.

Wenn sie nicht wissen, wo ich wohne, haben sie auch keine Chance, hier zu übernachten und nicht wieder zugehen.

„Neunzig Tage, und ich zahle dir einen Bonus, wenn du den Rest der Belegschaft überzeugen kannst, nicht zu kündigen."

Der Aufzug klingelt, und Elisa steigt als Erste aus und geht auf ihre Tür zu. Sie wirft mir über ihre Schulter einen Blick zu. „Ist es wirklich so schlimm?"

Ihre Augen werden weicher, und ihre Schultern sind weniger angespannt. Hat sie sich von der Kälte aufgewärmt oder ist sie mir gegenüber nicht mehr so feindselig? Könnte ich so viel Glück haben, dass sich ihr Zorn ausnahmsweise nicht gegen mich richtet?

„Es war nicht schön, als sie alle gegangen sind."

Sie lacht leise vor sich hin. „Nun, Mr. Muffel-Grump, wenn du sie alle so behandelst, wie du mich heute

Morgen in deinem Büro behandelt hast, dann kann ich es ihnen nicht verdenken."

Ich gehe an meiner Wohnungstür vorbei und trete näher an sie heran. Ich werde früh genug zu Hause sein. Das Kindermädchen ist bei Tyler, und er ist um diese Zeit schon im Bett.

„Komisch, dass du mir die Schuld gibst, obwohl du doch über meinen Schwanz gesprochen hast."

Sie atmet scharf ein, und ihre Wangen erröten. „Können wir so tun, als wäre das nicht passiert?" Sie zwirbelt eine Strähne von ihrem Haar.

Ich werde die Geste nicht kommentieren. Sie ist nervös, und ihr Blick wandert zu meinen Lippen. „Wenn du im Büro professionell sein kannst, kann ich das sicher auch."

Sie atmet zittrig aus und fummelt an ihren Schlüsseln herum. „Na gut, dann sehen wir uns morgen im Büro."

„Wir werden zusammen fahren." Es gibt keinen Grund, warum wir nicht eine Fahrgemeinschaft bilden sollten, und außerdem habe ich einen privaten Fahrer für die Arbeit organisiert.

Ich weigere mich, in New York City Auto zu fahren. Obwohl ich es liebe, in den Bergen im Gelände zu fahren und eine leere Autobahn tolerieren kann, lasse ich meinen Blutdruck nicht wegen eines Staus in die Höhe schnellen. Das überlasse ich meinem Fahrer.

„Bist du sicher, dass das angemessen ist?" Elisa fummelt weiter an ihrem Schlüsseln herum. Sie ist bereit, in ihre Wohnung zu gehen, und ich lasse sie, sobald wir die letzten Details für morgen geklärt haben. „Außerdem, werden unsere Arbeitszeiten übereinstimmen?"

„Ich arbeite nicht bis spät in die Nacht im Büro. Wenn ich nach Feierabend etwas zu erledigen habe, mache ich das von zu Hause aus." Sie muss nichts über Tyler erfahren. Er ist der Grund, warum ich schwöre, jeden Abend zum Essen zu Hause zu sein. Zumindest an möglichst vielen Abenden.

„Okay, ich denke, wir können eine Fahrgemeinschaft bilden", sagt Elisa.

Ich berichtige sie nicht, dass ich einen privaten Fahrer habe und durch die Stadt chauffiert werde. Sie wird Camden morgen treffen.

„Gute Nacht", sage ich und vergewissere mich, dass sie in ihre Wohnung geht, bevor ich meine Wohnungstür aufschließe und hineingehe, um nach meinem kleinen Mann zu sehen und ihm einen Gutenachtkuss zu geben.

Das Kindermädchen schläft bereits tief und fest in ihrem Schlafzimmer. Martha ist eine ältere Frau in den frühen Sechzigern. Ich weiß nicht, wie sie es mit der Energie von Tyler aushält, aber sie hilft viel im Haus, bei der Hausarbeit, der Wäsche und der Zubereitung der Mahlzeiten.

———

Am nächsten Morgen bin ich früh wach und schreibe Elisa eine SMS, dass wir in zwanzig Minuten losfahren und wir uns unten am Eingang treffen werden.

Ihre Antwort ist ein Daumen-nach-oben-Emoji, und das nehme ich als Sieg, wenn man bedenkt, von wem es kommt. Ich ziehe einen neuen Anzug und eine Krawatte an. Ich muss das Sakko ersetzen, das ich verloren habe, weil Miss Emerson sie verschenkt hat.

Nicht, dass ich Obdachlosen nicht helfen würde, ich spende Kleidung an wohltätige Organisationen und leiste auch einen großzügigen finanziellen Beitrag. Aber ich gebe kein maßgeschneidertes Sakko ab, das ich immer noch regelmäßig trage.

Ich tue mein Bestes, um nicht zu meckern, bevor ich die Wohnung überhaupt verlassen habe.

Ich gehe zum Aufzug, und Elisa verlässt ihre Wohnung, gerade rechtzeitig, damit wir zusammen in den Aufzug steigen können.

Es sollte keine große Sache sein, wir fahren den ganzen Weg zum Büro zusammen, aber zumindest im Auto werden wir Gesellschaft haben. Camden wird dafür sorgen, dass Elisa sich benimmt. Obwohl ich nicht sicher bin, was ich mir davon verspreche.

Ich bemühe mich gar nicht erst einen Mantel mitzunehmen. Ich bleibe drinnen, bis Camden vorfährt, und das Auto wird warm sein.

„Guten Morgen", sagt sie und zwingt sich zu einem Lächeln. Sie hat sich mit einer Wintermütze, Handschuhen, einem Schal und einem lila Wollmantel warm angezogen. Ihre Wangen röten sich, als sie meinem intensiven Blick begegnet.

„Morgen", sage ich, nicht sicher, ob er schon gut ist oder nicht. Der Morgen ist noch jung.

„Bist du sicher, dass es in Ordnung ist, wenn ich mit dir fahre?"

Ich drücke den Knopf für die Eingangshalle und warte darauf, dass sich die Aufzugstüren schließen und wir nach unten fahren. „Im Aufzug oder im Auto?", frage ich und schaue sie an.

„Beides?", quietscht ihre Stimme, und die Tatsache, dass sie vielleicht tatsächlich nervös ist, ist süß.

„Das ist in Ordnung. Wir verbuchen die letzte Woche einfach als rückläufiger Merkur."

„Glaubst du daran?", fragt Elisa. Ihre Augen weiten sich, und sie grinst verschmitzt.

Ich räuspere mich. Meine Schwester hat daran geglaubt, bis zum Schluss. „Das war die Spezialität meiner Schwester. Nicht meine." Das ist die einzige Antwort, die ich ihr gebe.

Sie zieht die Stirn in Falten, als die Fahrstuhltür sich öffnet. Elisa geht als Erste hinaus, und ich folge ihr, bis wir die Eingangshalle erreichen, wo ich ihr die Tür öffne und in die eisige Kälte gehe.

Das Auto steht in der Be- und Entladezone, die Blinker sind eingeschaltet und der Motor läuft.

Camden steigt eilig aus dem Fahrzeug und öffnet die hintere Beifahrertür.

„Ladys First", sage ich und lasse Elisa auf den Rücksitz klettern. Ich setze mich neben sie, und Camden wirft mir einen neugierigen Blick zu, aber er weiß, dass er keine Fragen stellen soll, schon gar nicht in Gegenwart einer Frau.

Auf dem Rücksitz ist es angenehm warm, und die eisige Luft von draußen ist vertrieben. Ich zittere, aber mein Körper erwärmt sich schnell, weil ich ein paar Sekunden lang ohne richtige Winterkleidung draußen war.

Elisa trägt weiterhin ihre Mütze, Handschuhe und ihren Schal, und die zugeknöpfte Jacke. Irgendwann wird sie sich zu Tode schwitzen oder muss etwas ausziehen. Ich wette darauf, dass sie sich entkleiden wird, obwohl ich mir wünsche, dass es mehr als nur ihre Winterkleidung ist.

Camden klettert auf den Fahrersitz und blickt zu mir zurück, während er darauf wartet, dass ich ihm sage, wo er das Mädchen absetzen soll.

Ich nehme sonst niemanden mit, außer Tyler und das Kindermädchen. Camden ist mit meinen engen Kontakten vertraut. Er trifft sich nie mit meinen Kunden, und offen gesagt gibt es auch keinen Grund dafür, da ich keine der Damen mit nach Hause nehme.

„Zum Büro", instruiere ich, da Camden bis jetzt nicht in den Verkehr eingefahren ist.

„Natürlich, Sir", sagt Camden, schaltet sein Warnblinklicht aus, setzt den Blinker und fährt in den Verkehr.

Die Wärme auf dem Rücksitz ist angenehm und wohlig.

Elisa bewegt sich leicht, und ich kann mir vorstellen, dass es ihr warm wird. „Du hast eine Schwester erwähnt. Hast du noch andere Geschwister?", fragt sie.

Ihre Frage trifft mich unvorbereitet. Das sollte sie nicht. Ich habe Wren erwähnt. Das war meine eigene Schuld. Sie ist vor drei Jahren gestorben, und es sitzt immer noch tief, als wäre es gestern gewesen.

„Nein." Eine Antwort mit nur einem Wort. Das ist alles, was ich ihr sagen kann. Diese Frau und ich, wir sind keine Freunde. Ich kann ihr nichts von mir erzählen, mich ihr gegenüber öffnen, damit sie mich niederreißt und zerstört.

„Oh, okay. Wird sie auch eine aktive Rolle im Medienhaus haben?", fragt Elisa.

„Nein."

Das ist alles, was ich sage, ich bin nicht bereit, ihr mehr Informationen zu geben.

Ihr Mund schließt sich, und ich bete, dass dies die letzte Frage ist, die sie über Wren stellt.

5

ELISA

JE LÄNGER ich mit Weston zusammenarbeite, desto mehr wird mir bewusst, wie verschlossen dieser Mann ist und wie wenig er von sich preisgibt.

Es war vor Wochen, als er erwähnte, dass er eine Schwester hat.

Ist sie am Leben?

Ist sie untergetaucht?

Vielleicht hat sie eine eigene Familie und lebt in einem anderen Land. Ich halte es für seltsam, wie ein Vater zwei Kinder haben kann und einem von ihnen das Unternehmen überlässt, aber nicht beiden.

Es sei denn, sie ist verstorben.

Das würde erklären, warum Weston weder eine Antwort gegeben hat, noch über dieses Thema diskutiert wurde. Vielleicht tut es ihm zu sehr weh, um darüber zu sprechen.

Ich sehe ein, dass es mich nichts angeht und ich es einfach lassen sollte, genau wie er. Wir fahren zusammen zur Arbeit und wieder zurück. Ich kümmere mich um den Einkauf und bin außerdem Westons Assistentin der Geschäftsführung. Das, wenn ich ehrlich bin, scheiße ist.

Es ist einfach keine Arbeit, die mir Spaß macht, und ein mürrischer Chef vereinfacht die Sache nicht.

Aber ich halte meinen Kopf unten, erledige meine Arbeit und achte darauf, nicht über Weston zu tratschen. Ich muss auch nicht über ihn tratschen. Es gibt genug Gerüchte über die Anzahl der Mitarbeiter, die gekündigt haben, und warum nur einer von ihnen zurückgekehrt ist.

Ich.

Die Personalabteilung hat mich nicht in ihr Büro gerufen, also habe ich nichts falsch gemacht. Ich meine, abgesehen von dieser kleinen Bemerkung über Westons Schwanz. Das war nicht stilvoll. Aber ich war sauer darüber, wie das Date gelaufen ist.

Vielleicht sollte ich mir darüber keine Gedanken machen.

Ich muss definitiv weitermachen.

Dem Dating abzuschwören, nur weil Weston ein schreckliches Date war, ist für mich nicht fair. Eines Tages möchte ich Kinder haben, und mit dem richtigen Partner ist das viel leichter zu bewerkstelligen. Vor allem, was die Erziehung der Kinder anbelangt.

Außerdem mag ich es, in einer Beziehung zu sein. Jemanden zu haben, mit dem ich jede Nacht kuscheln kann, mich an ihn kuscheln, und in seinen Armen einschlafen kann.

Ein schlechtes Date ist genau das, was ich nicht will.

Es war eine einmalige Situation. Es muss nicht das Ende der Welt sein. Auch wenn es mir Angst macht, mich wieder zu verabreden. Ich traue meinen Freundinnen nicht zu, dass sie mich mit jemandem zu einem Blind Date verabreden.

Allerdings rief Clare mich vor Kurzem an, um mir mitzuteilen, dass sie mich bei der Hochzeit an den Single-Tisch setzt. In der Hoffnung, dass ich mit einem der Single-Freunde ihres Verlobten etwas anfangen kann.

Aber wenn er noch Single ist, wo ist dann der Haken?

Weston hat sich in sein Büro zurückgezogen, und ist beschäftigt, was mir sehr recht ist. Das bedeutet, dass ich mich weniger um seine Probleme kümmern muss und mehr Arbeit für das Team erledigen kann.

Ich habe ein paar Minuten für mich, also schnappe ich mir mein Handy und gehe in den Pausenraum. Ich lehne mich an eine der Wände, öffne die Dating-App auf meinem Handy und blättere durch die unzähligen Männer, die auf meinem Bildschirm auftauchen.

Das Problem ist, dass sie, auch wenn sie heiß sind und ich mich zu ihnen hingezogen fühle, wie Weston sein könnten – ein Griesgram und ein schreckliches Date. Von meinem Chef ganz zu schweigen.

Es ist höchst unwahrscheinlich, dass die Rolle des Chefs wieder ein Thema sein wird. Weston hat nicht vor, aufzuhören und die Zügel jemand anderem zu überlassen.

Trotzdem zögere ich, mich mit einem völlig Fremden allein aufgrund seines Aussehens zu verabreden, auch wenn es nur um ein paar Drinks geht.

„Was machst du da?" Westons Stimme lässt mich aufschrecken, als er sich von hinten nähert, und ich drehe mein Handy um, damit er es nicht sehen kann.

„N-nichts", stottere ich.

Er schnappt sich einen Keramikbecher und gießt sich aus einer Kanne frischen Kaffee ein, die eine der Empfangsdamen vor ein paar Minuten gekocht hat. Im Pausenraum riecht es noch immer nach frischen Kaffeebohnen.

„Hat das nichts mit Online-Dating zu tun?"

„Nicht, dass es dich etwas angehen würde", sage ich und verschränke die Arme vor der Brust. „Aber ja, ich habe mir heiße Dates angeschaut."

„Für dich selbst, oder gehörst du zu den Freunden, die andere verkuppeln?"

Muss er das wirklich fragen?

Zu seiner Verteidigung muss ich sagen, dass er mich auf einen Drink eingeladen hat. Ich war nicht diejenige, die ihm nachstellte, obwohl ich freundlich war und ihm anbot, die Stadt zu zeigen, da er hier neu war.

Es stellte sich heraus, dass er nicht neu war, sondern nur neu in unserem Haus.

„Mach dir keine Sorgen." Ich scheue mich davor, seine Frage zu beantworten. Ich möchte nicht, dass er mich über meinen Typ ausfragt, oder schlimmer noch, dass er mir wieder die Hölle heiß macht, weil ich ihn an dem Abend, an dem wir zum ersten Mal etwas trinken waren, sitzen gelassen habe.

„Der ist also für dich", sagt Weston. Er gibt einen Spritzer Kaffeesahne in seinen Kaffee, rührt ihn um und nimmt einen Schluck.

„Das habe ich nicht gesagt."

„Das hättest du nicht tun müssen", sagt er, wobei seine Augen meine nicht verlassen.

Ich wende meinen Blick von ihm ab, sein Blick ist zu intensiv und kühn. Ich kann heute damit nicht umgehen. „Ich sollte zurück an meinen Schreibtisch gehen."

„Die Arbeit kann warten, setze dich dorthin." Er nickt in Richtung des Tisches.

Das kann keine gute Idee sein.

„Ich habe noch etwas zu tun", sage ich und zeige wiederum die Richtung meines Schreibtischs. „Das Akquisitionsteam zählt auf mich."

„Ich verlasse mich auf dich." Weston strafft seinen Blick, und er zieht einen Stuhl zurück. Der Stuhl rutscht über den Boden und quietscht so laut, dass ich eine Grimasse ziehe.

Hat er das absichtlich getan?

Der Mann liebt es, mich zu quälen.

„Sitz." Sein einziges Wort ist ein Befehl, und ich gehorche.

Ich ziehe den Stuhl hervor und setze mich auf die Holzfläche. Ich warte auf das, was er zu sagen gedenkt. Obwohl ich denke, dass jetzt nicht der beste Zeitpunkt ist, wenn wir über etwas Intimes wie eine Verabredung sprechen.

„Ich habe Freunde", sagt Weston.

„Wirklich?" Ich lache über sein Stirnrunzeln, das sich auf seinem Gesicht bildet. „Hör sofort auf, wenn du denkst, du kannst mich mit einem deiner Freunde verkuppeln. Das wird nicht passieren."

Ist er verrückt?

Ich brauche keine erneute Katastrophe mit Weston, Version 2.0. Das wäre furchtbar.

Weston nippt an seinem Kaffee, seine Augen starren direkt in meine Seele. „Wenn ich mich richtig erinnere, schuldest du mir noch ein Date."

Zum Glück bin ich nicht derjenige, der Kaffee trinkt, sonst hätte ich ihn über ihn gespuckt. Unbeabsichtigt. „Wie bitte?"

„Die Wette, oder erinnerst du dich nicht?" Er legt den Kopf schief, und eilige Schritte nähern sich dem Pausenraum.

Weston steht auf, aber diesmal stellt er den Stuhl ruhig zurück, als Sloane eintritt. „Oh, Sie", sagt er.

Ich kann nicht sagen, ob er erleichtert oder verärgert ist, dass sie, egal, was er sagt, auf meiner Seite ist.

„Oh, Sie auch", antwortet Sloane ihm. „Belästigt dich dieser Schwachkopf?" Sie stupst mit dem Daumen in seine Richtung.

„Nein, ist schon gut. Ich wollte gerade zurück an meinen Schreibtisch gehen. Ich muss den Monatsbericht fertigstellen, um den du mich gebeten hast", sage ich zu Sloane.

„Das kann warten", unterbricht mich Weston. „Ich muss dich sehen, Miss Emerson, in meinem Büro."

Ich folge Weston in sein Büro, und Sloane wirft mir einen entschuldigenden Blick zu. Ich zucke nur mit den Schultern, weil ich nicht weiß, warum er mich hinter verschlossene Türen bringen will, es sei denn, er hat vor, mich zurechtzuweisen. Was habe ich dieses Mal getan?

„Nimm Platz", sagt er und deutet auf den leeren Stuhl gegenüber von seinem Schreibtisch. Er schließt die

Bürotür und nippt an seinem Kaffee, bevor er sich hinter seinen Schreibtisch setzt.

„Du solltest vorsichtig sein, wenn du fremde Männer im Internet triffst."

„Ich brauche dich nicht, um mich zu beschützen", sage ich. Ich verschränke meine Arme vor der Brust. „Ich habe schon immer auf mich selbst aufgepasst."

„Trotzdem gibt es viele Männer auf diesen Apps, die keine guten Kerle sind", sagt er und starrt mich an. Als würde ich nicht wissen, was das bedeutet.

„Ich verstehe schon. Sie wollen nur, dass man miteinander schläft. Das ist in Ordnung. Manchmal ist das auch alles, wonach ich suche."

Ihm fällt die Kinnlade herunter, ich mache ihn sprachlos.

Gut.

Das ist nicht im Geringsten wahr, aber das muss er ja nicht wissen.

Ich möchte, dass er darüber nachdenkt, was er verpasst hat, als er zu sehr damit beschäftigt war, die Blondine zu begutachten und die ganze Nacht auf sein Handy zu starren. Ganz zu schweigen von dem Vorfall mit dem Feuer. Wenn ich nur daran denke, möchte ich dem Dating für immer abschwören.

„Vielleicht ist es dir egal, wen du ins Haus lässt, aber mir nicht."

„Du machst dir Sorgen, mit wem ich schlafe?" Ich fahre mir mit den Fingern durchs Haar und stütze meinen Kopf in die Hände. „Weston, das ist keine angemessene Unterhaltung, die du mit einem deiner Mitarbeiter führst." Hat er seinen Verstand verloren?

„Ich möchte vermeiden, dass fremde Männer durch die Flure wandern."

„Was zum Teufel? Ich weiß gar nicht, was ich darauf antworten soll", sage ich und stehe auf. „Ich spreche mit dir nicht über mein Liebesleben oder mein Sexleben, Wes."

„Nenn mich nicht so", knurrt er, und ein Schauer durchfährt meinen Körper.

Ich halte meine Hand hoch. „Ich kann mich nicht mit dem beschäftigen, was auch immer das ist", sage ich und gehe zur Tür, um aus seinem Büro zu verschwinden.

„Du läufst schon wieder weg."

Mit der Hand auf dem Türknauf atme ich tief ein. Entweder stelle ich mich ihm, oder ich tue genau das, was er sagt, nämlich weglaufen.

Ich drehe mich um, und er schließt den Abstand zwischen uns und kommt näher an die Tür.

„Ich hätte nicht hierher zurückkommen sollen, um unter dir zu arbeiten", sage ich und ziehe eine Grimasse bei dieser doppelten Anspielung. Nicht, dass ich mit ihm geschlafen hätte. Ich kann die Anzahl der Männer, mit denen ich geschlafen habe, an einer Hand abzählen, das sind nicht viele.

Ich bin nicht die Art von Mädchen, die ohne Verpflichtungen Spaß haben will. Das ist nicht mein Stil. Ich bevorzuge Romantik und Leidenschaft. Ich möchte mitgerissen werden, nicht weggefegt.

„Was? Warum?" Weston scheint keine Ahnung zu haben, warum ich mich aufrege. „Wir sind ein gutes Team. Wir arbeiten gut zusammen, und ja, es ist nicht einfach, mit mir auszukommen, aber du machst einen guten Job."

„Das ist das erste Mal, dass du mich lobst."

Er legt den Kopf schief, seine Augen bohren sich in meine. „Hast du eine Vorliebe für Lob?"

Meine Wangen brennen, und ich wende meinen Blick ab. „Das ist nicht angemessen, Weston. So etwas kannst du nicht zu einer Angestellten sagen."

Er zieht seine Mundwinkel nach oben. „Ich habe nur Spaß gemacht."

Ich glaube nicht, dass er einen Scherz gemacht hat, und selbst wenn, wäre das ein Albtraum für die Personalabteilung. „Dein Flirten ist scheiße", sage ich und stehe noch gerader, als wäre es mir egal. Es hat nichts zu bedeuten. Ich kann seine Worte einfach an mir abprallen lassen.

„Ja, ich bin wahrscheinlich ein wenig eingerostet", sagt er und tritt einen Schritt zurück, um mir die Möglichkeit zu geben, mit ihm zu reden oder aus seinem Büro zu verschwinden.

Ich denke über beide Möglichkeiten nach, bleibe aber an der Tür stehen.

„Du bist anstrengend, weißt du das?", sage ich.

„Das hat man mir gesagt." Weston zuckt mit den Schultern, als wäre es ihm egal, was ich denke, außer vielleicht, dass es ihm tief in seinem Inneren wichtig ist. Er räuspert sich und wirft einen Blick auf seinen Schreibtisch. „Ernsthaft, du hast gute Arbeit geleistet. Ich sollte dir ein Kompliment machen, vor allem, wenn du weiter unter mir arbeitest."

Ich fühle mich unwohl, wenn er sagt, dass ich *unter ihm arbeite,* als ob er für mich zuständig wäre. Obwohl er in seinem Büro ist, ist es immer noch ein wenig beunruhigend, das aus seinem Mund zu hören.

Vielleicht liegt es daran, dass ich, umso wütender bin, je mehr ich an ihn denke. Ich träume von ihm, und diese Träume sind die Art von Träumen, die ich von meinem Chef nicht haben sollte. Sie halten mich nachts wach, wenn ich aufwache und mir seine Hände und Lippen auf meinem nackten Körper vorstelle.

Deshalb muss ich raus, ein paar Leute kennenlernen und einen Mann finden, der nicht mein Chef oder ein Muffel-Grump ist, mit dem ich ausgehen kann. Ich stehe zu der Tatsache, dass Weston ein Muffel-Grump ist.

Er lächelt ein wenig, als wüsste er, was ich denke. Aber er kann es nicht wissen. Das ist unmöglich.

„Du schuldest mir noch das Date", sagt er.

„Und so geht es weiter, immer weiter. Das passiert nicht. Ich bin zurückgekommen, und ich arbeite für dich. Ich habe die Wette eingelöst."

„Du hast einen Teil davon erfüllt", sagt Weston. „Und ich meine es ernst, wenn du fremde Männer mit nach Hause bringst. Das ist keine sehr sichere Sache für dich."

„Zur Kenntnis genommen."

„Du musst einfach vorsichtig da draußen sein." Weston tritt vor, und schon wieder stiehlt er mir meinen persönlichen Raum.

Ich erwarte fast, dass er mich berührt, aber er hat die Arme vor der Brust verschränkt. „Rede auf jeden Fall eine Weile online mit jemandem, bevor du dich mit ihm triffst. Und tue es an einem öffentlichen Ort."

„Nein, ich werde den ersten Kerl, den ich online treffe, direkt in mein Bett einladen." Ich drehe mein Handy um und entsperre es. Ich öffne die App und tue so, als würde ich genau das tun, was ich gesagt habe, als er mir das Telefon aus den Fingern reißt.

„Gib es zurück." Ich kann es nicht glauben! „Bist du zwölf?", frage ich und greife nach meinem Gerät, aber er scrollt durch die Bilder und markiert jeden Mann mit „Nein". „Du bist bedauernswert. Nur weil du nicht flachgelegt werden kannst, heißt das nicht, dass ich es nicht darf."

Er lacht leise vor sich hin. „Ich sehe, ich habe dich verunsichert."

„Was soll das überhaupt bedeuten? Ich bin keine Schlange."

„Das habe ich nie behauptet." Weston starrt etwas länger als nötig auf meine App und klickt auf den Bildschirm, bevor er mir mein Telefon zurückgibt.

„Hast du alle meine Nachrichten gelesen?", frage ich verärgert.

„Nein, ich habe sie gelöscht."

Ich kann nicht sagen, ob er es ernst meint. Er lächelt nicht, aber er sieht selbstgefällig aus. Als hätte er genau das bekommen, was er wollte. Ich bin mir nur nicht sicher, was das war. Hat er mich erregt? Oder hat er Nachrichten gelöscht, die ich bisher nicht gesehen habe? „Ich hoffe, du machst Witze."

„Du solltest während der Arbeitszeit nicht auf Dating-Apps unterwegs sein", sagt Weston.

„Ich hatte eine Pause und habe die Ressourcen des Unternehmens nicht genutzt."

Seine Zunge fährt heraus, und er streicht sich über den Kiefer. „Halte dein Privatleben aus dem Büro heraus, Miss Emerson, und wir werden kein Problem haben."

„Das einzige Problem, das ich sehe, bist du", murmele ich und reiße seine Bürotür auf.

„Wie bitte?"

„Du hast mich gehört, *Muffel-Grump*."

„Das ist nicht einmal ein Wort."

Sein Blick ist auf mich gerichtet, als ich zu meinem Schreibtisch zurückgehe. Ich schwinge meine Hüften und gebe ihm eine Show. Ist es das, was er will? Eine kleine Aufmunterung? Denkt er, weil wir einmal ausgegangen sind, beim schlimmsten Date meines Lebens, dass ich ihm eine Wiederholung schulde?

Keine Chance.

Ich werde nie wieder mit Weston Muffel-Grump ausgehen. Eher würde ich über heiße Kohlen und dann über ein Nagelbett laufen, als auch nur eine Minute außerhalb der Arbeit mit ihm zu verbringen.

Als es auf fünf Uhr zugeht, gehe ich zu Sloanes Schreibtisch. „Drinks?", frage ich.

„Ich kann heute Abend nicht. Musst du nicht zur Anprobe des Kleides für Clares Hochzeit?"

Meine Augen weiten sich. Das habe ich völlig vergessen. „Scheiße", murmle ich und schaue auf meine Uhr. Ich werde es auf keinen Fall durch die Stadt schaffen, bevor der Laden schließt.

Ich wähle Clare an und bete, dass sie ihr Handy abnimmt.

„Du bist nicht da", sagt Clare. Nicht einmal ein „Hallo".

„Es tut mir leid. Mr. Muffel-Grump hat mich so aufgeregt, dass ich die Zeit vergessen habe." Ich verzichte darauf, zu erwähnen, dass ich völlig vergessen habe, dass ich eigentlich früher gehen und die U-Bahn nehmen wollte, um durch die Stadt zu kommen.

„Scheiße. Ich habe mich schon gefragt, was passiert ist, als du vor zwanzig Minuten nicht aufgetaucht bist. Meine Änderungen sind fertig, also bin ich hier, und ich kann das Kleid für dich abholen. Aber du musst sicherstellen, dass dein Kleid vor der Hochzeit passt. Wenn du heute nicht kommst, ist der Abgabetermin für die Änderungen nach der Hochzeit. Die Schneiderin des Brautladens wird es nicht mehr schaffen."

„Ich weiß. Ich werde jemanden finden, der sich in letzter Minute darum kümmert, falls das Kleid noch angepasst werden muss."

„Okay, wie wäre es, wenn ich mit dem Kleid bei dir vorbeikomme, wenn ich fertig bin? Wir können uns was zu essen holen, denn Levi ist heute Abend geschäftlich unterwegs, und ich hasse es, einsam zu sein. Ich weiß nicht, wie du das machst."

„Danke", murmle ich lachend. Ich weiß, dass sie es nicht böse meint, aber es kam ein wenig schroff rüber.

„Ich lade dich zum Abendessen ein, da du das Kleid abholst. Um wie viel Uhr kommst du?", frage ich.

„Nicht vor sieben Uhr bei dem Verkehr."

Ich nehme nach Hause die U-Bahn und meide Weston. Vielleicht sollte ich mich von dem, was er getan hat, nicht stören lassen, aber der Mann hat die unheimliche Fähigkeit, mir unter die Haut zu gehen. Macht er das bei jedem?

Außerdem soll er denken, ich hätte ein heißes Date.

Ich komme etwas später nach Hause als mit Westons Fahrer, der uns chauffiert. Nicht, dass der Verkehr besser wäre als die U-Bahn, aber die Züge haben Verspätung.

Auf dem Heimweg halte ich an einem chinesischen Imbiss an und gebe eine Bestellung auf, die wir uns beide teilen können. Ich bin zu Hause, bevor Clare auftaucht, schnappe mir Besteck und Teller und decke den Tisch.

Es klopft leise an der Tür, ich mache sie auf und bin überrascht, dass ein kleiner Junge im Flur herumläuft.

„Wo ist deine Mutter?", frage ich und beuge mich auf seine Höhe hinunter.

Ich schaue mich um, und die Tür zu 4B ist weit offen.

Wohnt Weston nicht dort?

„Wes?", rufe ich und ziehe eine Grimasse, als ich merke, dass er sich vorhin über den Spitznamen aufgeregt hat, den ich ihm gegeben habe. „Weston?" Ich versuche es noch einmal.

Der kleine Junge zeigt auf die offene Tür, ich trete ein und schaue mich um. Die Wohnung ist sauber und aufgeräumt. Das Geschirr steht auf dem Tresen und das Abendessen auf dem Tisch.

„Ist dein Vater zu Hause?", frage ich.

Der kleine Junge, der nicht älter als drei Jahre sein kann, schüttelt den Kopf.

Auf dem Boden liegt eine grauhaarige Frau.

Ist das seine Großmutter?

Ich eile zu ihr und drücke meine Finger auf ihren Puls, um nach irgendwelchen Anzeichen von Herzaktivität Ausschau zu halten, während ich mein Handy aus der Hosentasche hole und den Notruf wähle.

Ich teile mit, dass in Wohnung 4B eine nicht ansprechbare Frau ohne Puls liegt. Ich gebe die Adresse an, während ich mit der Herzdruckmassage beginne und versuche zu helfen.

Die Sanitäter treffen ein und versuchen weiter, die Frau wiederzubeleben, während Clare mit dem Aufzug hochfährt.

„Geht es dir gut?"

„Mir geht es gut. Meine Nachbarin. Ich glaube, sie hatte gerade einen Herzinfarkt. Ich muss Weston anrufen."

„Warum?"

„Das ist seine Wohnung. Das könnte seine Mutter sein." Ich schiebe den kleinen Jungen in meine Wohnung, lasse aber Tür weit offen, falls Weston nach Hause kommt.

Ich wähle sein Telefon, aber er geht nicht ran.

Nein, natürlich nicht. Er ist wahrscheinlich immer noch sauer auf mich, weil ich ein Leben außerhalb der Arbeit haben will. Ich schreibe ihm eine SMS, in der Hoffnung, dass er mir auf diese Weise schneller antwortet.

Elisa: Du hast ein Kind? Ihm geht es übrigens gut, aber deine Mutter wurde ins Krankenhaus gebracht. Ich habe sie bewusstlos in deiner Wohnung gefunden.

Weston: Was zum Teufel hast du in meiner Wohnung gemacht?

Das ist seine Antwort? Kein einfaches Dankeschön, oder ich komme bald. Ich zeige Clare die SMS.

„Autsch. Er macht sich wahrscheinlich nur Sorgen um seine Mutter. Aber ich meine, du hast den Text mit einer Anschuldigung begonnen." Clare sagt, wie es ist, ob ich die Wahrheit hören will oder nicht.

Es ist zu spät. Ich kann die SMS nicht zurücknehmen. Er hat sie bereits gelesen und geantwortet.

Clare, der kleine Junge und ich essen bei mir zu Hause zu Abend. Nachdem die Sanitäter gegangen sind und ich Weston erreicht habe, schließe ich meine Wohnungstür ab.

Mr. Muffel-Grump weiß, wo ich wohne. Außerdem ist er vielleicht gerade auf dem Weg ins Krankenhaus. Obwohl er mir gesagt hat, dass er auf dem Heimweg ist.

„Hast du einen Namen?", fragt Clare. Sie lächelt den kleinen Jungen an, der den Kopf schüttelt und verneint. „Ich wette, du hast einen."

Seine Wangen röten sich, er rennt weg und versteckt sich hinter dem Sofa.

Ich setze mich auf den Boden, mit dem Rücken an die gegenüberliegende Wand, sodass ich den kleinen Jungen sehen und darauf achten kann, dass er nicht entwischt. „Ich bin Elisa", sage ich.

Der kleine Junge hat die hellsten und zugleich dunkelsten Augen, die ich je gesehen habe. Es ist solch ein Widerspruch, und doch zieht er mich in seinen Bann. Er ist zweifelsohne Westons Sohn. Das Haar, das Lächeln, sogar das gleiche Grübchen auf seiner rechten Wange.

Er macht einen Schritt nach hinten und prallt gegen die Wand, aber er zuckt nicht einmal mit der Wimper. Er starrt mich an, und das erinnert mich so sehr an Weston, dass es unheimlich ist.

Wo ist die Mutter des kleinen Jungen? Weston hat nie erwähnt, dass er verheiratet ist, aber er hat mir auch nicht gesagt, dass er ein Kind hat.

Ich atme schwer aus, als Clare unser Geschirr abräumt, während ich den Kleinen im Auge behalte. Ich will nicht riskieren, dass er in etwas hineingerät und sein Vater mir die Schuld gibt.

Ich spiele mit meinem Telefon und schaue gelegentlich zu dem Jungen hoch. Er schaut mir neugierig zu, bevor er sich auf mich stürzt und versucht, mit mir um das Telefon zu ringen.

„Oh, du bist genau wie dein Vater", lache ich, als der kleine Junge versucht, mein Handy zu greifen.

Clare wirft mir einen Blick über ihre Schulter zu. „Ich glaube, ich habe etwas übersehen."

„Wes hat beschlossen, sich mein Handy zu schnappen und meine Dating-App-Nachrichten auf der Arbeit zu löschen."

„Warte, was? Und Wes?" Clare grinst. „Wow, du hast ihm einen Spitznamen gegeben."

„Nur weil ich weiß, dass er es hasst. Ja, ich bin ein richtiges Miststück."

„Schlampe", wiederholt der kleine Junge und reißt mir das Handy aus den Fingern.

„Nein, nein, nein. Das darfst du nicht sagen."

Es klopft fest an der Wohnungstür, und Clare öffnet sie, bevor ich aufstehen kann. „Tyler?", sagt Weston und verzichtet auf eine Begrüßung.

„Er ist gleich da drüben", sagt Clare und zeigt auf uns beide auf dem Boden. Der kleine Junge kämpft immer noch um mein Telefon, aber sobald er Wes sieht, lässt er seinen Griff los.

„Papa", quiekt Tyler und rennt auf seinen Vater zu.

Weston beugt sich hinunter und nimmt Tyler in die Arme, umarmt ihn ganz fest und küsst ihn mehrmals. Es fühlt sich an, wie ein intimer Moment, in den ich eindringe.

„Das mit deiner Mutter tut mir leid. Gehst du jetzt ins Krankenhaus, um sie zu besuchen?", frage ich, stehe auf und gehe auf die beiden zu.

Clare hält sich in der Küche zurück, obwohl sie alles sehen und hören kann, was vor sich geht. Meine Wohnung ist nicht riesig, aber es ist genug Platz, um sich wohlzufühlen. Außerdem wohne nur ich hier.

„Es ist Martha, Tylers Kindermädchen."

„Oh. Ich dachte, Kindermädchen sind junge Leute um die zwanzig, die das College verlassen haben."

„Das ist ein Klischee", scherzt Clare. „Ich war mal Amelias Kindermädchen."

„Ja, aber du bist jung", sage ich und werfe einen Blick über meine Schulter zu Clare.

„Neunundzwanzig."

Ich bin fünf Jahre älter als Clare. Meine biologische Uhr tickt. Ich richte meine Aufmerksamkeit wieder auf Weston. „Gibt es etwas, das ich tun kann?", frage ich ihn. Ich bin mir nicht sicher, wie ich helfen kann, aber seine Augen sind dunkel und müde, sein Gesicht mürrisch.

Er muss Martha sehr nahestehen.

„Ich werde im Krankenhaus vorbeischauen und sehen, was ich herausfinden kann", sagt Weston.

„Soll ich auf Tyler aufpassen?", frage ich, nachdem ich seinen Namen erfahren habe.

Er blickt von Tyler zu mir, als wäre er sich nicht sicher, ob das eine kluge Entscheidung ist.

„Ich bleibe und helfe", bietet Clare an. „Ich passe auf Amelia auf, seit sie fünf ist."

Weston zieht die Stirn in Falten. Er sieht nicht überzeugt aus, dass wir beide mit einem kleinen Jungen zurechtkommen. „Tyler ist drei, und eure Wohnung ist nicht babysicher."

„Sollen wir bei dir auf ihn aufpassen?", Ich bin mir nicht sicher, worauf er hinaus will. Versucht er, es als Ausrede zu benutzen oder denkt er über die Idee nach?

„Wenn du eine Weile brauchst", mischt sich Clare ein, „ist es vielleicht gut, dort zu bleiben, wo er sich auskennt. Vor allem, wenn er bald ins Bett muss."

„Keine Schlafenszeit." Tyler windet sich in Westons Arm und versucht, sich zu befreien.

Weston stößt einen schweren Seufzer aus. „Bist du sicher? Ich kann ihn einfach mitnehmen."

„Nein, das könnt ihr nicht." Ich gehe auf die beiden Jungs mit den süßesten Grübchen zu, die ich je gesehen habe. In den einen könnte ich mich leicht verlieben. Der andere, das ist ein Gedanke, den ich nicht einmal erwägen sollte. „Krankenhäuser lassen keine Kinder zu Besuch herein, und er muss ins Bett, bevor du zurückkommmst. Stimmt's?"

„Keine Schlafenszeit", wiederholt Tyler erneut.

„Verdammt, Elisa."

„Verdammt. Verflucht. Verdammt", skandiert Tyler.

Weston stöhnt, nicht erfreut, aber er kann es auch nicht verhindern. Ich kann mir vorstellen, er ist von all dem, was passiert ist überwältigt.

„Es ist in Ordnung. Wir können für ein paar Stunden mit einem kleinen Jungen umgehen", sage ich.

„Ich schwöre, dass ich zurückkomme, sobald ich im Krankenhaus etwas Neues erfahre. Ich schreibe dir, wenn ich etwas höre."

Weston begleitet Clare in den Flur und zu seiner Tür, während ich meine Wohnung abschließe. Ich stecke mein Handy in die Tasche und folge ihm in seine Wohnung. Auf dem Boden liegt ein zerbrochener Teller, der aufgeräumt werden muss.

Weston übergibt mir Tyler. „Ich muss hier noch aufräumen, bevor ich gehe."

„Ich habe ihn", sage ich. „Ich verspreche, dass wir uns um ihn kümmern können, während du das Kindermädchen im Krankenhaus besuchst. Du solltest dich auch mit ihrer Familie in Verbindung setzen. Lass sie wissen, was los ist. Ich bin sicher, dass sie sich auch Sorgen machen und Antworten haben wollen."

„Sie hat niemanden", sagt Weston. „Und ich überlasse es nicht dir, dieses Chaos aufzuräumen, während ich auf meinen Sohn aufpasse."

Sein Sohn.

Allein die Worte zu hören, setzt es in Stein gemeißelt um. Ich habe so viele Fragen, aber es fühlt sich nicht richtig an, sie jetzt zu stellen, zumindest nicht im Moment. Aber es ist klar, dass der Muffel-Grump vielleicht doch nicht so ein schlechter Kerl ist.

Der Junge mag ihn sehr, und vielleicht hat Weston eine weichere Seite, die ich bisher nicht gesehen habe.

Clare räumt das Essen auf der Theke ab und kümmert sich um das Geschirr, während Weston die winzigen Scherben des zerbrochenen Tellers aufhebt. Er vergewissert sich, dass der Boden sicher und makellos ist und saugt den Hartholzboden, bevor er Tyler in den Arm nimmt.

Weston gibt mir auf dem Weg nach draußen unzählige Anweisungen, weist mich in seine Schlafenszeit ein und zeigt mir, wo sein Zimmer ist, falls ich noch nicht herausgefunden habe, dass das knallrote Rennwagenbett für einen Dreijährigen ist.

„Glaub ja nicht, dass ich ein kostenloser Babysitter bin, während du auf heiße Dates gehst", scherze ich mit Weston, als er zur Tür hinausgeht.

„Das ist nicht lustig, Elisa."

Aber ich schwöre, ich sehe den Hauch eines Lächelns auf seinen Lippen.

Er ist zur Tür hinaus, und wir sind nur noch zu dritt.

Tyler scheint nicht verunsichert zu sein, als sein Vater geht, was eine Erleichterung ist. Er ist damit beschäftigt, mit seinem eigenen Spielzeugtelefon zu spielen, das ein echtes Telefon ist, aber es muss schon sehr alt sein. Ich bin mir nicht sicher, ob es für ein Kind in seinem Alter geeignet ist, aber sein Vater hat es ihm gegeben.

Es ist nicht meine Aufgabe, etwas zu sagen. Ich muss nur dafür sorgen, dass er sich nicht verletzt.

Nachdem Tyler seinen Schlafanzug angezogen hat und mit einer Geschichte ins Bett gebracht wurde, schalte ich das Licht aus, schließe seine

Schlafzimmertür und gehe mit Clare ins Wohnzimmer.

„Was glaubst du, wie lang er weg sein wird?", fragt Clare.

„Musst du gehen? Ich kann hier übernehmen. Du warst mir eine große Hilfe."

Das Grinsen auf Clares Gesicht wird noch breiter. „Auf keinen Fall, ich gehe nirgendwo hin. Der wirkliche Spaß beginnt jetzt, wo das Kind schläft und uns nicht verpetzen kann."

„Wovon redest du?" Ich starre sie perplex an.

„Wir können im Haus deines Chefs herumschnüffeln", sagt Clare. „Mal sehen, was wir ausgraben können. Du wusstest nicht, dass er ein Kind hat. Offensichtlich hat er Geheimnisse. Bist du nicht ein wenig neugierig? Ich meine, ist Tylers Mutter auf dem Bild? Gibt es eine Mrs. Muffel-Grump?"

Ich stöhne und lasse mich auf das Sofa fallen, den Kopf in den Händen. „Ich bin mir nicht sicher, ob ich das wissen will."

„Nun, ich will es wissen", sagt Clare und schlendert den Flur entlang. „Du kannst dich mir gerne anschließen oder als Aufpasserin fungieren, wenn Weston nach Hause kommt."

Ich schaue auf meine Uhr. Er ist bereits seit über einer Stunde weg. „Er kann jeden Moment zurück sein."

„Hat er dir eine SMS geschickt?", fragt Clare.

Ich schaue auf mein Telefon. „Nein."

„Nun, er sagte, er würde dir eine SMS schicken, wenn er Neuigkeiten hat. Ich glaube nicht, dass er zurück sein wird, bevor er dir eine SMS schickt."

Alles in mir schreit, dass das eine schlechte Idee ist, aber ich folge Clare in Westons Schlafzimmer. „Hast du das mit Levi gemacht?", frage ich.

„Nein, aber Levi hatte keine Geheimnisse vor mir, wie ein Kind zu haben. Wenn er das getan hätte, wären wir uns nie begegnet." Clare grinst und pirscht sich an die Kommode heran. „Männer bewahren die wichtigen Sachen immer hinter den Socken oder der Unterwäsche auf."

„Und woher willst du das wissen?", frage ich.

„Ist das nicht der Ort, an dem du dein Sexspielzeug aufbewahrst?"

„Nein, ich bewahre meine in meiner Nachttischschublade auf."

Clare fängt an, zu lachen. „Du solltest doch nicht zugeben, dass du Sexspielzeug hast." Sie grinst verschlagen.

Ich verdrehe die Augen, nehme ein Kissen von Westons Bett und werfe es ihr zu. „Es war nur ein Vibrator. Was auch immer. Als ob das eine große Sache wäre."

Weston räuspert sich hinter uns. „Was zum Teufel ist hier los?" Er steht im Türrahmen und starrt uns beide an.

Clare dreht sich um und versucht langsam, die Schublade der Kommode zu schließen, aber sie quietscht und erregt seine Aufmerksamkeit.

Sie wirft das Kissen nach mir und stürmt aus dem Schlafzimmer. Weston lässt sie entkommen. Aber er blockiert den Eingang der Tür und sorgt dafür, dass ich nicht an ihm vorbeikomme.

Ich zerdrücke das Kissen zwischen meinen Händen und benutze es als kurzzeitige Ablenkung. Ich könnte es nach ihm werfen, versuchen, ihm auszuweichen und zurück in meine Wohnung laufen.

Aber ich werde ihm morgen bei der Arbeit gegenübertreten müssen.

Wird er mir das jemals durchgehen lassen?

Ich bin kein Feigling. Aber ich bin auch nicht bereit, mich erniedrigen zu lassen. Nun, dafür ist es zu spät, wie es scheint. Ich lege das Kissen zurück auf die Matratze, als ob wir nicht nur in seinem Schlafzimmer herumgeschnüffelt hätten.

„Sitz", knurrt er. Es ist wie ein Befehl, und ich tue gehorsam, was mir gesagt wird.

Ich setze meinen Hintern auf die Bettkante, und Weston stolziert auf mich zu, um mich zwischen ihm und der Matratze einzuklemmen.

„Missachtest du immer die Privatsphäre anderer?" Weston blickt zu Boden und ich erschaudere.

„Du hast Tyler ein Geheimnis verschwiegen. Welche anderen Geheimnisse verbirgst du?"

„Das geht dich einen Scheißdreck an", knurrt er und tritt einen Schritt zurück, während er in seinem Schlafzimmer auf und ab geht.

Ich atme erleichtert auf, als er so weit zurücktritt, dass er mich nicht mehr überragt und meinen persönlichen Freiraum einschränkt.

Weston lockert seine Krawatte und streift sie ab. Wortlos knöpft er den obersten Knopf seines Oberhemdes auf.

Ich versuche, mich nicht von der Tatsache anmachen zu lassen, dass mein Chef vor mir strippen könnte.

Obwohl er mehr Haut zeigte, als er seine Ärmel hochkrempelte.

Er ist ruhig. Aber er ist nicht ruhig. Seine Miene ist grüblerisch und wird von Sekunde zu Sekunde heißer. „Wonach hast du gesucht?", fragt Weston.

Ich blicke zu ihm auf, seine Frage überrascht mich. „Hm?"

„Was hast du erwartet, zu finden?" Weston deutet auf die Kommode.

Ich bin mir offen gesagt nicht sicher. Es war nicht einmal meine Idee, aber ich werde Clare keine Vorwürfe machen. Ich habe mitgespielt. Ich hätte sie aufhalten können, aber ich tat es nicht.

„Bist du verheiratet?" Platzt es aus mir heraus.

„Sag du es mir, Miss Emerson, die Detektivin." Er macht sich über mich lustig. „Es gibt Fotos an den Wänden im Wohnzimmer. Hast du Beweise für eine Hochzeit gesehen? Eine Ehefrau? Eine Hochzeitsreise?"

„Ich habe es nicht bemerkt."

Er löst die Manschettenknöpfe von seinem Hemd und nähert sich der Kommode. Er öffnet die oberste Schublade, holt eine kleine Schachtel heraus, klappt den Deckel auf und legt die Manschettenknöpfe hinein. „Aber du hast es für vernünftig gehalten, in meinem Schlafzimmer herumzuschnüffeln?"

Es wäre einfach, Clare die Schuld zu geben. „Du hast nie ein Kind erwähnt, als wir ein Date hatten." Ich erwähne es nur ungern, das Date aus der Hölle. Auch wenn er mir als mein Chef vielleicht nicht anvertraut, dass er einen Sohn hat, hätte ich doch gehofft, dass er sich mir gegenüber öffnet, wenn er ein Date hat.

„Das war ein lausiges Date, Elisa. Meine One-Night-Stands müssen nichts von meinem Sohn zu wissen."

Ist es das, was er an diesem Abend in der Bar wollte? Einen One-Night-Stand.

„Bist du mit der Blondine nach Hause gegangen?" Ich kann mir nicht helfen, aber ich spürte die Eifersucht durch meine Adern sickern. Warum sollte mich das interessieren? Es sollte keine Rolle spielen. Wir sind nichts. Wir waren nie etwas. Aber es tut trotzdem weh, dass er sich auf sie konzentriert hat und nicht auf mich.

„Was?", brummt er und schiebt die Kommode zu. Er krempelt die Ärmel hoch. Sein Gesicht ist rot. Schweiß steht auf seiner Stirn. Die Heizung ist ein wenig zu hoch eingestellt, als würden wir unter einer Wärmelampe backen.

„Die Blondine, die du bei unserem Date ständig angestarrt hast. Hast du sie aufgegabelt? Du hast offensichtlich eine Schwäche für Blondinen."

Er zieht seine Augenbrauen hoch. „Du glaubst, du hast mich durchschaut, Miss Emerson. Ich versichere dir, dass du das nicht tust."

„Weil du Geheimnisse hast", erwidere ich.

„Ich bin nicht der Einzige." Weston nähert sich dem Bett, und ich möchte aufstehen, aber ich bin innerlich erstarrt. „Und die Tatsache, dass ich Tyler geheim gehalten habe, liegt daran, dass niemand etwas über meinen Sohn wissen muss. Es geht niemanden etwas an."

„Das verstehe ich nicht. Es ist nicht so, dass du ein Bild von ihm in deinem Büro hast."

Weston fährt sich mit den Fingern durch seine dicken dunklen Locken. Sein gewelltes Haar ist unordentlich. Das lässt ihn noch heißer und sexy aussehen. Verdammt soll er sein.

Sein Kiefer ist angespannt, und sein Blick ist fest auf mich gerichtet. Je länger er mich anstarrt, desto mehr möchte ich nach oben greifen und die Bartstoppeln an seinem Kinn nachzeichnen. Die Rauheit, die er ausstrahlt, geht weit über sein Aussehen hinaus.

Stattdessen lege ich die Hände in den Schoß, starre zu ihm auf und warte auf seine Antwort.

„Ich nehme an, dass du noch nie mit einem Milliardär ausgegangen bist." Er legt den Kopf schief und beobachtet meine Reaktion. Versucht er, mich zu provozieren?

„Ich wusste nicht, dass du Milliardär bist", flüstere ich. Er lebt nicht den verschwenderischen Lebensstil von jemandem, der über die Maßen wohlhabend ist. Er wohnt in meinem Wohnkomplex. Wer tut so etwas?

„Ich mache es mir nicht zur Gewohnheit, jedem meine Geheimnisse mitzuteilen", sagt Weston. Er räuspert sich. „Mein Sohn soll nicht der Spielball für andere Leute sein. Er hat es nicht verdient, fotografiert und zur Schau gestellt zu werden wie ein wildes Tier im Zoo."

„Niemand möchte das, Weston", sage ich. Ich streiche mit den Fingern über meine Hose. Meine Hände sind schwitzig, aber wenigstens schimpft er nicht mehr mit mir, weil ich mich in sein Schlafzimmer geschlichen habe. Das Gespräch ist auf ihn gerichtet, was ich vorziehe. Ich will alles wissen, was es über Weston Muffel-Grump zu wissen gibt.

„Du weißt es vielleicht nicht, aber hast du die Schlagzeilen mit meinem Gesicht als 'Bachelor des

Jahres' gesehen? Als wäre das ein verdammter Titel, den ich will", faucht er und lehnt sich gegen die Wand. Er öffnet die Schnürsenkel seiner schicken schwarzen Schuhe, und zieht einen nach dem anderen aus. „Ich habe genug von der Firma meines Vaters, meiner Firma", korrigiert er sich.

„Ich habe um nichts davon gebeten, und viele Frauen wollen mehr als nur eine Nacht, sobald sie merken, wer ich bin."

„Bist du sicher, dass das nicht an deinem Witz und deinem Charme liegt?"

Er starrt mich an. „Ich brauche keine geldgierige Frau, die einen reichen älteren Mann suchen."

„Du gehst nicht mit Frauen aus, die nur dein Geld lieben?"

„Ich gehe nicht aus", stellt er klar, räuspert sich und blickt weg. Da flackert etwas auf, aber ich kann ihn nicht einschätzen.

Ist es Sehnsucht?

Verlangen?

Für mich empfindet er sicherlich nicht so. Und wenn er es täte, würde ich aus dem Fenster springen. Wir sind wie geschaffen für die Hölle.

6

WESTON

NIEMAND SOLLTE das mit Tyler herausfinden. Verdammt noch mal!

Es ist nicht so, dass ich mich für meinen Sohn schäme, ganz im Gegenteil, ich möchte ihn beschützen. Das kann ich nicht, wenn er als Werkzeug gegen mich verwendet werden könnte.

Ich würde alles aufgeben, um Tyler zu beschützen, und ich mache mir Sorgen, dass jemand diese Tatsache ausnutzen könnte.

Entführen Sie ihn.

Halten Sie ihn für Lösegeld fest.

Wenn diese Ängste nicht ausreichen, um einen Mann in den Wahnsinn zu treiben, hilft auch die Tatsache nicht, dass er mit einer seltenen genetischen Störung geboren wurde.

Nicht, dass man ihm ansieht, wie zerbrechlich er im Inneren ist.

„Was soll das heißen, du hast keine Dates?" Elisa starrt mich sehnsüchtig an, während sie auf dem Rand meiner Matratze hockt.

Was zum Teufel habe ich mir dabei gedacht, ihr zu befehlen, sich auf mein Bett zu setzen? Ich hätte sie aus meinem Schlafzimmer holen müssen, in dem sie herumschnüffelte, und sie hätte sich mir gegenüber auf das Sofa setzen sollen.

Ich kann den Funken nicht erklären, den ich spüre, wenn ich in Elisas Nähe bin. Er ist magnetisch, wie ein elektrischer Strom, der vom Wasser angezogen wird. Sie ist tödlich und gefährlich, und doch muss ich immer wieder an sie denken.

Als ich ihr nicht schnell genug antworte, streicht ihre Zunge über ihre Unterlippe.

„Was zum Teufel haben wir gemacht, Weston? Als du mich nach Drinks gefragt hast?", fragt Elisa. Sie kann es nicht einfach so stehen lassen.

Was würde ich dafür geben, um diese Lippen zum Schweigen zu bringen?

Ich trete vor, meine Beine hindern sie daran, sich zu bewegen, mit meinem Körper drücke ich sie gegen das Bett. Ich beuge mich hinunter, mein Daumen führt ihr Kinn nach oben, ich sehe ihr in die Augen. „Ich dachte, du würdest mich zu dir nach Hause einladen."

Sie spottet über meine Worte, entzieht sich meinem Griff und stößt mich nach hinten, während sie aufsteht und aus meinem Schlafzimmer geht.

„Ich bin nicht irgendein Mädchen, das du ficken kannst", sagt Elisa.

„Das haben wir doch schon geklärt." Ich hätte sie nicht um ein Date bitten sollen. Es war dumm, zu denken, dass ich mit einem Mädchen schlafen könnte, das im selben Haus wohnt. Ich hatte gehofft, dass ich gelegentlich eine kleine Nummer schieben könnte. Eine Art Freundschaft Plus.

Und sie fiel mir ins Auge. Mein Schwanz reagierte sofort, als ich sie sah, aber bei unserem Date war sie ganz anders, als ich sie mir vorgestellt hatte. Das war mein Fehler.

Ich bin nicht stolz darauf, die ganze verdammte Zeit einen Junggesellen-Status zu haben.

Aber ich bin nicht auf der Suche nach einer Verpflichtung oder Beziehung. Ich mache nichts Exklusives. Ich bin nicht die Art von Mann, den

Frauen heiraten wollen, es sei denn, es geht um mein Geld.

Nein, ich danke dir.

Elisa holt ihre Handtasche vom Sofa. „Ich hoffe, deinem Kindermädchen geht es gut. Ich sehe dich morgen bei der Arbeit."

Sie verlässt die Wohnung und knallt die Tür hinter sich zu.

Ich zucke zusammen und hoffe, dass sie Tyler nicht geweckt hat.

„Martha ist tot", flüstere ich, ohne dass Elisa ein Wort von mir hören kann. Sie ist im Flur, auf dem Weg zu ihrer Wohnung.

Der morgige Tag wird zermürbend sein. Ich kann mir gar nicht vorstellen, wie ich den ganzen Tag mit Tyler zurechtkommen soll. Ich kann ihn nicht einfach an seinem freien Tag in der Vorschule absetzen. Er geht nur drei Tage in der Woche.

Von zu Hause aus zu arbeiten, ist logistisch nicht möglich.

Ich werde ihn mitnehmen müssen. Das ist das Einzige, was Sinn macht. Ich schließe die Wohnungstür ab und mache das Licht aus. Die Mädchen haben beim Aufräumen der Küche und des Geschirrs ganze Arbeit geleistet. Es gibt für mich nicht viel zu tun, außer ins Bett zu gehen.

Ich sehe nach Tyler und vergewissere mich, dass er fest eingeschlafen ist, bevor ich in mein Schlafzimmer gehe. Ich springe unter die Dusche, in der Hoffnung, dass sie mich abkühlt, aber alles, was sie bewirkt ist, dass ich an das Mädchen von nebenan denke.

Elisa Emerson.

Nackt.

Sie windet sich in meinen Armen, während ich meinen Schwanz tief in ihren zitternden Körper schiebe. Ihre Muschi zieht sich zusammen und krampft sich um meinen Schaft, nimmt mich mit sich.

Meine kühle Dusche wird heiß, und ich streichle meine Länge, stelle mir vor, dass es ihre Hand, ihre Lippen, ihre Muschi ist, die mich umgibt.

Ich sollte nicht an sie denken.

Nicht nur, weil sie meine Mitarbeiterin ist, sondern auch, weil sie ein beschissenes erstes Date war. Das Schlimmste.

Zugegeben, es ist nicht ihre Schuld, dass ihr Haar in Flammen stand. Ich sollte die Kellnerin verklagen, die vergessen hat, den brennenden Schnaps auszublasen, bevor sie ihn ins Bier schüttet. Aber es ist nicht so, dass ich das Geld brauche.

Ich dusche zu Ende, nehme mir ein Handtuch und gehe ins Schlafzimmer, um mich abzutrocknen. Mein Handy klingelt, weil mir gerade jemand eine SMS geschickt hat.

Ich nähere mich dem Nachttisch und schaue auf mein Telefon. Es ist von Elisa.

Ich wische mir die Hände ab und achte darauf, dass sie nicht nass sind, als ich nach dem Telefon greife. Das Handtuch werfe ich auf den Boden.

Ich öffne die App und lese ihre Nachricht.

Elisa: Entschuldigung für die Schnüffelei.

Ich klicke auf den Bildschirm, um zu tippen, und streiche versehentlich über die Schaltfläche für den Videochat.

Sie geht ran, bevor ich auflegen kann.

„Akzeptierst du meine Entschuldigung?", sie beendet ihren Satz nicht. „Weston, du bist nackt", schimpft sie.

Auf dem Bildschirm ist nur mein Oberkörper zu sehen, aber sie hat recht, ich bin nackt. Ich wollte sie bestimmt nicht anrufen, als ich mich nach meiner heißen Dusche abtrocknete und dabei an sie dachte.

Ich kann keine Gefühle für Elisa entwickeln.

Ich habe das schon einmal gemacht, und es hat für keinen von uns funktioniert.

„Ich habe nur meinen Pyjama an", sage ich. Es ist eine Lüge, aber sie kann nichts unterhalb meiner Taille sehen.

Es ist offensichtlich, dass sie errötet. Ihre Wangen sind rot, und sie blickt vom Bildschirm weg.

Mache ich sie nervös?

Oder ist sie erregt, weil sie sich zu mir hingezogen fühlt?

„Sieh mich an", sage ich.

Sie rümpft die Nase, schließt die Augen und dreht ihren Kopf zum Bildschirm. „Hast du dir schon ein Hemd angezogen?"

„Nein, ich sagte doch, ich bin im Pyjama."

„Warte, du schläfst nackt?"

Ich muss lachen, als ich mich auf die Matratze fallen lasse und mein Handy so halte, dass sie nur mein Gesicht und meine Brust sehen kann. „Willst du das nicht wissen?"

„Nein, das will ich nicht. Es tut mir leid, dass ich eine SMS geschrieben habe", sagt Elisa.

„Warte." Ich bin jetzt nicht bereit, dass sie das Gespräch beendet.

Sie hebt interessiert eine Augenbraue.

„Was hast du Clare vorhin über deinen Vibrator erzählt?"

Ihre Augen weiten sich vor Entsetzen. „Gute Nacht, Weston!" Sie beendet das Gespräch.

Ich nehme ein paar Boxershorts aus meiner Kommode und ziehe sie an, falls Tyler mitten in der Nacht aufwacht. Er ist der Grund, warum ich nicht nackt schlafe.

Ich bin nicht müde. Elisa hat etwas an sich, das mich dazu bringt, dass ich meine Augen nicht schließen und einzuschlafen kann. Vielleicht ist es der Adrenalinstoß, den ich in ihrer Nähe erlebe. Sie bringt mich dazu, Dinge zu fühlen, die ich mir geschworen habe, nie wieder zu zeigen.

Im Bett liegend, lade ich die Dating-App herunter, die Elisa hat, und bin neugierig auf den ganzen Wirbel. Ich war noch nie jemand, der sich online verabredet. Ich treffe Frauen in Bars, in meiner Wohnanlage, beim Klettern, wo immer ich hingehe.

Außerdem bedeutet online, dass ich ein Profil ausfüllen und die Leute wissen lassen muss, wer ich bin. Ich ziehe es vor, das Geheimnis zu bewahren.

Ich melde mich mit einem Konto an, nicht dass ich vorhätte, es zu benutzen. Da ich mir Elisas Benutzernamen gemerkt habe, gebe ich ihn in die Suchleiste ein und freue mich, als ihr Bild auftaucht.

Was zum Teufel ist los mit mir?

Es sollte mir egal sein, mit wem sie ausgeht. Wir sind ausgegangen, und es war schrecklich. Trotzdem kann ich nicht aufhören, an sie zu denken. Offensichtlich konnte sie gut mit Tyler umgehen, was mir sehr viel bedeutet, weil sie nett und anständig zu meinem Sohn war.

Vielleicht ist das nicht zu viel verlangt, aber ich stelle ihn nicht sehr vielen Leuten vor. Ich trenne mein Berufs- und mein Privatleben. Das tat ich, bis Elisa und ich Nachbarn wurden. Das war nicht ihre Schuld.

In ein paar Monaten werden die Renovierungsarbeiten am Haus abgeschlossen sein, und wir können aus der gemieteten Wohnung ausziehen und nach Hause zurückkehren.

Ich stöbere in Elisas Dating-Profil und lese alles über ihre Interessen, Vorlieben und Abneigungen.

Ich blättere durch die Bilder, die sie im Internet veröffentlicht hat. Die Bilder zeigen sie und ihre Freundinnen, darunter Clare und Sloane. Auf einem Foto, das draußen bei einem Baseballspiel aufgenommen wurde, trinkt und lacht sie. Auf einem anderen sitzt sie in der Abenddämmerung am Lagerfeuer und ist mit ihren Freundinnen auf einer Wanderung. Es gibt ein Bild von ihr am Strand in einem knallroten Bikini, sie sieht verdammt gut aus.

Aber das Foto beunruhigt mich, dass sie Kriecher erwischt.

Auf jedem Bild hat sie ein natürliches Lächeln. Die Bilder sehen nicht gezwungen aus. Sie hat Spaß und genießt das Leben.

Bevor ich mir die Fotos angesehen habe, hätte ich sie nicht für ein Outdoor-Mädchen gehalten. Ich möchte die echte Elisa kennenlernen, hinter den Mauern, die wir um uns selbst und um den anderen errichtet haben.

Ich erstelle ein Profil. Ich nehme ein paar Fotos vom letzten Mal, als ich am Strand war. Ich schneide den Kopf ab und sorge dafür, dass man nur meinen Körper sehen kann. Auf den Fotos gibt es keine erkennbaren Zeichen oder Tätowierungen, die mich verraten könnten.

Ich klicke auf ihr Profil, und nachdem ich auf „Gefällt mir" geklickt habe, schreibe ich ihr eine Nachricht über die Dating-App. Ich muss nur warten und sehen, ob sie antwortet.

Wenn sie jemals herausfindet, dass ich der Mann hinter dem Profil bin, kann ich mir nicht sicher sein, ob sie mir verzeihen wird.

———

Am nächsten Morgen habe ich keine andere Wahl, als Tyler mit zur Arbeit zu nehmen. Das ist nicht ideal, aber ich kann meinen Fahrer nicht bitten, auf ihn aufzupassen.

Wie viel Ärger kann ein Dreijähriger im Büro anrichten?

Hoffentlich nicht viel. Ich ziehe mich an und sorge dafür, dass Tyler bereit ist, eine Tüte mit Snacks und Spielzeug in einen Rucksack zu packen. Ich trage ihn in den Aufzug.

Elisa wartet schon auf uns, als wir die Treppe hinunterkommen.

„Hey, Tyler", sagt Elisa und begrüßt ihn mit einem warmen Lächeln. „Ich wusste nicht, dass du heute mit uns kommst."

„Ich habe keine anderen Kindermädchen", sagt Weston und räuspert sich.

„Soll ich Clare anrufen und fragen, ob sie auf ihn aufpassen kann?"

„Warum sollte ich das tun?"

Elisas Unterlippe schiebt sich vor. Sie ist bezaubernd, wenn sie einen Schmollmund macht. „Weil sie ein Kindermädchen ist, und du eindeutig Hilfe benötigst."

„Sie ist ein glorifizierter Babysitter. Nichts für ungut", sage ich. „Ein Kindermädchen ist jemand, der bei mir zu Hause wohnt und sich um Tyler kümmert. Ich möchte nicht, dass andere Babysitter in sein Leben kommen."

„Hast du Angst, dass er nach seinem alten Herrn kommt und Junggeselle wird?" scherzt Elisa.

„Alter Mann?", wiederhole ich. Elisa ist nur ein paar Jahre jünger als ich, nicht viel.

„Das ist eine Redewendung. Entspann dich", sagt sie, als wir nach draußen gehen, sobald Camden vor dem Gebäude hält.

Als er Tyler in meinen Armen sieht, öffnet Camden den Kofferraum und schnappt sich den Kindersitz für meinen Sohn. Ich befestige ihn im Fahrzeug und vergewissere mich, dass er sicher ist, bevor ich meinen

Sohn anschnalle. Ich klettere auf den Vordersitz, da der Platz für uns drei nicht ausreicht.

„Alles in Ordnung?", fragt Camden und blickt mich an.

Ich schüttle den Kopf. „Martha hatte letzte Nacht einen Herzinfarkt."

„Oh nein, das ist ja furchtbar", sagt Camden.

„Es war definitiv schockierend", murmle ich und reibe mir die Stirn. Ich habe letzte Nacht kaum geschlafen und mich gefragt, wie ich allein mit Tyler zurechtkommen soll.

Martha war wie meine Familie und half mir, Tyler großzuziehen, seit er aus dem Krankenhaus nach Hause kam.

Tyler umklammert sein Stofftier. Er hängt an dem blauen Dinosaurier, nimmt das verdammte Ding überall mit hin und schläft mit ihm. Eigentlich wäre das kein Problem, aber so oft, wie wir es vergessen oder verlegen, ist die Schlafenszeit ein Graus.

Martha hatte gut daran getan, sich an Roar zu erinnern. So hatte Tyler seinen plüschigen, blauen Freund genannt.

Elisa spricht leise zu Tyler, und ich schwöre, dass sie den Jungen wieder in den Schlaf wiegt. Ist es ihre beruhigende Stimme?

Normalerweise ist er um diese Zeit eine Quasselstrippe, für die man einen zusätzlichen Koffeinschub braucht, um wach zu bleiben.

Ich werfe einen Blick zu ihr zurück, und sie spielt auf ihrem Handy, da Tyler anscheinend schläft.

Wirft sie einen Blick auf die Dating-App? Hat sie gesehen, dass sie einen neuen Partner und eine neue Nachricht hat?

Sie starrt aufmerksam auf ihr Telefon und blickt auf, als sie bemerkt, dass ich sie beobachte. „Hast du etwas gesagt?", fragt sie.

„Ich frage mich nur, warum du so an deinem Telefon klebst."

„Ein heißes Date." Sie grinst und ich kann nicht sagen, ob sie mit mir spielt oder ob sie die Nachricht tatsächlich gesehen hat. Ich muss abwarten, um auf meinem Handy nachzusehen, ob sie geantwortet hat.

Wir halten vor dem Büro, ich steige aus und öffne die hintere Tür, um Tyler aus dem Kindersitz zu schnallen.

Elisa hat ihn bereits für mich abgeschnallt.

Ich hebe ihn hoch und passe auf, dass ich mir nicht den Kopf stoße, während ich ihn ins Haus trage.

Elisa schnappt sich sein Stofftier und eilt hinter mir her, um mich einzuholen, als wir drinnen sind. „Danke", sage ich, dankbar, dass sie seinen besten Freund nicht vergessen hat.

„Keine Ursache", sagt sie und lächelt, während sie ihn beobachtet. Ich schwöre, wenn Tyler nicht mein Kind wäre, wäre ich neidisch darauf, wie viel Aufmerksamkeit sie ihm schenkt.

Wir gehen zum Aufzug, und Tyler windet sich in meinen Armen, er wird langsam wach. Ich reibe ihm den Rücken, und Elisa drückt auf die Aufzugsknöpfe, während wir zu meinem Büro fahren.

Es ist zu schade, dass es im Büro keine Kindertagesstätte gibt. Das ist ein Upgrade, das ich vielleicht um Tylers Willen in naher Zukunft in Erwägung ziehe. Auf diese Weise kann ich mehr für meinen Sohn da sein, während ich arbeite, und muss kein neues Kindermädchen einstellen, das Marthas Platz einnimmt.

Ich muss mich nur um die Logistik kümmern, und ich habe schon genug Arbeit, die mich bis zehn Uhr abends hier hält. Wenn ich es vorziehe, früher zu gehen, bedeutet es, dass ich immer im Rückstand bin.

Ich trage Tyler in mein Büro, und als ich dort ankomme und das Licht einschalte, hat er schon beschlossen, sein Schläfchen zu beenden.

Ich setze ihn zusammen mit dem Rucksack auf das schwarze Ledersofa an der Wand und hole eine Handvoll Spielzeug heraus, um ihn zu beschäftigen, während ich arbeite.

So viel dazu, niemandem zu sagen, dass ich ein Kind habe.

„Brauchst du irgendetwas?", fragt Elisa und starrt mich an. Ihre normalerweise blassblauen Augen sind hell und warm. Sie fragt, ob mein Sohn etwas braucht, nicht, ob ich ein Gebäck, einen frischen Kaffee oder eine Runde in meinem Büro haben möchte. Obwohl Letzteres gar nicht in Frage kommt, und das nicht nur, weil Tyler den Tag mit mir verbringt.

„Ja, das tue ich. Komm herein und nimm Platz", sage ich und deute auf den Stuhl gegenüber von meinem Schreibtisch.

„Soll ich einen Notizblock und einen Stift holen?"

„Ja, bitte mach das", sage ich und warte darauf, dass sie zu ihrem Schreibtisch geht, das Nötige holt und zurückkommt. Sie bringt auch den blauen Dinosaurier mit und legt ihn auf das schwarze Sofa neben meinem Sohn.

„Danke", sagt Tyler mit einem breiten Lächeln. Seine Wangen röten sich, und er klimpert mit seinen langen Wimpern. Ich schwöre, ich habe diesen Blick noch nie bei jemand anderem gesehen.

„Martha, das Kindermädchen, ist nicht mehr bei uns", sage ich und vermeide es, spezifischere Begriffe wie Tod oder Herzinfarkt zu verwenden. Ich weiß nicht, wie viel Tyler von solchen Dingen versteht, und ich bin noch nicht bereit, dieses Gespräch mit ihm zu führen. Ich habe ihm heute Morgen lediglich erklärt, dass Martha nicht mehr zurückkommen wird, aber dass sie sehr gerne mit Tyler gespielt hat.

Elisa öffnet ihren Mund und schließt ihn schnell wieder.

So viel hat sie schon mitbekommen, als wir zusammen zur Arbeit fuhren. Sie tippt mit ihrem Stift auf den Block und wartet darauf, dass ich ihr etwas sage, was sie aufschreiben soll.

„Ich möchte mehr Zeit mit meinem Sohn verbringen und denke, dass wir eine Kindertagesstätte unten im Haus eröffnen sollten. Ich möchte, dass du die Kosten für die Anmietung zusätzlicher Räumlichkeiten in dem Gebäude, in dem wir uns derzeit befinden, prüfst und ermittle, wie viele Betreuer wir gemäß den staatlichen Vorschriften pro Kind benötigen. Außerdem möchte ich, dass du damit beginnst, mehrere Listen zusammenzustellen. Eine für den Leiter der Kindertagesstätte, der sich um die Einstellung der Erzieher kümmern soll. Ich möchte bei den abschließenden Vorstellungsgesprächen dabei sein, aber ich muss meine Zeit nicht mit den täglichen Aufgaben verschwenden."

Elisas Augen weiten sich. „Das ist ein ziemlich großes Unterfangen. Wäre es nicht besser, eine Vorschule in der Nähe zu finden, um Tyler anzumelden?"

„Er ist in einer privaten Vorschule angemeldet, aber nur an drei Vormittagen pro Woche. Das heißt, ich brauche jemanden für den Rest des Tages oder um ihn in eine andere Einrichtung wie eine Tagesbetreuung zu bringen. Ich möchte, dass mein Personal und ich in der Lage sind, mit meinem Sohn zu Mittag zu essen oder nachzuschauen, ob es ihm gut geht.

„Ich bin gerne bereit, Anrufe zu tätigen, Nachforschungen anzustellen, was immer du brauchst. Aber ich möchte, dass du weißt, er ist drei Jahre alt. In zwei Jahren wird er in den Kindergarten gehen …"

Denkt sie, dass ich das nur für mich mache? Ja, das ist es, was ich will, aber ich habe nicht vor, die Tagesstätte zu schließen, wenn Tyler älter geworden ist. „Ich weiß, was ich tue, Elisa."

„Gut, ich werde dir diese Informationen so schnell wie möglich zukommen lassen."

Sie eilt aus meinem Büro, und Tyler springt sofort vom Sofa herunter und verlässt mein Büro, ohne auch nur ein Wort zu sagen.

„Tyler, was machst du da?"

Mein Sohn ignoriert mich völlig und eilt zum Schreibtisch von Elisa hinüber. Ich lehne mich in meinem Stuhl zur Seite und beobachte den Austausch zwischen den beiden.

Tyler klettert auf ihren Schoß. Ich schwöre, der Junge ist vernarrt in sie. Da ist er nicht der Einzige.

Verdammt!

Wann habe ich angefangen, Gefühle für meine Assistentin zu entwickeln? Klar, sie ist süß. Deshalb habe ich sie auch auf ein paar Drinks eingeladen, bevor ich wusste, dass sie für mich arbeitet. Aber unsere Persönlichkeiten prallen aufeinander.

Aber ein Kerl kann auch einmal fantasieren.

Und jetzt, wo mein ständiges Kindermädchen nicht mehr da ist, habe ich auch keinen Babysitter mehr im Haus. Es wäre grausam, Elisa zu bitten, auf meinen Sohn aufzupassen, während ich am Abend weggehe. Ich bin mir ziemlich sicher, dass sie mir in die Eier treten würde, wenn ich das auch nur vorschlagen würde.

„Tyler, lass Elisa in Ruhe", sage ich. „Sie hat zu arbeiten."

„Es ist in Ordnung. Die Gesellschaft macht mir nichts aus", sagt sie.

Ich glaube ihr nicht. Sie versucht nur, nett zu sein. Ich stehe auf und verlasse mein Büro. Ich weiß nicht, wie sie es schafft, ihre Arbeit zu erledigen, aber er scheint sich zu benehmen.

„Macht er dir Probleme?", frage ich und komme an ihren Schreibtisch. Ich möchte nicht, dass sie abgelenkt wird und wegen meines Sohnes mit der Arbeit in Rückstand kommt. Das ist ihr gegenüber nicht fair.

„Nicht mehr als du an einem durchschnittlichen Tag", scherzt Elisa.

„Nichts an mir ist durchschnittlich", sage ich und fixiere sie mit meinem Blick.

Sie atmet scharf ein und sieht mir in die Augen. „Mr. Muffel-Grump", beginnt sie, und ich unterbreche sie.

„Ich glaube, das haben wir hinter uns, Miss Emerson", sage ich, um meinen Standpunkt klarzumachen. Ich beuge mich vor und zerzause Tylers Haare. „Wie wäre es, wenn du dich von Elisa verabschiedest und ich dich in meinem Büro einen Snack essen lasse?"

Tylers Augen leuchten auf. Er grinst, legt seine Handflächen auf ihre Wangen und drückt ihr einen züchtigen Kuss auf die Lippen.

Elisa ist erschrocken, und sie ist nicht die Einzige.

„Wie viele Mädchen hat er dich schon küssen sehen?", fragt Elisa mit einem nervösen Lachen, während sie ihm hilft, seine Füße auf den Boden zu stellen. Ich hebe ihn auf, bevor er den Flur hinunterlaufen und noch mehr Kollegen ablenken kann.

„Keine. Ich habe die strikte Regel, keine Dates mit nach Hause zu bringen."

Elisa starrt mich an. Ich schwöre, dass sie nicht überzeugt ist, aber das ist egal. Ich muss ihr nichts beweisen. Aber ich kann immer noch nicht glauben, dass mein Sohn Elisa vor mir geküsst hat. Wie ist das überhaupt möglich?

7

ELISA

TYLER, der Sohn von Weston, ist ein echter Charmeur. Er ist ein Schatz, im Gegensatz zu seinem mürrischen Vater.

Ich übergebe Tyler an seinen Vater, während ich mich darauf konzentriere, das neue Projekt, das Weston möchte, auf den Weg zu bringen, zusammen mit der Akquisitionsarbeit, die erledigt werden muss, damit wir mehrere Filme in Angriff nehmen können.

Ich bin mit der Arbeit im Rückstand, und obwohl ich leicht länger bleiben und alles fertig machen könnte, verliere ich dann meine kostenlose Heimfahrt, und es ist schön, nicht die U-Bahn nehmen zu müssen.

Weston verwöhnt mich, ob er es will oder nicht.

Ich möchte, etwas über Tylers Mutter zu erfahren, aber ich kann Weston nicht einfach so fragen. Schon gar nicht bei der Arbeit. Vielleicht, wenn wir mal allein sind, was unwahrscheinlich ist. Ich könnte ihn zum Mittagessen einladen, aber Tyler würde uns begleiten, und ich möchte nicht vor dem kleinen Jungen fragen.

Ich verbringe den Tag damit, so viel Arbeit wie möglich zu erledigen. Außerdem rufe ich bei verschiedenen örtlichen Schneidern an. Ich habe das Kleid für Clares Hochzeit anprobiert, und das schwarze Kleid ist sexy, aber es passt nicht ganz. Der Saum muss gekürzt und das Kleid um die Brüste herum abgenäht werden.

Es sollte nicht sehr kompliziert sein, und wenn ich nähen könnte, würde ich es selbst machen. Aber ich habe seit der Mittelschule keine Nähmaschine mehr angefasst.

Ich hinterlasse drei Nachrichten, in der Hoffnung, dass mich eines der Unternehmen zurückruft.

Wenn nicht, lasse ich mir etwas einfallen. Vielleicht weiß Sloane, wie man näht und kann mir den Arsch retten?

Am Ende des Tages überfliege ich mein Telefon und überprüfe meine Nachrichten. Nichts von den

Schneidern, aber ich habe eine neue Nachricht auf der Dating-App.

Ich öffne die App und klicke auf das Profil des Absenders. Es gibt kein Gesicht, aber der Typ hat einen tollen Körper. Er muss täglich trainieren. Es gibt nicht viel über ihn, und das Profil ist neu.

Ich öffne die Nachrichten und lese die Nachricht, die er geschickt hat.

Heißer Single Papa: Sonne in Paris, dein Profil ist mir aufgefallen. Wie war es, in Frankreich zu leben?

Ich drücke auf Antwort und tippe schnell eine kurze Antwort.

Sonne in Paris: Ich habe noch nie in Paris gelebt. Aber es ist ein Ort, den ich schon immer mal besuchen wollte. Wirst du dein Gesicht zeigen? Ich stehe nicht auf kopflose Kerle.

Ich werde mich nicht weiter mit ihm unterhalten, wenn er mir kein Bild schickt, auf dem sein Gesicht zu sehen ist. Ich meine, er hätte mir auch einfach ein Foto von Thors Körper schicken können und nicht von seinem eigenen.

Es wird nicht angezeigt, dass er online ist. Schade. Ich stehe auf und strecke mich. Ich habe den ganzen Tag an meinem Schreibtisch gesessen, und mein Nacken zahlt den Preis dafür. Ich gehe den Flur entlang zum

Pausenraum und bin überrascht, dass Tyler und Weston sich Snacks holen.

„Ich habe nicht gesehen, dass ihr beide euer Büro verlassen habt", sage ich und schenke Tyler ein freundliches Lächeln.

„Du warst mit deinem Telefon beschäftigt", sagt Weston.

„Ich höre nur die Nachrichten ab. Ich warte auf eine Rückmeldung vom Schneider für Clares Hochzeit."

Sein Blick flackert. „Wann ist das?"

„Weniger als zehn Tage".

„Wir stehen kurz vor der Frist."

„Wem sagst du das?", murmle ich. „Ich werde mir etwas einfallen lassen."

Tyler hat praktisch von jedem Snack aus dem Automaten einen. „Du verdirbst dir noch dein Abendessen", sagt Weston. Er hebt ihn in seine Arme und schaut auf die Uhr im Pausenraum. „Willst du früher gehen?"

Redet er mit Tyler oder mit mir?

„Elisa?", fragt er.

Mein Handy klingelt. „Ich muss da rangehen, aber ja, ich bin fertig, wenn du fertig bist." Ich nehme den Anruf entgegen und gehe zurück zu meinem Schreibtisch. Ich bin erleichtert, dass ich einen Schneider gefunden habe, der bereit ist, die Änderungen an meinem Kleid noch rechtzeitig für die Hochzeit vorzunehmen.

Weston wartet an meinem Schreibtisch, und kaum habe ich aufgelegt, starrt er mich an. „Gute Nachrichten?"

„Das Beste. Ich muss nur noch mein Kleid abholen und nach Hunts Point fahren. Der Schneider ist in der Bronx."

Weston schüttelt den Kopf. „Du gehst da nicht allein hin. Ich bin mir nicht sicher, ob ich überhaupt will, dass du dorthin gehst."

„Ich komme schon klar. Keine Sorge, ich nehme ein Taxi und ..."

„Nein." Weston ist hart. „Ich lasse dich nicht in eine unsichere Gegend fahren. Auf keinen Fall."

„Was schlägst du vor, was ich tun soll? Niemand sonst ist so kurzfristig verfügbar." Ich fahre mir mit der Hand durch die Haare. „Es tut mir leid, das ist nicht dein Problem. Ich werde mich darum kümmern." Ich sollte mich bei Weston nicht über mein Kleid auslassen.

„Das ist mein Problem, denn du arbeitest für mich, und ich werde nicht zulassen, dass du als meine Assistentin ausfällst, wenn du tot bist oder zum Sexhandel gezwungen wirst."

Ich lache über seine Bemerkung. „Ermordet, vielleicht. Aber Sexhandel?" Ich schaue an meinem kurvigen Körper hinunter. „Du machst Witze, oder?"

Er beißt sich auf die Unterlippe, schüttelt den Kopf und geht in sein Büro. Ich weiß nicht, was er dort macht, packt er vielleicht den Rucksack seines Kindes?

Ein paar Minuten später kommt er aus seinem Büro und überreicht mir eine Visitenkarte. Ich nehme an, es hat etwas mit der Arbeit zu tun. „Soll ich dort für dich anrufen?", frage ich.

„Ich habe ihn bereits kontaktiert, und er wird heute Abend bei dir vorbeikommen, um dein Kleid anpassen zu lassen. Dein Kleid wird zur Hochzeit fertig sein."

„Macht der Hausbesuche?", frage ich. Das gibt es doch gar nicht. „Wie viel kostet er, Weston?"

„Du kannst es mit einem Tanz wiedergutmachen." Weston grinst mit einem Augenzwinkern.

„Ein Tanz? Wir haben kein weiteres Date." Hat er den Verstand verloren?

Weston geht in sein Büro, um Tylers Schildkrötenrucksack zu holen. „Sag einfach danke und nimm das großzügige Hilfsangebot an." Er hält die Hand seines Sohnes, während wir drei uns auf den Weg zum Aufzug machen.

Ich frage mich, ob die Gerüchteküche jetzt, wo jeder weiß, dass Weston einen Sohn hat, mit allerlei Klatsch und Tratsch überschwemmt werden wird. Es hilft wahrscheinlich auch nicht, dass ich immer mit ihm zur Arbeit komme und abends wieder gehe.

Wir gehen die Treppe hinunter und Camden wartet draußen vor dem Eingang auf uns. Er öffnet die hintere Tür auf der Fahrerseite und ich steige in das Fahrzeug, während Weston Tyler auf dem Kindersitz festschnallt.

„Papa, wo ist Roar? Gehen wir nach Hause?", fragt Tyler.

Weston öffnet den Reißverschluss des Rucksacks und reicht ihm den blauen Dinosaurier. „Ja, wir gehen jetzt nach Hause und machen Abendessen. Möchtest du mitkommen?", fragt er und sieht mich an.

„Nein, ich habe den Termin für das Kleid, den du gemacht hast, erinnerst du dich?"

„Ich kann ihn zu mir nach Hause kommen lassen. Das ist keine große Sache. Es ist nicht so, dass es für ihn weiter ist."

Ich lache nervös. „Willst du dich mit mir verabreden, Weston?"

Er schließt die Schnalle von Tylers Kindersitz und die Autotür, bevor er mir antwortet. Die Frage hängt in der Luft und mein Magen flattert, während ich mich frage, was er wohl sagen wird.

Abgesehen von dem schlechten Date, das wir zusammen hatten, ist er mein Chef. Es ist nicht angemessen, mit ihm zu essen und zu trinken, schon gar nicht in seiner Wohnung.

Weston klettert auf den Vordersitz, während Camden sich hinter das Lenkrad setzt.

Ich schnalle mich an, öffne die Dating-App und werfe einen Blick auf eine neue Nachricht, die irgendwann heute Nachmittag aufgetaucht ist.

„Ich lade dich zum Essen ein, wie es sich für zwei Freunde und Kollegen gehört", sagt Weston. „Außerdem schulde ich dir ein Dankeschön für deine Hilfe mit Tyler gestern Abend."

Wird er mir auch eine Erklärung geben? Zum Beispiel, warum sein Kind solch ein Geheimnis war.

„Ich kann das Abendessen machen, aber ich habe die Visitenkarte auf dem Schreibtisch im Büro liegen lassen."

„Ich lasse den Schneider bei mir vorbeikommen." Weston ruft an und passt den Treffpunkt an. Als er das Gespräch beendet, blickt er zu mir. „Er sagte, du sollst deine Schuhe mitbringen, falls der Saum an deine Absatzschuhe angepasst werden muss."

„Danke." Ich atme erleichtert auf und werfe einen Blick auf die neue Nachricht von *Heißer Single Papa*.

Heißer Single Papa: Keine Sorge, ich bin nicht wirklich ein kopfloser Typ.

Der Nachricht ist ein Bild beigefügt, aber sein Gesicht ist unkenntlich gemacht. Ist das sein Ernst? Ich sollte mich nicht mit ihm abgeben, aber ich habe ein paar Minuten Zeit auf dem Rücksitz.

Sonne in Paris: Witzig. Sleepy Hollow ist ungefähr so interessant wie kopflose Männer. Hast du noch andere Bilder oder soll ich dich blockieren?

Ich drücke auf Senden und Westons Telefon klingelt ein paar Sekunden später.

Er wirft einen Blick auf sein Handy, aber ich kann nicht sehen, was er anschaut. „Der Schneider hat mir geschrieben, dass er zum Abendessen vorbeikommt und sich ein paar Minuten verspäten wird. Ich habe ihm gesagt, er muss sich nicht beeilen. Irgendwann heute Abend ist gut."

„Danke."

Nachdem wir an unserem Wohnkomplex abgesetzt wurden, gehe ich in meine Wohnung, um mich umzuziehen, mich frisch zu machen und mein Kleid und meine Schuhe zu holen.

Weston besteht darauf, dass ich einfach vorbeikomme, wenn ich fertig bin.

Ich bin mir nicht sicher, ob ich jemals bereit sein werde, mit ihm zu Abend zu essen. Aber wenigstens ist es kein Date. Ich meine, sein Kind ist bei uns. Das bedeutet, dass es keine Verabredung sein kann. Es ist nur ein freundlicher Plausch bei einem schönen Essen.

Keine Verabredung.

Ich schnappe mir mein Kleid vom Bügel und meine Schuhe und schlendere nach nebenan. Ich klopfe entschlossen.

„Es ist offen", sagt Weston.

Ich greife nach dem Türgriff, und tatsächlich, er hat die Tür unverschlossen gelassen. „Du machst dir

Sorgen, dass mir in der Bronx etwas zustößt, aber du lässt die Tür unverschlossen?"

Weston steht in der Küche und zerkleinert die Zutaten für einen Salat. Er hält drei Schüsseln bereit, von denen eine aus Plastik ist und kleiner als die anderen beiden.

„Ich mache nicht zwei Beerdigungen in einer Woche", sagt er mit Nachdruck.

Ich schwöre, die Luft verlässt meine Lungen.

„Verstanden", sage ich und schlüpfe aus den Schuhen. Ich hänge mein Kleid an den leeren Kleiderhaken neben der Eingangstür. „Kann ich helfen?"

„Das kommt darauf an. Kannst du kochen?", fragt Weston.

„Papa, ich will Karotten", sagt Tyler und kommt auf Weston zugerannt. Er streckt die Hand aus und bietet ein winziges Stück an. Der kleine Junge nimmt es seinem Vater ab, bevor er ziellos in der Küche herumläuft.

„Also, gibt es eine Mrs. Muffel-Grump?", frage ich.

Er legt das Messer mit einem dumpfen Schlag auf den Tresen. In seinen Augen steht eine Hitze. „Glaubst du, ich hätte dich um ein Date gebeten, wenn ich verheiratet wäre?"

„Nein", sage ich leise. „Ich war nur neugierig." Ich schaue Tyler an, weil ich nicht direkt fragen will, wo die Mutter des Kindes ist.

Er muss meine Frage sofort durchschauen. Bin ich so offensichtlich? „Es gibt nur uns beide. Das war schon immer so, und wird immer so sein", sagt Weston.

„Du machst einen bemerkenswerten Job mit ihm", sage ich.

„Ich tue mein Bestes." Er nimmt das Messer in die Hand und schneidet weiter Gemüse für den Salat.

„Papa." Tyler klettert auf seinen Platz am Tisch und setzt sich auf seine Knie. „Ich bin hungrig."

Weston bereitet für uns drei ein gutes Abendessen vor. Wir öffnen eine Flasche Wein und trinken sie bis zum Ende des Essens fast ganz aus.

Danach helfe ich beim Abwasch, während er Tyler wäscht und bettfertig macht.

Ich überlege, ob ich gehen soll. Es gibt keinen Grund für mich, zu bleiben, außer dass der Schneider zu Weston kommen soll und nicht zu mir. Nicht, dass er nicht wieder umdirigiert werden könnte. Aber wenn Weston Tyler nach einer Gute-Nacht-Geschichte zudeckt, möchte ich nicht, dass er unterbrochen wird.

Es dauert nicht lange, bis Nigel, Westons persönlicher Schneider, eintrifft. Ich eile ins Bad, ziehe das Kleid an und schlüpfe in meine Schuhe, damit er alles perfekt abstecken kann.

Leise Schritte berühren den Boden, und ich werfe einen Blick über meine Schulter, als Weston aus Tylers Schlafzimmer schleicht.

„Es ist schön, dich zu sehen, Nigel."

„Ich freue mich auch, dich zu sehen, Weston."

„Danke, dass du so kurzfristig gekommen bist", sagt Weston.

„Ein schickes Date für euch beide?", vermutet Nigel, während er mein Kleid feststeckt.

„Nur eine Hochzeit", sage ich.

„Was? Ihr zwei wollt heiraten?" Nigel schnappt nach Luft.

„Nein", sagen wir beide einstimmig.

Ich bin dankbar, dass der Schneider mich nicht einfach mit einer Nadel gestochen hat. Es ist offensichtlich, dass er abgelenkt ist und erst zu mir und dann zu Weston aufschaut. „Nun, ihr hättet mich mit den glühenden Blicken, die ihr beiden austauscht, täuschen können. Verabredung?"

„Nein", sage ich, diesmal schneller, als Weston antworten kann.

Er ist mit dem Saum fertig, und fordert mich auf, mich Weston zuzuwenden.

Westons dunkler Blick weitet sich, als er auf den V-Ausschnitt meines Kleides starrt, der ein üppiges Dekolleté zeigt.

„Du nimmst das Oberteil mit, richtig?", fragt Weston.

„Das hängt von Miss Emerson ab, nicht wahr?"

„Ja, und ich möchte, dass es gut sitzt, aber es muss nicht mein Dekolleté verdecken. Ich habe Brüste", sage ich lachend.

Westons Ohren werden rot und er blickt weg.

„Weston, habe ich etwas gesagt, das dir unangenehm ist?", frage ich. Es ist das erste Mal, dass ich ihn aufgeregt sehe.

Er räuspert sich und es vergehen einige Sekunden, in denen er sich langsam wieder erholt. „Ganz und gar nicht. Ich würde es nur ungern sehen, wenn sie aus deinem Kleid herausspringen."

„Und was genau könnte dabei herauskommen?", frage ich und starre ihn ungläubig an. Ich versuche, nicht zu lachen, als er sich auf die Beine stellt. „Wir reden doch nicht über meine Brüste, oder?" Ich ziehe ihn auf. Ich kann es nicht lassen. Ich will sehen, wie er sich windet.

Seine Zunge schiebt sich an den Mundwinkel. „Ich denke nur, dass nicht jeder Mann auf der Hochzeit deine Brüste sehen muss, Elisa."

„Willst du meine Brüste sehen?"

Nigel ist ein Profi, er stand da und knüpfte weiter an meinem offenen Ausschnitt, der einen Blick in mein Dekolleté freigab. Er sagt kein Wort über die Bemerkung, die ich gerade Weston gegenüber gemacht hatte.

„Wir sind fertig", sagt Nigel. „Wenn Sie das Kleid ausziehen möchten, nehme ich es mit, und in ein paar Tagen ist es fertig."

„Danke", sage ich, eile ins Bad, und schließe die Tür hinter mir. Ich ziehe wieder meine zerrissene Jeans und mein T-Shirt an. Ich habe versucht, das am wenigsten sexy Outfit zu wählen, das ich aus einer Laune herausfinden konnte.

Nigel und Weston verabschieden sich, und ich übergebe Nigel mein Kleid, mit dem Versprechen, dass er es rechtzeitig zur Hochzeit fertig haben wird.

„Ich sollte wohl nach Hause gehen", sage ich und zeige auf die Tür.

„Angst vor dem Verkehr?" Weston scherzt. „Ich weiß, es ist eine ziemliche Entfernung zu deiner Wohnung."

„Sehr witzig." Ich rolle mit den Augen und gehe an Weston vorbei, nur um zu spüren, wie er mich an den Hüften packt und an sich zieht. Er knurrt und ich atme nervös aus.

„Ich mag dich, sehr sogar", flüstert er, und sein Atem kitzelt meinen, während er von meinen Augen auf meine Lippen starrt.

Ich traue mich nicht zuzugeben, dass er mir ans Herz gewachsen ist. Der brennende Hass, den ich am ersten Tag im Büro für ihn empfand, nach unserer Verabredung, er köchelt noch immer.

Durch den Wein vom Abendessen wird mir schwindelig und der Raum ist warm. Ich stelle mich auf die Zehenspitzen und möchte ihn küssen.

„Hast du dich jemals gefragt, wie ich schmecke?", frage ich.

Ein warmes Lächeln überzieht sein Gesicht. „Ich habe", gibt er zu.

„Seit dem Traum, den ich neulich nachts hatte, möchte ich deine Lippen schmecken."

Er ergreift meine Hand und lässt mich nicht aus seiner Reichweite entgleiten. „Deine Lippen sind nicht das

Einzige, was ich schmecken möchte. Welcher Traum?" Das Lächeln auf seinem Gesicht wird noch breiter, er will alle meine Geheimnisse wissen.

Seine Worte jagen mir einen Schauer über den Rücken und machen mich noch heißer. „Nur ein feuchter Traum", sage ich mit einem nervösen Lachen.

„Ich muss vielleicht eine zweite Flasche Wein öffnen."

„Willst du mich betrunken machen?" Ich neige den Kopf, schaue zu ihm hoch und ziehe eine Grimasse.

„Was ist los?" Er spürt mein Unbehagen.

„Ich habe eine Verspannung am Hals", gestehe ich und lasse den Kopf hängen. Ich möchte ihn ansehen, seine Lippen mit meiner Zunge nachzeichnen, aber mein Körper hat andere Vorstellungen, und ich bin nicht damit einverstanden.

„Dreh dich um", sagt Weston und führt mich an den Schultern, damit ich mich von ihm abwende.

Ich atme schwer aus. Ich bin nervös, mit dem Rücken zu Weston. Es fühlt sich wie eine verletzliche Position an, aber ich vertraue darauf, dass er mich nicht absichtlich verletzen würde.

Seine Berührung ist sanft und doch fest, während sich seine Finger in meine Schultern graben und seine Daumen meinen Hals entlang streifen.

Ein Schnurren entweicht meinen Lippen; seine Berührung ist erstaunlich und elektrisch.

„Hast du gerade geschnurrt?", fragt Weston kichernd.

„Nein", lüge ich. Er kann es nicht beweisen. Es sei denn, er zwingt mich, es noch einmal zu tun. Ich werde vorsichtiger sein, wie ich auf seine Berührung reagiere.

Ich schließe die Augen und mein Körper beginnt sich zu entspannen, als er meine verspannten Muskeln massiert

„Wenn ich gewusst hätte, dass du so gut mit deinen Händen bist, hätte ich als deine Assistentin um tägliche Massagen gebeten."

„Oh, Schätzchen, ich bin gut mit meinen Händen. Das ist nur zum Aufwärmen. Die Einführung." Sein Atem kitzelt meinen Nacken und ich zittere vor der Intensität seines Körpers, der meinen, in Flammen setzt.

Ich lehne mich zurück, und seine Brust drückt gegen meinen Rücken, um mich zu stützen.

Mit seiner linken Hand massiert er weiterhin meine Schultern, und seine rechte Hand wandert sanft meinen Nacken hinauf. Seine Berührung ist nicht nur beruhigend. Sie ist erregend.

Ich ziehe meine Unterlippe zwischen die Zähne. Ich versuche, nicht von Weston, meinem Chef, angemacht zu werden. Wir haben diesen Weg schon einmal beschritten; es war eine Katastrophe.

Und er hat ein Kind. Weston hat klargemacht, dass er nur Sex will. Vielleicht ist das auch in Ordnung.

Mein Körper sieht das auch so.

Das Zimmer ist warm, und ich möchte mich ausziehen und auf ihn klettern, um ihn zu vergewaltigen.

Aber was, wenn es für ihn nur eine Massage ist? Und er mich nicht will?

Es gibt nur einen Weg, das herauszufinden. Ich drehe mich in seiner Umklammerung, seine Finger fahren meinen Hals entlang, während ich mich auf die Zehenspitzen stelle, und seinen Mund mit meinem berühre.

Der Kuss ist zunächst sanft und zart, fast träge wie das Faulenzen am Feuer in einer Winternacht.

Er stöhnt und zerrt an meiner Unterlippe, die er zwischen seine Zähne nimmt. „Scheiße", knurrt er und hebt mich in seine Arme.

Meine Beine umschlingen ihn, mein Inneres brennt wegen der Kraft, die er ausstrahlt. Er strahlt Selbstbewusstsein und eine erotische Anziehungskraft aus. Normalerweise halte ich ihn für arrogant, aber in diesem Moment möchte ich ihn einfach nur ausziehen.

Geschickt öffnen meine Finger die Knöpfe seines Hemdes. Ich lasse mir Zeit, wenn auch nicht absichtlich, denn meine Hände zittern.

Er nimmt meine Hände, führt sie zu seinen Lippen und küsst meine Haut. „Du kannst es zerreißen", sagt er mit einem Grinsen.

Wenn ich ihm das Hemd nicht schnell genug aufreiße, reißt er es auf, und die Knöpfe springen auf und fliegen durch den Raum.

Er setzt mich auf dem Küchentisch ab. Meine Füße baumeln über dem Rand, während er seinen Gürtel abschnallt.

Ich presse meine Lippen aufeinander. „Das war heiß." Allein, wie er sich auszieht, versetzt meinen Körper in Flammen. Ich will ihn spüren, ihn schmecken, ihn verschlingen, bevor die Nacht zu Ende ist.

Weston knöpft seine Anzughose auf, zieht den Reißverschluss herunter und steigt aus der Hose. Er wirft sie auf einen Stuhl in der Nähe steht. „Gott, du bist so sexy", flüstert er und drückt mich mit Küssen zurück gegen den Tresen.

Er hilft mir beim Ausziehen, unsere Lippen verschmelzen miteinander und sind nur wenige Sekunden getrennt, als mein T-Shirt auf den Boden fällt.

Westons Finger gleiten in die offenen Risse meiner Jeans, auf meine Oberschenkel, um mich zu berühren.

Seine Berührung ist hypnotisierend. Ich starre auf seine Lippen, schnappe nach Luft, keuche von der überwältigenden Intensität, die sich zwischen uns aufbaut.

„Ich habe bis jetzt nicht verstanden, warum Jeans mit Rissen in Mode waren", knurrt er und streichelt meine Oberschenkelinnenseite, seine Finger streifen mein Höschen. „Leichter Zugang." Ein verruchtes Grinsen überzieht seine Züge, bevor er meine Lippen mit seinen einfängt.

Unsere Zungen duellieren sich, er hebt mich von der Theke und trägt mich in sein Schlafzimmer. „Lass mich runter, du tust dir noch weh."

„Schätzchen, auch wenn das Tragen von dir meinem Rücken wehtun würde, wäre es das auf jeden Fall wert." Er setzt mich auf dem Bett ab und bedeckt meine Lippen mit innigen Küssen.

Weston wandert von meinem Schlüsselbein meinen Hals hinunter, seine Haare kratzen und reizen mich, während er mich weiter küsst. „In diesem Raum gibt es nur eine Regel", sagt er.

Ich starre atemlos zu ihm auf. Meine Finger streichen durch sein Haar, während ich seine Lippen wieder auf die meinen bringe und wir beide um die Kontrolle ringen.

Er knurrt und zieht sich zurück. „Rutsche weiter zurück auf dem Bett."

Ich tue, was er befiehlt. „Ist das deine Regel? Dir zu gehorchen?" Ich scherze mit einem Grinsen.

„Du musst nackt sein", sagt er und knöpft den Knopf meiner Jeans auf. Er öffnet den Reißverschluss der Jeans, seine Handfläche streift über meinen Bauch. Seine Berührung ist federleicht und sinnlich und lässt meinen ganzen Körper kribbeln. „Hüfte hoch."

Ich tue, was er sagt, hebe meine Hüften, während er mir hilft, meine Jeans von den Beinen zu schieben und sie ganz herunterzuziehen.

„Das ist viel besser. Aber du verstößt immer noch gegen die Regel."

„Tue ich das?", frage ich, starre zu ihm hoch und versuche, Luft zu holen, und er hat mich bis jetzt noch nicht einmal über den Rand gebracht.

„Nackt", sagt er. Seine Finger lösen den Verschluss meines BHs und die Träger gleiten über meine Arme. Ich lasse den BH auf einen Haufen auf den Boden fallen.

Meine Finger streichen über seinen Bauch und kitzeln den Bund seiner Boxershorts. „Du bist dran."

Weston schüttelt den Kopf. „Mein Zuhause. Meine Regeln." Er hält mich davon ab, ihn auszuziehen, und wandert meinen Oberkörper hinunter, wobei seine Lippen und sein Bart über meine Schenkel streifen. Seine Küsse sind süß und warm, während er mich bis ins Innerste erwärmt.

„Aber du bist nicht nackt", jammere ich. Er hat nur seine Boxershorts an, aber am liebsten würde ich ihn mit gar nichts sehen. Ich möchte wissen, wie er aussieht, wie er sich anfühlt und wie er schmeckt.

Er presst seine Lippen auf meine und saugt mich in sich auf. Unsere Zungen duellieren sich, jeder von uns will die Führung übernehmen.

Am Ende gewinnt Weston, drückt mich nach unten und presst seinen Unterleib gegen meinen. Ich kann seinen dicken, harten Schwanz spüren, aber ich will ihn auch sehen.

„Auge um Auge", sage ich.

Weston zieht eine Augenbraue hoch, und seine Lippen wandern zu meiner Brust. „Ich bin ganz vernarrt in deine Titten", sagt er grinsend, bevor er an meiner Brust saugt und sie mit der Handfläche berührt. Seine Zunge wandert über meine Brustwarze, neckt und küsst mich. Er bläst kühle Luft über den Hügel, den er geküsst hat, und beobachtet, wie meine Brustwarze hart wird.

Ich winde mich unter seinen Berührungen und wünsche mir mehr von ihm.

„Ich meinte, dass wir beide unsere Höschen ausziehen", sage ich und versuche, einen zusammenhängenden Satz zu bilden.

„Höschen? Ich trage keine Höschen", korrigiert er mich. „Aber du kannst es ausziehen." Das verruchte Grinsen ist wieder da, und er hilft mir, aus dem Höschen zu schlüpfen, indem er es über meine Oberschenkel gleiten lässt, bis ich es wegstoßen kann.

„Deine Boxershorts, Wes."

Seine Augen flackern und er bedeckt meine Lippen mit seinem Mund, schiebt seine Zunge hinein und nimmt sich, was er will, oder besser gesagt, was er braucht.

Wie bei einem wilden Tier wird eine ungezähmte Seite an ihm freigesetzt, und ich bin mir nicht sicher, ob er sich genauso nach Sex sehnt wie ich.

Seine Finger streifen über die Innenseite meiner Beine und entdecken, dass ich glitschig bin. Aber er fickt mich nicht. Bis jetzt nicht.

Ich ziehe an seinen Boxershorts, aber er hilft mir nicht, und sein Winkel erschwert es mir, sie auszuziehen. „Ausziehen", sage ich und wimmere, als er mich sein letztes Kleidungsstück nicht ausziehen lässt.

„Es ist keine Magie, du kannst nicht einfach befehlen, dass es verschwindet. Glaub mir, ich habe es mit dir versucht, mehrmals im Büro." Er kommt näher, zieht seine Boxershorts herunter und lässt mich jeden Zentimeter seines Schwanzes sehen, der pulsiert und auf Aufmerksamkeit wartet.

Ich hebe meine Augenbrauen, neugierig, wie lange er mich schon begehrt. „Wann?", frage ich.

Er hat sich jedenfalls nicht so verhalten. Er hat seine Wünsche ziemlich gut vor mir verborgen.

Meine Finger streifen seinen Schaft, ich will ihn erregen und befriedigen.

Ich knie mich hin und drücke Weston sanft auf den Rücken, während ich mich hinunterbeuge, um ihn in den Mund zu nehmen.

Seine Finger verheddern sich in meinem Haar, während ich mit meiner Zunge an seinem Schaft entlangfahre. Er stöhnt und zieht mich zurück. „So nicht."

„Sag mir nicht, dass du ein Romantiker bist", sage ich und kichere. Er scheint mir nicht der Typ zu sein, der möchte, dass unser erstes Mal zusammen langsam und sinnlich ist.

Er bringt mich mit Küssen zum Schweigen, drückt mich auf den Rücken und spreizt meine Beine. Seine Finger necken die Innenseiten meiner Schenkel und er küsst einen Weg überall hin, außer dorthin, wo ich am meisten möchte, dass er mich küsst.

Er geht langsam vor, seine Bewegungen sind methodisch. Es ist kein Geheimnis, dass er das schon mal gemacht hat, so wie er mich kribbelig macht und mein Körper sich nach dem Gefühl seines Schwanzes in mir sehnt.

Aber er gibt mir bisher nicht das, was ich mir am meisten wünsche. Er küsst meine Innenschenkel. Seine Bartstoppeln streifen meine Haut und ich bewege mich leicht, in der Hoffnung, dass er über meine Klitoris reibt.

„Noch nicht." Er lächelt wissend.

Mit einem kräftigen Seufzer werfe ich den Kopf zurück. „Mein Inneres brennt und du schürst die Flammen."

Weston verzieht das Gesicht zu einem verruchten Grinsen. „Das ist nicht alles, was ich tun werde, Schätzchen, aber ich möchte allem, was ich tue, meine volle und ungeteilte Aufmerksamkeit schenken."

Ich wimmere bei seinen Worten.

Er hört sich an, als sei er im Boss-Modus.

Es ist heiß.

Er ist sexy.

Und mein Körper sehnt sich nach Erlösung und er hat mich bis jetzt nicht einmal gefickt.

„Du bist so ein Scherzkeks", murmle ich und versuche, ihn davon zu überzeugen, mich jetzt zu befriedigen.

„Ich, Liebling? Du warst diejenige in dem Kleid von vorhin, mit deinen Titten, die fast heraushingen. Weißt du, wie hart ich war, als Nigel im Zimmer war? Ich hätte dich am liebsten gleich auf dem Boden genommen."

„Das hättest du tun sollen", sage ich und lächle ihn an, während er wieder an meinem Körper hochkrabbelt.

„So fängt jeder gute Pornofilm an." Er gluckst. „Aber im Ernst, nein. Ich werde nicht zulassen, dass dich jemand anderes nackt sieht. Du gehörst mir." Er knurrt und saugt an meinem Hals, hinterlässt lange, langsame Küsse, die mein Inneres warm werden lassen.

„Wehe, du hinterlässt einen Fleck auf meiner Haut", murmle ich und löse seine Lippen von meinem Hals.

„Warum nicht? Das ganze Büro soll wissen, dass du vergeben bist", sagt Weston. Er beugt sich vor und beißt spielerisch in mein Schlüsselbein. „Keine heißen Dates mehr für dich."

„Du bist böse." Ich stoße seinen Kopf von meinem Hals weg. „Ich kann bei der Hochzeit keinen Knutschfleck haben."

„Wie wäre es mit drei?"

„Was?" Ich schnappe nach Luft und setze mich auf, aber Weston zieht mich wieder an sich heran und verschränkt unsere Gliedmaßen miteinander. „Entspann dich. Es ist nicht so, als ob du am Tisch für Singles sitzen würdest. Ich bin sicher, deine Freunde sind nicht so grausam."

„Du kennst sie nicht", sage ich und mir fällt die Kinnlade herunter. „Und Clare ist so grausam."

Sein Atem kitzelt meinen Nacken und er zieht eine sanfte Spur von Küssen über meine Brüste und meinen Bauchnabel. „Genug von ihnen", murmelt er. „Vertrau mir, es wird sich lohnen." Seine Finger streicheln grob meine Haut, markieren und beanspruchen mich, während er tiefer eindringt und mich neckt, bevor er meinen Nektar kostet.

Er führt zwei, dann drei Finger in mich hinein und dehnt mich, damit ich seine Größe aufnehmen kann, während sein Daumen meine Klitoris umkreist.

Meine Lippen prallen auf seine, mein Inneres presst sich an ihn, ich will, dass sein Schwanz in mir ist.

Ich kneife die Augen zusammen und beiße mir auf die Unterlippe.

„Sieh mich an", befiehlt Weston.

Langsam öffne ich meine Augen und habe Mühe, in seine dunklen, erhitzten Augen zu blicken. Seine Finger bringen mich über den Rand, während seine Lippen mich zum Schweigen bringen und verhindern, dass ich seinen Sohn im Zimmer nebenan aufwecke.

Ich schnappe nach Luft, mein Rücken krümmt sich, die Zehen wölben sich, während Weston mich der

Vergessenheit entgegengeführt. Mein Herz pocht wie wild, schlägt gegen meine Brust und versucht, sich aus seinem Käfig zu befreien.

Ich lasse mich auf die Matratze fallen, und er klettert mit einem breiten Grinsen auf mich drauf. „Ich bin dran, Süße, aber ich verspreche, dass wir auch mit dir noch nicht fertig sind."

Er neckt die Spitze seines Schwanzes an meiner Mitte und mein Körper reagiert bereits auf ihn, auf die Hitze zwischen uns und das unkontrollierbare Feuer, das in mir brennt.

Weston dringt langsam in mich ein, während er mich ausfüllt und dehnt. Er bewegt seine Hüften nach unten, schaukelt gegen mich und bringt meinen Körper dazu, zu reagieren, bevor er bereit ist.

Meine Finger streichen über seinen Rücken und hinunter zu seinen Hüften, ich möchte mir jedes Detail einprägen. Er ist wunderschön, und ich kann nicht begreifen, wie wir heute Abend hierhergekommen sind.

Er beugt sich hinunter, sein Blick ist auf mich gerichtet, seine Augen blicken direkt in meine Seele, wir werden eins.

Ich schlinge meine Beine um ihn und ziehe Weston tiefer zu mir, weil ich ihn dieses Mal mit mir über den Rand bringen will.

„Vertraust du mir?", fragt er.

„Ja", flüstere ich und starre zu ihm auf, als ich merke, dass wir kein Kondom geöffnet haben. Ich schiebe eine Hand zwischen uns und halte ihn auf. „Stopp. Warte."

Er zieht sich zurück, als hätte ich ihn verbrannt, die Augenbrauen zusammengezogen und einen stürmischen Blick in den Augen.

„Wir sollten ein Kondom benutzen", sage ich. Ich kann nicht glauben, was gerade passiert ist.

„Scheiße", flucht er. Er zieht die Stirn in Falten, rollt sich auf die andere Seite der Matratze und öffnet den Nachttisch. Er schnappt sich das Folienpaket und reißt es auf.

„Ist schon gut, ich bin sauber", sage ich und schaue zu ihm hoch.

„Ich auch", sagt Weston. „Ich kann auch kein Mädchen schwängern. Ich habe nicht einmal an Schutz gedacht. Es tut mir leid."

Ich frage ihn nicht, was er gemeint hat. „Es ist in Ordnung", sage ich und lege meine Hand an seine Wange, meine Lippen an seine. „Es war ein Unfall. Es ist nicht so, dass wir das heute Abend geplant hätten. Oder?"

Weston grinst. „Ich hatte eigentlich geplant, dass du zum Abendessen zu mir kommst. Danach würde ich dich bis in die frühen Morgenstunden vergewaltigen." Er zieht mich zurück auf die Matratze und presst mich unter sich.

„Lügner", sage ich lachend und blicke zu ihm hoch. „Das glaube ich dir nicht."

„Ja, ich auch nicht." Er führt seinen Schwanz wieder in mich hinein, und dieses Mal fühlt es sich ganz natürlich an, als ob wir füreinander bestimmt wären und perfekt zusammenpassen würden.

Seine Lippen bedecken meine, unser Atem geht schwer. Mein Herz klopft wie wild, meine Zehen kräuseln sich, und ich klammere mich an Weston, als hinge mein Leben davon ab, während ich meinem Orgasmus hinterherjage. Er ist direkt neben mir, und wir beide fallen in die Vergessenheit.

Schweiß bedeckt meine Stirn, und er rollt sich ab und schnappt nach Luft. Meine Haut ist glitschig und ich möchte mich an ihn schmiegen, aber ich bin auch zu erschöpft, um mich zu bewegen.

Er klettert aus dem Bett, wirft das Kondom in den Mülleimer im Bad, schaltet die Lampe neben dem Bett aus und lässt sich neben mir auf die Matratze fallen.

Soll ich zurück in meine Wohnung gehen? Ich wollte nicht so lange bleiben. Er hat mich nicht eingeladen, über Nacht zu bleiben.

Meine Beine weigern sich, sich zu bewegen.

Weston schlingt einen Arm um meine Taille und vergräbt sein Gesicht in meinem Nacken. „Schlaf", sagt er und liest meine Gedanken.

Ich tue, was er sagt, und lasse mich vom Schlummer einfangen, während ich in den Schlaf gleite. Es ist der friedlichste Schlummer, den ich seit Langem hatte, eingehüllt in seine Umarmung.

Ich drehe mich um, und das Bett neben mir ist leer. Das Morgenlicht scheint durch die durchsichtigen Vorhänge und zwingt mich, mein Gesicht mit der Hand zu bedecken.

Die Dusche läuft.

Weston muss sich für die Arbeit fertig machen. Ich zwinge mich meine Augen zu öffnen, und die Uhr erinnert mich daran, dass ich mich anziehen und in Kürze fertig sein muss.

Ich klettere aus dem Bett, hole meine Kleider und Schuhe und schleiche mich aus seiner Wohnung.

Was zum Teufel ist letzte Nacht passiert?

Ich meine, ich weiß noch, was passiert ist. Ich war nicht so betrunken, aber ich habe mit meinem Chef, Weston Muffel-Grump, geschlafen. Ich steige zu Hause schnell unter die Dusche, spüle die letzte Nacht ab und den Abfluss hinunter, während ich mich auf einen neuen Tag einstelle.

Aber wie soll ich *ihm* gegenübertreten?

Ich hatte noch nie einen One-Night-Stand. Und Weston ist, nun ja, Mr. Muffel-Grump. Der Mann hat nie angedeutet, dass er mehr von mir oder jemand anderem will.

Ich schiebe es darauf, dass ich zu viel Wein getrunken habe, und vermeide jede Diskussion über dieses Thema. Ich kann mir auch nicht vorstellen, dass er darüber reden will.

Nach dem Duschen ziehe ich mir einen dunkelroten, knielangen Rock und eine schwarze Bluse an, die am Saum rot abgesetzt ist. Ich schnappe mir einen passenden Lippenstift und trage ihn auf, bevor ich aus der Tür gehe.

Ich ziehe die Absatzschuhe an, die ich auf der Hochzeit tragen werde, und kombiniere sie mit dem Outfit, mit dem ich zur Arbeit gehe. Ein letzter Blick in den Spiegel und ich lächle zufrieden.

Mein Telefon ist völlig leer, also hole ich ein Ladekabel. Ich muss es anschließen, wenn ich heute im Büro bin.

Ich gehe zur Tür, dann zum Aufzug und fahre hinunter. Weston ist bis jetzt nicht hier unten, und sein Fahrer Camden auch nicht.

Ich rutsche nervös auf meinen Absatzschuhen hin und her. Bin ich für das Büro zu schick angezogen? Mein Magen flattert und ich werfe einen Blick auf den Aufzug, der zur Eingangshalle hinunterfährt.

Von Weston gibt es immer noch keine Spur.

Hat er mir eine Nachricht geschickt, dass er sich verspätet? Ich werde es erst wissen, wenn ich mein Handy anschließen kann und es genug aufgeladen ist, um alle Texte zu lesen.

Ich sollte wahrscheinlich den Akku austauschen lassen. Mein Telefon ist noch nicht so alt, aber es hält kaum einen Tag durch, bevor es aufgeladen werden muss.

Noch immer keine Spur von Weston oder seinem Fahrer.

Ist er heute Morgen ohne mich gegangen? Ich dachte nicht, dass ich mich verspäten würde, aber nachdem ich die letzten zwanzig Minuten in der Eingangshalle herumgestanden habe, werde ich es definitiv schwer haben, pünktlich zur Arbeit zu kommen.

Ich eile hinaus in die eisige Winterluft und mache mich auf den Weg zur U-Bahn. Der Boden ist glatt und Absatzschuhe zu tragen, war nicht von Vorteil.

Meine Füße sind taub, meine Beine erfroren von dem kurzen Rock. Ich dachte, ich würde mich auf dem Weg zur Arbeit hinten in ein beheiztes Auto kuscheln.

Mit Weston zu schlafen, war offensichtlich ein Fehler.

Ich schimpfe und eile zur U-Bahn, um den Zug noch rechtzeitig zu erwischen.

Ich schaffe es nicht. Der Zug rast vorbei, bevor ich überhaupt auf dem Bahnsteig bin. „Verdammt!" Ich fluche und werde langsamer. Ich muss mir nicht den Knöchel verstauchen oder die Treppe hinunterfallen. Ich schaffe es nicht mehr rechtzeitig zur Arbeit.

Schließlich schlendere ich mit Verspätung ins Büro. Der nächste Zug hatte Verspätung, und so standen wir eine Weile auf dem Bahnsteig. Das war mein Glück.

Ich gehe zu meinem Schreibtisch und werfe einen Blick in Westons Büro. Es ist dunkel. Die Tür ist offen, aber er ist nicht drinnen.

Ich schließe mein Mobiltelefon an und warte, bis es so weit aufgeladen ist, dass ich das Gerät einschalten kann. Auf meinem Telefon im Büro gibt es keine Nachrichten.

Ich setze mich an meinen Schreibtisch, prüfe meine Arbeits-E-Mails und fange an. Ich habe das Gefühl, dass es ein langer und anstrengender Tag werden wird, vor allem, wenn ich auf Weston treffe.

Wo zum Teufel ist er, und warum ist er nicht bei der Arbeit?

Geht er mir aus dem Weg?

Ist er direkt zur Personalabteilung gegangen, um zu gestehen, was wir letzte Nacht getan haben?

8

WESTON

ICH BIN MIR NICHT SICHER, wo Elisa und ich nach dem, was letzte Nacht passiert ist, stehen. Ich ließ sie im Bett liegen und ein paar Minuten länger schlafen, während ich duschte und mich für die Arbeit anzog.

Aber als ich aus der Dusche trat, das Handtuch um die Hüfte geschlungen, war sie schon weg.

War es zu viel verlangt zu hoffen, dass sie sich in die Dusche geschlichen und mir Lebewohl gesagt hätte?

Das ist Wunschdenken und ein wenig verrückt, denn ich will keine Freundin. Ich bin mir nicht sicher, was ich überhaupt von Elisa will.

Verstehen Sie mich nicht falsch, die letzte Nacht war fantastisch. Ich würde es gerne wiederholen, ohne die riesige Menge an Wein, um uns in Stimmung zu bringen. Mein Kopf ist etwas benebelt und schmerzt. Nichts, was ein paar Aspirin nicht kurieren könnten.

Es gibt einen lauten Knall auf der anderen Seite des Flurs und ich renne aus dem Schlafzimmer, um zu sehen, was zum Teufel passiert ist.

Elisa ist nirgends zu sehen.

Tylers Schmerzensschreie schallen durch die Wohnung und werden immer lauter und deutlicher.

„Scheiße." Ich eile ins Schlafzimmer. Er liegt auf dem Boden. Ich weiß nicht, wie er da hingekommen ist. Er kann nicht auf magische Weise aus dem Bett rollen. Der einzige Grund, warum ich das Rennwagenbett gekauft habe, war, um sicherzugehen, dass er sicher ist.

Seine Schreie werden lauter. „Komm, wir lassen dich untersuchen." Ich hebe ihn in meine Arme. Die Schreie wollen nicht verstummen, als ich ihn in mein Schlafzimmer bringe und auf die Matratze lege.

„Papa!", jammert er, sobald er nicht mehr in meinen Armen liegt. Es ist schwer zu sagen, ob die Schmerzen so schlimm sind oder ob es der emotionale Sturz ist, der ihn erschrocken hat.

Aber er ist nicht wie andere Kinder. Tyler ist eine tickende Zeitbombe. Jede noch so kleine Verletzung könnte verheerende Folgen für ihn haben.

Schnell werfe ich mir eine Jeans und ein T-Shirt über, schlüpfe in meine Schuhe und eile zur Wohnungstür hinaus. Ich gehe die Treppe hinunter und bin erleichtert, dass Camden bereits wartet. Wäre er nicht da, hätte ich ein Taxi genommen.

Camden wirft einen Blick auf mich, sagt aber nichts zu meiner Kleidung. „Mountain Sinai Kravis Kinderkrankenhaus", sage ich, weil er uns sofort dorthin bringen muss.

„Sind Sie sicher, dass Sie keinen Krankenwagen oder Hubschrauberflug wollen?", fragt Camden.

Ich tue, was ich kann, um Tyler so wenig wie möglich zu erschrecken. Als wir das letzte Mal vor etwa sechs Monaten einen Krankenwagen genommen haben, hat er danach jedes Mal geweint, wenn er einen auf der Straße sah oder Sirenen hörte. Hysterische, untröstliche Schluchzer.

Es ist herzzerreißend, zusehen zu müssen und nichts tun zu können, um zu helfen.

Ich wiege Tyler auf dem Rücksitz in meinen Armen und drücke ihn an meine Brust. „Ist schon gut, Kumpel, wir werden dafür sorgen, dass alles in Ordnung kommt."

Meine Stimme bricht, und ich mache mir Sorgen, dass er genau wie Wren zerbrechlich ist. Eine Beule auf dem Spielplatz könnte tödlich sein.

Camden hält vor der Notaufnahme, und ich eile mit Tyler hinein und trage ihn zum Hauptschalter. „Mein Sohn hat das vaskuläre Ehlers-Danlos-Syndrom. Er ist gestürzt und ich brauche jemanden, der ihn untersucht."

Tyler und ich werden sofort aufgenommen, und er wird auf eine Trage gelegt und untersucht, während ich ihnen seine vollständige Krankengeschichte erzähle.

Er wird mit einer Reihe von Tests und Röntgenaufnahmen untersucht, um sicherzustellen, dass der Sturz nicht tödlich ist.

Der Arzt spricht mit uns und versichert mir, dass es ihm gut geht. Er wird wahrscheinlich starke Prellungen von der Verletzung haben, aber zum Glück gab es keine inneren Brüche oder Risse.

Erleichterung durchströmt mich, meine Augen füllen sich tränen, aber ich schlucke die Emotionen hinunter. Dieses Mal hatten wir Glück. Das nächste Mal vielleicht nicht mehr.

Mist. Ich habe mein Handy im Auto vergessen. Ich trage Tyler, der nach den ausgiebigen Tests nur noch tief schläft, zum Ausgang.

Camden sitzt im Wartezimmer und liest in seinem Handy. Er blickt auf, ein Ausdruck der Erleichterung überflutet seine Züge. Mir geht es genauso.

„Lassen Sie mich den Wagen vorfahren", sagt Camden. Er eilt aus dem Warteraum, und ich gehe zum Ausgang. Ich warte auf der gegenüberliegenden Seite der Doppeltüren, wo es warm ist und die Kälte niemanden angreift.

Nach ein paar Minuten hält Camden mit dem Auto an. Es ist nicht so warm wie sonst, aber er hat gewartet, was eine Erleichterung ist, denn ich habe mein Telefon nicht dabei.

„Wohin, Chef?", fragt Camden. „Ins Büro?"

„Nein, bring uns nach Hause."

Ich mache mir nicht die Mühe, ins Büro zu gehen. Ich bin nicht entsprechend gekleidet und mein Hauptaugenmerk liegt auf Tyler. Er ist meine Priorität. Es ging immer darum, ihn zu schützen. Deshalb habe ich ein Kindermädchen eingestellt, das sich mit seinem Zustand auskennt und eine medizinische Ausbildung als Krankenschwester absolviert hat.

Ich überprüfe mein Telefon; es gibt keine Nachrichten. Ich höre nichts von Elisa. Ich bin mir nicht sicher, was ich von letzter Nacht erwartet habe.

Ich hatte ganz sicher nicht vor, mit ihr zu schlafen. Ich greife zu meinem Handy, um ihr eine SMS zu schreiben, aber ich bin mir nicht sicher, was ich schreiben soll. Letzte Nacht hat Spaß gemacht? Sollen wir das wiederholen?

Die Wahrheit ist, dass ich mich auf Tyler konzentrieren muss.

Elisa ist eine Ablenkung. Eine Wunderbare, aber ich darf nicht an sie denken. Sie arbeitet für mich, und ich kann es nicht gebrauchen, dass die Personalabteilung mir sagt, dass ich mich nicht an die Regeln halte und ein Gerichtsverfahren droht.

Ich glaube nicht, dass Elisa hinter meinem Geld her ist, aber sie weiß, dass ich wohlhabend bin.

Den Rest des Tages verbringe ich mit Tyler auf dem Sofa und schaue mir Zeichentrickfilme und Kinderfilme an, die er sich immer wieder gerne ansieht.

Es klopft an der Tür. „Bleib hier", sage ich und gebe Tyler einen Kuss auf die Wange, bevor ich mich vom Sofa zur Wohnungstür bewege.

Ich werfe einen Blick durch das Guckloch.

Elisa Emerson.

Ich öffne die Tür und lade sie nicht ein, hereinzukommen. „Hast du etwas vergessen?", frage ich und schaue mich in der Wohnung um. Ich habe nichts von ihr gefunden, was sie zurückgelassen hat, aber ich habe auch nicht danach gesucht.

Ihr Mund verzieht sich und sie schüttelt den Kopf. „Du warst heute nicht bei der Arbeit. Du hast ein wichtiges Treffen mit der Produktionsfirma verpasst. Sie sind eingeflogen, um das Brooke-Projekt abzuschließen."

„Ich war beschäftigt." Ich gehe nicht näher darauf ein. Ich stehe mit einer Hand an der Tür und mit der anderen an der Wand und halte Abstand zu ihr. „Es kam etwas dazwischen."

„Ich verstehe", sagt sie und zieht die Stirn in Falten. „Das hat doch nichts mit dem zu tun, was gestern Abend zwischen uns passiert ist, oder? Wenn es um mich geht, Weston, dann höre ich auf. Das habe ich dir vom ersten Tag an gesagt."

Ich stoße ein kehliges Lachen aus. „Ich verlange nicht, dass du aufhörst. Du leistest großartige Arbeit in der Akquisitionsabteilung und als meine Assistentin."

„Aber?", fragt sie und wartet darauf, dass ich es ihr erkläre.

Mein Handy klingelt, und ich schwöre, dass ich nicht weiß, wer es ist, auch wenn es ein Telefonverkäufer ist, wäre ich froh, wenn ich sofort mit ihm sprechen könnte. „Aber nichts. Ich muss den Anruf annehmen", sage ich und nehme mein Handy vom Tresen.

„Kommst du morgen zur Arbeit?", fragt Elisa. „Die Mitarbeiter haben sich schon gewundert, warum du nicht gekommen bist, obwohl du den ganzen Tag Termine hattest."

„Ich hatte einen Notfall." Ich schließe die Tür und antworte dem Anrufer. „Was?" blaffe ich.

„Es ist auch schön, mit dir zu reden", sagt Logan.

Ich reibe mir die Stirn. „Scheiße, tut mir leid."

„Ist es ein schlechter Zeitpunkt? Kann ich zurückrufen?", fragt Logan.

Keine Zeit ist jemals gut, so fühlt es sich an. „Nein, ist schon gut." Ich schließe die Wohnungstür ab und setze mich auf den Sessel gegenüber von Tyler. Er ist mit seinen Zeichentrickfilmen beschäftigt, was mir ein paar Minuten Zeit gibt, mich mit einen meiner engsten Freunde, Logan Henderson, zu unterhalten.

„Also, Julianna und ich kommen zu Levis Hochzeit", sagt Logan. „Und ich, äh, bringe vielleicht ein heißes Date mit."

Seine Tochter, Julianna, ist fünfzehn, fast sechzehn. Ich erinnere mich noch an den Tag, an dem das Kind geboren wurde. Wann zum Teufel bin ich so verdammt alt geworden?

„Was?" Ich lache und halte mir die Hand vor den Mund. „Du hast ein Date? Verdammt, bin ich der Einzige von uns, der am Tisch für Singles sitzen wird?"

„Klingt, als wäre dein Liebesleben scheiße", scherzt Logan. „Komisch, denn du hattest immer ein Mädchen im Arm, egal, wo wir hingegangen sind."

„Ich spiele gerne ein bisschen", sage ich und zucke mit den Schultern. Ich verbringe mehr Zeit damit, mich auf Tyler zu konzentrieren als auf jeden anderen. Wie soll ich da die Zeit für eine Beziehung finden?

„Was immer dich glücklich macht", sagt Logan. „Wie auch immer, ich habe diesen Rockstar von einem Mädchen getroffen. Sie ist eine Vloggerin und ihr Name ist Cali."

Ich kann mir ein Lachen nicht verkneifen. „Wie alt ist sie, siebzehn?"

„Sie ist volljährig, Trottel", wirft mir Logan vor. „Neunundzwanzig, aber Alter ist nur eine Zahl."

„Verdammt, gut für dich." Ich pfeife auf die Tatsache, dass er ein Mädchen erwischt hat, das vierzehn Jahre jünger ist als er. „Glückspilz."

Logan lacht. „Das Mädchen ist alles andere als glücklich. Aber sie ist süß und frech. Oh mein Gott, was für ein Mundwerk sie hat. Aber egal, wir werden für die Hochzeit ein Zimmer im Luxenberg mieten. Wir sollten uns treffen und etwas trinken gehen, während ich in der Stadt bin."

„Das klingt gut", sage ich und stoße einen großen Seufzer aus.

„Was ist das?" Logan und ich haben zusammen beim Militär gedient. Der Mann weiß, wie man mich durchschaut, was manchmal gut ist und manchmal verdammt beunruhigend.

„Ich muss jemanden finden, der auf Tyler aufpassen kann. Ich kann nicht mit einem Dreijährigen in eine Bar gehen und das Kindermädchen kommt auch nicht infrage."

„Hat sie dir gekündigt?", fragt Logan lachend.

„Nein, sie ist gestorben, du Arschloch."

„Tut mir leid", entschuldigt sich Logan. „War sie nicht super alt?"

„Nein, sie war in den Sechzigern."

Es folgt ein Schweigen. „Ich könnte Julianna bitten, auf Tyler aufzupassen, während wir ausgehen."

Ich atme einen langen, langsamen Atemzug ein. „Ich weiß es nicht. Ich weiß das Angebot zu schätzen, aber Tyler ist etwas Besonderes. Weißt du das?"

„Wenn du nicht vorhast, das Kind in Luftpolsterfolie zu verpacken, musst du akzeptieren, dass es Dinge gibt, die du nicht kontrollieren kannst. Er muss erwachsen werden und sein Leben leben. Es braucht keine Helikoptereltern, die ihm wie ein Schatten hinterherlaufen."

Ich kneife mir in den Nasenrücken. „Ich brauche keine Belehrung von dir", sage ich. Er weiß nicht, wie es ist, ein Kind aufzuziehen, das sterben könnte. Irgendwann wird er sterben, wahrscheinlich noch vor mir. Die Lebenserwartung liegt bei etwa vierzig Jahren, was weit weg zu sein scheint, aber Wren starb in ihren Zwanzigern, und sie kämpfte ihre ganze Kindheit hindurch mit Komplikationen und gesundheitlichen Problemen.

„Ich verstehe, dass du etwas durchmachst, mit dem keiner von uns je zu tun hatte", sagt Logan einfühlsam. „Wir schätzen dich dafür, dass du dich für Tyler einsetzt und für ihn da bist. Aber er braucht Raum, um zu wachsen, sowohl emotional als auch körperlich. Erdrücke ihn nicht zu Tode."

Ich täusche nicht einmal ein Lächeln vor. „Das ist nicht lustig."

„Soll ich Julianna fragen, ob sie Babysitten, oder nicht?", scherzt Logan.

„Ja, du kannst es ihr gegenüber ruhig erwähnen. Und was soll das, dass du ein Date mitbringst? Wer ist das unglückliche Mädchen, das bei dir festsitzt?"

„Ihr Name ist Cali", sagt Logan wieder, „und wir haben uns kennengelernt, als sie in mein Resort kam, um einen Bericht über den Ort zu schreiben."

Mir fällt die Kinnlade herunter, als ich mich an die vernichtende Kritik erinnere, die in den sozialen Medien über das Blue Sky Resort verbreitet wurde. „Du bist mit dieser Verräterin zusammen?"

„Nun, ihre Chefin war diejenige, sie hat die Bewertung geändert und versucht, den Ort zu zerstören."

„Wow, bösartig." Ich kann nicht glauben, dass er sich nach all dem Drama mit dem Mädchen verabredet hat.

„Cali ist eigentlich ganz sympathisch. Du wirst sie mögen."

„Und wer kümmert sich um das Resort, während du wegen der Hochzeit in New York sind?", frage ich.

„Wyatt."

„Dein Bruder?" Ich bedecke mein Gesicht mit der Hand und versuche, nicht zu lachen. „Ihm ist schon klar, dass er nicht mit allen Gästen schlafen kann." Wyatt und ich haben eine Menge gemeinsam. Keiner von uns beiden hat den Drang, sich niederzulassen und eine Familie zu gründen.

„Ich habe es ihm wiederholt gesagt." Logan gluckst. „Es liegt ihm fern, auf mich zu hören, aber wenigstens hält er sich von Cali fern."

Wir tauschen ein paar Geschichten aus, bevor wir auflegen, und ich bereite das Abendessen vor.

Mein Telefon piept mit einer Benachrichtigung und ich schaue darauf und stelle fest, dass es eine neue Nachricht in der Dating-App ist. Ich ignoriere sie, esse zu Ende, ziehe mich um und mache Tyler bettfertig.

Nach dem heutigen Sturz will er nicht mehr in seinem Rennwagenbett schlafen. Ich bin mir nicht sicher, ob ich es nicht noch schlimmer gemacht habe, indem ich ihn quer durch die Stadt ins Krankenhaus geschleppt habe, um eine Million verschiedener Tests durchzuführen.

Ich lege ihn umgeben von Kissen in mein Bett, und lege ein paar weitere Kissen auf den Boden. Er ist kein Kind, das sich normalerweise aus dem Bett wälzt, das hat er seit über einem Jahr nicht mehr getan, also bin ich mir nicht sicher, was los war.

Hat er versucht, aus dem Bett des Rennwagens aufzustehen und ist gestolpert? Wir alle waren beim Aufwachen schon einmal desorientiert. Aber die meisten von uns müssen sich keine Sorgen machen, dass es uns umbringt.

Nachdem Tyler eingeschlafen ist, mache ich es mir auf dem Sofa gemütlich und blättere durch die Kanäle. Es läuft nicht viel, es gibt nichts Neues zu sehen.

Mein Telefon klingelt erneut und informiert mich über eine weitere neue Nachricht.

Ich nehme es vom Couchtisch und öffne die Dating-App. Ich habe zwei neue Nachrichten, beide sind von *Sonne in Paris*.

Sonne in Paris: Sind alle Männer Idioten?

Ich werfe meinen Kopf zurück und schließe meine Augen.

Scheiße, ich habe es mit Elisa vermasselt. Ich bin mir nicht sicher, was ich erwartet oder erhofft hatte, vor allem, als sie an meine Wohnungstür kam.

Aber dieser Text an *Heißer Single Papa* ist es nicht. Sie ist sauer auf mich, und sie hat nicht Unrecht. Ich habe sie abblitzen lassen. Ich hatte einen beschissenen Tag und wollte nicht mit ihr darüber reden.

Sie hat mir eine zweite Nachricht geschickt und ich scrolle nach unten, um sie zu lesen.

Sonne in Paris: Foto oder Pleite. Ich blockiere dich, wenn du mir kein Foto von dir schickst.

Ja, das wird nicht helfen. Ich kann sie nicht wissen lassen, dass ich es bin, und wenn ich ein beliebiges Foto aus dem Internet nehme, kann sie leicht eine umgekehrte Bildersuche durchführen. Ich will nicht dieser beschissene Typ sein.

Also tue ich das Nächstbeste. Ich öffne mein Handy und scrolle durch meine Fotos, bis ich eines von meinem Kumpel Logan finde. Ich tue so, als wäre ich er. Zumindest auf dem Bild. Der Rest bin ich.

Und niemand muss es erfahren.

Ich lade das Foto hoch, das ihn draußen am Lagerfeuer zeigt. Ich bin auch auf dem Foto, aber ich schneide mich heraus und schicke es ihr.

Heißer Single Papa: Nicht alle Männer sind Idioten.

Ich klicke auf ihr Profil und blättere durch ihre Bilder. Warum zum Teufel bin ich süchtig nach ihr? Es erscheint eine Benachrichtigung, dass sie online ist. Wahrscheinlich liest sie gerade die Nachricht, die ich geschickt habe, und sieht sich das Foto an.

Die Wahrscheinlichkeit, dass sie Logan kennt, ist gering. Früher lebte er in New York, aber seit einiger Zeit ist er in Montana, um sich in dem neuen Resort, in das er investiert hat, einzuleben. Obwohl er auch ein Milliardär ist, war er nicht in den Medien. Er hat gut daran getan, dass ein großer Teil seines Privatlebens unentdeckt geblieben ist.

Breckenridge, Montana. Ich kann bis jetzt nicht glauben, dass er diesen Ort sein Zuhause nennt, nachdem er in New York gelebt hat.

An manchen Tagen überlege ich, etwas Ähnliches zu tun. Alles hinter mir zu lassen und an den Strand zu ziehen, um alles zu genießen, was das Leben zu bieten hat. Aber ich hätte Angst, dass ich mich langweile, wenn ich vorzeitig in Rente gehe. Außerdem gibt es zu viele Menschen, die sich auf Blazing-Media verlassen. Sie haben Arbeit und ein Leben, und ich kann nicht einfach weggehen, nur weil ich es möchte. Das wäre egoistisch.

Es erscheint eine Benachrichtigung, dass ich eine neue Nachricht erhalten habe. Ich klicke sie doppelt an.

Sonne in Paris: Niedlich, aber bist das wirklich du? Schick ein anderes Bild.

Ich muss Lächeln. Sie ist schlau. Ich blättere durch ein paar weitere Bilder und lande bei einem weiteren mit

Logan. Ich muss seine Tochter im Teenageralter, die neben ihm sitzt, herausschneiden und das Bild etwas heranzoomen, damit es wie ein Porträt aussieht.

Heißer Single Papa: Vertrauensprobleme, was? Jetzt abschicken.

Ich drücke auf Senden und hänge das Bild von Logan an. Ich fühle mich schmutzig, obwohl ich weiß, dass es falsch ist, möchte ich mit Elisa plaudern, ihr wahres Gesicht kennenlernen. Das kann ich nicht tun, wenn wir beide unsere Mauern hochgezogen haben. Ihr Chef zu sein, ist eine Art Schwanzblocker.

Sonne in Paris: Wow! Okay, also zwei für zwei. Hast du ein drittes?

Ich füge ein weiteres Foto von Logan bei, auf dem er mit dem Snowboard die Pisten hinunterfährt. Er trägt einen Helm und eine Ausrüstung, sodass man nicht erkennen kann, dass er es ist, aber es ist ein drittes Foto, das ich zur Hand habe.

Heißer Single Papa: Ich habe bewiesen, wer ich bin. Jetzt bist du dran, Sonne in Paris.

Ich klicke auf Senden, zusammen mit dem Bild, und warte auf ihre Antwort. Ich strecke mich auf dem Sofa aus und mache es mir bequem. Während ich darauf warte, dass sie in der App antwortet, öffne ich meine SMS und schreibe Elisa eine Nachricht.

Weston: Ich hoffe wirklich, dass du nicht aufgibst. Es tut mir leid wegen heute Morgen, ich hatte einen Notfall und habe mein Telefon vergessen.

Elisa: Notfall? Was ist passiert?

Ich möchte mit ihr nicht über die Einzelheiten von Tyler sprechen.

Weston: Alles ist in Ordnung.

Elisa: Es ist nicht alles in Ordnung. Wir müssen reden.

Ich stöhne über die Nachricht, die sie geschickt hat. Die Phrase „*Wir müssen reden*", bringt nie etwas Gutes.

Ich schreibe ihr nicht zurück, sondern warte ab, ob sie auf *Heißer Single Papa* antwortet, obwohl es wahrscheinlich kein gutes Zeichen ist, wenn sie das tut, denn das bedeutet, dass sie über das hinweg ist, was wir letzte Nacht geteilt haben.

Mein Telefon brummt mit einer weiteren Nachricht.

Elisa: Kann ich vorbeikommen?

Ich streiche mit den Fingern über meine Oberschenkel und überlege, ob es klug ist, sie wieder in meine Wohnung zu lassen. Sie einzuladen, hat die Dinge zwischen uns kompliziert gemacht. Aber hier zu sitzen und ihr in der Dating-App eine SMS zu schreiben und so zu tun, als wäre sie jemand anderes, das ist ihr gegenüber auch nicht fair.

Weston: Ja, ich werde die Tür öffnen, aber Tyler schläft, also müssen wir leise sein.

Ich stehe auf und öffne den Riegel, damit Elisa eintreten kann, wenn sie zum Kommen bereit ist.

Sie schreibt mir nicht zurück. Zwei Minuten später öffnet sie leise die Tür zur Wohnung und tritt ein.

Elisa blickt sich in der Wohnung um. Ich bin mir nicht sicher, wonach sie sucht. Ich habe ihr bereits gesagt, dass Tyler schläft. „Darf ich hereinkommen?"

„Klar, setz dich." Ich deute auf das Sofa und lasse mich neben ihr auf die Kissen fallen. Ich könnte mich auch in den Sessel setzen, aber ich bin lieber in ihrer Nähe. Ich kann es nicht erklären, aber in Elisas Nähe fühle ich mich viel ruhiger und entspannter.

„Wegen letzter Nacht", sagt Elisa und legt die Hände in ihrem Schoß zusammen. „Das war ein einmaliger Vorfall. Es darf nie wieder vorkommen." Ihr Gesichtsausdruck ist beherrscht, und ich nicke langsam.

„Wenn du das willst", sage ich, ohne ihr zu sagen, wie ich mich wegen gestern Abend fühle.

„Du bist mein Chef. Ich denke nicht, dass wir miteinander schlafen sollten, wenn das jemand auf der Arbeit herausfindet …"

„Das werden sie nicht", versichere ich ihr. „Keiner wird es erfahren."

Sie stößt einen nervösen Atemzug aus. Elisa fuchtelt mit den Händen in ihrem Schoß herum. „Okay, gut. Ich möchte vermeiden, dass Gerüchte aufkommen." Ihr Blick bleibt auf meinem haften. „Ich habe niemandem von uns erzählt."

„Ich auch nicht", sage ich. Auch wenn ich wollte, hätte ich keine Zeit gehabt, da ich den ganzen Tag auf Tyler aufgepasst habe. „Willst du ein Bier aus dem Kühlschrank?"

„Nein, ich hatte gestern mehr als genug Alkohol für die ganze Woche."

Bereut sie es, mit mir geschlafen zu haben? Ich wage es nicht, eine Frage zu stellen, deren Antwort mir nicht gefallen würde.

Ich lehne mich im Sofa zurück und lasse mich von den Polstern umhüllen. „Also verbuchen wir es als zu viel Wein und schlechtes Urteilsvermögen."

Ihre Stirn zieht sich zusammen und sie schürzt die Lippen. „Wie auch immer du es nennen willst, aber es wird nicht wieder vorkommen. Es war ein Fehler."

Elisas Worte schnitten wie ein Messer in meine Brust und verursachten neue Wunden.

„Ein Fehler?" Ich wünschte wirklich, ich hätte mir das Bier geschnappt, um mich abzulenken. Etwas, das ich mit meinen Lippen umschließen kann, während ich ihre Gesichtszüge betrachte, und mein Blick von ihrer Nase zu ihren rubinroten Lippen hinab wandert.

„Wir haben zu viel getrunken und unsere Hemmungen fallen gelassen. Das kommt vor. Schieb es auf den Alkohol", sagt Elisa. Sie steht auf und verschränkt die Arme vor der Brust. „Ich bin nicht verärgert. Ich meine, ich war es, als du nicht im Büro warst und ich dachte, du würdest mir aus dem Weg gehen, nachdem du mir die Fahrt zur Arbeit versaut hattest. Aber ich habe es verstanden. Du hattest einen Notfall." Sie zuckt mit den Schultern, als ob sie versuchen würde, die Tatsache, dass ich sie abblitzen ließ, gelassen zu nehmen.

„Ich musste Tyler in die Notaufnahme bringen", sage ich. Ich falte meine Hände zusammen. Es wäre schön, wenn ich ein normales Leben führen könnte, aber mein Leben ist weit davon entfernt, meinen Sohn aufzuziehen.

„Was?" Elisas Augen weiten sich. „Geht es ihm gut?"

„Es geht ihm gut", sage ich. Ihr Blick macht mich nervös. Ich stehe auf und gehe zum Kühlschrank und entscheide mich doch für das Bier.

Aber ich trinke heute Abend nur einen Drink. Wir können keine Wiederholung von gestern Abend haben. Vor allem, weil mein kleiner Mann in meinem Bett schläft.

Sie nickt langsam und beobachtet mich. „Das ist eine Erleichterung. Also, alles klar?"

„Wann waren wir nicht gut?", werfe ich zurück und öffne den Deckel der Bierflasche.

„Ich war mir nicht sicher. Du hast mir die Tür ziemlich abrupt vor der Nase zugeschlagen, Wes."

Bei dem Spitznamen atme ich scharf ein und sie runzelt die Stirn, als sie meine Reaktion bemerkt. Ich versuche, es zu verbergen. Tu so, als würde es mich nicht stören, denn es gab nur eine Person auf der Welt, die mich *Wes* genannt hat, und die ist tot.

„Ich hatte einen wichtigen Anruf", sage ich und versuche, den Vorfall abzutun. „Es tut mir leid, wenn ich unhöflich oder abrupt war." Es tut mir wirklich leid, dass ich deine Gefühle verletzt habe, das war nicht Teil meines Plans, so bin ich nicht. Ich tue nichts, um jemanden zu verletzen, der mir etwas bedeutet.

„Entschuldigung angenommen", sagt Elisa. „Ich bin froh, dass wir wieder Freunde sind."

„Willst du bleiben, und mit mir einen Film anschauen?" biete ich an.

„Als Freunde?" Sie hebt die Augenbrauen, als wolle sie sich vergewissern, dass dies kein Vorschlag ist, der zu etwas anderem führen wird. Wäre es ein Weltuntergang, wenn es so wäre? „Weil ich nicht mit meinem Chef schlafen kann."

„Verstanden. Willst du für einen Film bleiben oder nicht?", frage ich und nehme noch einen Schluck von meinem Bier.

Sie schürzt die Lippen und denkt darüber nach. „Hast du Popcorn?"

Wir sehen uns einen Frauenfilm an, den sie ausgesucht hat, und ich frage mich langsam, warum ich dem zugestimmt habe. Es ist ja nicht so, dass ich am Ende des Abends mit ihr schlafe und mich einer Liebeskomödie aussetze, die viel zu kokett und zu unrealistisch ist. Die Liebe ist nicht so süß. Es wäre eine neunzigminütige Tortur, wenn ich mir nicht den Luxus erlauben könnte, Elisa gelegentlich einen Blick zuzuwerfen.

Ihr Lachen.

Ihr Lächeln.

Die Art, wie sie ihre Zunge herausstreckt und mit ihr die Mundwinkel berührt.

Wann zum Teufel bin ich so verdammt verliebt in ein Mädchen gewesen?

Nachdem der Film zu Ende ist, schalte ich den Fernseher aus und werfe die leeren Körner aus der Schüssel in den Müll.

„Kannst du mich morgen zur Arbeit fahren oder schaffst du es nicht ins Büro?", fragt Elisa.

„Camden wird uns morgen früh zur Arbeit fahren. Komm pünktlich."

„Ich war heute Morgen rechtzeitig da", sagt Elisa.

Sie geht durch den Flur zurück in ihre Wohnung, und ich schließe meine Wohnungstür ab.

Ich vermisse schon jetzt ihre Gesellschaft. Es war schön, sich mit jemand Erwachsenen zu unterhalten, der nicht über seine Lieblings-Zeichentrickfigur plappert und sich vor dem Schlafengehen noch eine Folge ansehen muss.

Ich beschließe den Abend, schalte das Licht aus und gehe in mein Schlafzimmer, als mein Telefon klingelt.

Es ist eine Benachrichtigung von *Sonne in Paris*.

Ich öffne die Dating-App und lese ihre neueste Nachricht.

Sonne in Paris: Du bist süß, aber warum bist du immer noch Single? Wo ist der Haken?

Ich drücke auf „Antworten" und beginne, meine Nachricht zu tippen.

Heißer Single Papa: kein Haken. Ich habe einen Sohn. Da habe ich nicht viel Zeit, um Frauen zu treffen.

Ich lege mein Handy auf die Kommode und nehme Tyler in die Arme, trage ihn zurück in sein Zimmer und lege ihn ins Bett.

Wenn er morgen wieder mit dem Rennautobett ausflippt, werde ich es spenden und ihm ein neues Bett besorgen oder die Matratze auf den Boden legen.

Ich schließe die Tür zu seinem Schlafzimmer und gehe zurück in mein Zimmer, wo bereits eine Nachricht von *Sonne in Paris* auf mich wartet.

Sonne in Paris: Das kann ich verstehen. Man kann kein Kind mit in eine Bar nehmen. Wie alt ist er denn?

Sie stellt eine Menge Fragen, aber sie hat mir nicht wirklich etwas über sich erzählt. Ich schlüpfe aus meiner Jeans und klettere unter die Decke.

Heißer Single Papa: Er ist jung, unter fünf Jahren.

Ich möchte nicht zu viel verraten, damit sie keinen Verdacht schöpft, dass ich der Mann bin, mit dem sie schreibt, aber ich glaube nicht, dass sie zu diesem Zeitpunkt eine Ahnung hat.

Ich fahre mit meiner Nachricht an sie fort.

Heißer Single Papa: Du hast mir bisher nicht gesagt, warum du immer noch Single bist. Eine schöne Frau wie du wirst sicher ständig um ein Date gebeten.

Ich schalte die Nachttischlampe aus, schaue aber weiter auf den Bildschirm. Sie ist online, also warte ich darauf, dass sie mir zurückschreibt. Nach ein paar Minuten pingt es.

Sonne in Paris: Ich bin nicht immer gut darin, mir die besten Männer auszusuchen.

Ich muss grinsen. Meint sie etwa mich?

Heißer Single Papa: Erklären Sie das. Ich antworte und warte auf ihre Antwort.

Sonne in Paris: Ich bin mit meinem Chef ausgegangen.

Jetzt wird es heftig. Ich setze mich auf und schnappe mir ein paar Kissen, um mich aufzurichten.

Heißer Single Papa: Und ist er heiß?

Sonne in Paris: Das ist nicht der Punkt. Er ist mein Chef.

Nun, wir sind nicht nur ausgegangen, es sei denn, sie bezieht sich auf das erste Mal, als wir uns trafen, und ich glaube nicht, dass sie das tut. Das fühlt sich wie eine alte Geschichte an, nachdem, was letzte Nacht zwischen uns passiert ist.

Heißer Single Papa: Nun, ich meine, es ist wahrscheinlich keine große Sache, außer du hast mit ihm geschlafen.

Ich kann nicht glauben, dass ich auf „Senden" gedrückt habe, aber verdammt, ich habe zu viel Spaß. Es ist, als wäre ich eine ihrer Freundinnen und würde alles über die Nacht erfahren, die sie bei einem Typen verbracht hat.

Sonne in Paris: Das mache ich normalerweise nicht. Und ich kann nicht glauben, dass ich dir das erzähle, weil ich das NIEMALS wieder tun werde. Ich bin kein One-Night-Stand-Typ. Das war ich noch nie und ich werde es nie wieder sein. Einfach so. Nein. Also, wenn du hoffst, dass ich dich abschleppe, kannst du mit jemand anderem chatten.

Wenigstens macht sie sich laut und deutlich bemerkbar.

Heißer Single Papa: Ich bin nicht an einer Affäre interessiert, Sonne in Paris.

Es dauert ein paar Minuten, bis sie antwortet, und ich frage mich, ob sie eingeschlafen ist. Es ist schon spät.

Mein Telefon klingelt und zeigt mir an, dass sie geantwortet hat.

Sonne in Paris: Gut, denn die meisten Männer verlieren nach dem dritten Date das Interesse, wenn kein Sex im Spiel ist.

Wow, sie geht die Dinge also wirklich gerne langsam an. Ich lobe sie dafür. Das ist zwar nicht meine Art, aber ich habe kein Problem damit, wie andere Leute ihr Leben leben.

Heißer Single Papa: Ich bin nicht wie die meisten Männer.

Ja, denn normalerweise habe ich in der ersten Nacht Glück. Aber das erwähne ich ihr gegenüber nicht.

Sonne in Paris: Sind Sie bereit, sich auf einen Kaffee zu treffen?

Ich atme einen schweren Seufzer aus. Ich habe das nicht durchdacht. Natürlich würde sie mich treffen oder mit mir telefonieren wollen. Vielleicht sogar per Videoanruf, um sicherzugehen, dass ich der bin, für den ich mich ausgebe. Das Spiel ist aus.

Weil ich ihr nicht schnell genug antworte, antwortet sie.

Sonne in Paris: Ich ziehe es vor, die Person, mit der ich online chatte, frühzeitig zu treffen, um sicherzugehen, dass sie der sind, der sie vorgeben zu sein, und die Chemie stimmt. Ich hatte schon zu viele schlechte Dates und würde dich gerne kennenlernen.

Wir hatten beide eine Reihe von schlechten Verabredungen, die letzte mit dem jeweils anderen. Zumindest war es meins, und ich nehme an, ihr letztes Date war mit mir. Aber wer weiß. Wenn sie mir über die App eine Nachricht schickt, mit wie vielen anderen Typen spricht sie dann?

Ich hatte eigentlich keine neuen Nachrichten gelöscht, als ich sie an jenem Tag im Büro ärgerte und ihr das Telefon stahl. Ich habe versucht, mit ihr zu flirten.

Das war ein gefährlicher Schachzug und hätte nach hinten losgehen können.

Ja, das auch, wenn ich so tue, als wäre ich Logan, während ich mit meiner Assistentin plaudere.

Ich antworte nicht auf ihre Nachricht. Ich lasse sie hängen, melde mich von der App ab, schließe mein Telefon an und lege mich ins Bett.

Aber meine Träume drehen sich nur um Elisa, ihre weiblichen Kurven, ihre strahlenden Augen und ihr verruchtes Grinsen. Es sind auch keine süßen Träume. Ich beiße in ihre Haut, beiße und hinterlasse Spuren, verschlinge sie, während sie immer wieder meinen Namen schreit.

Ich wache schweißgebadet auf. Nicht einmal. Nicht zweimal. Sondern viermal. Ich schwöre, die Traumversion von Elisa wird mich umbringen.

In den frühen Morgenstunden nehme ich eine heiße dampfende Dusche und lasse mich von den schmutzigen und lebhaften Gedanken an sie, wie sie meinen Schwanz lutscht, antreiben, während ich meinen Schaft streichle.

Ich denke an nichts anderes mehr als an sie, als ich endlich loslasse.

Das ist Scheiße.

Es war schon schlimm genug, dass sie in meinem Kopf war, bevor wir Sex hatten. Aber jetzt, wo ich sie in meinem Bett hatte, ist sie ständig in meinen Gedanken. Alles, woran ich denken kann.

Sie ist wie eine Sucht, und ich lechze nach dem nächsten Schuss.

Ich bin gerade fertig mit duschen, als die Sonne beginnt aufzugehen. Ich ziehe mich an und setze eine Kanne Kaffee auf, während ich Tyler wecke und ihn anziehe, damit er mit mir zur Arbeit gehen kann.

Er hat gestern die Vorschule verpasst, weil er im Krankenhaus war, um sich untersuchen zu lassen. Nicht, dass ich ihn hätte absetzen und abholen können. Ich hätte Camden bitten können, Tyler zu chauffieren, aber er sollte nicht für meinen Sohn verantwortlich sein. Dafür war Martha da, um mir mit meinem Jungen zu helfen.

Ich sollte ein neues Kindermädchen einstellen, jemanden, der sich uneingeschränkt um Tyler kümmert, anstatt sich auf die Gründung einer Kindertagesstätte zu konzentrieren. Ich könnte zwar beides tun, aber meine Zeit ist knapp bemessen, da ich versuche, meine Arbeit mit einem begrenzten Arbeitsplan zu erledigen.

Als mein Vater noch lebte, habe ich von zu Hause aus gearbeitet, ich habe Tage und Nächte lang durchgearbeitet. Ich habe mir geschworen, dass ich das nach seinem Tod nicht mehr tun werde, dass ich mir Grenzen setze und einen gesunden Arbeitsplan aufstelle. Aber es ist schwierig, bis zum Ende des Tages alles zu erledigen.

Und weitere Aufgaben, wie die Suche nach einem neuen Kindermädchen für Tyler oder die Einrichtung einer Kindertagesstätte im Gebäude, sind keine kleinen Projekte, die ich in Angriff nehmen muss. Es ist, als würde ich einen weiteren Berg an Arbeit auftürmen, obwohl ich bereits den Everest besteigen muss.

Tyler und ich gehen nach unten, wo Elisa bereits in der Eingangshalle auf uns wartet. „Guten Morgen", sagt sie, als wir uns nähern.

Camden wartet schon, und wir schlendern nach draußen in die Kälte, wie vor Tagen, als wäre nichts zwischen uns passiert.

Ich bin dankbar für die Chance, mit Elisa neu anzufangen. Auch wenn sie mich nicht als jemanden ansieht, der es wert ist, mit ihr auszugehen, möchte ich nicht als der Mann in Erinnerung bleiben, mit dem sie betrunken ins Bett gefallen ist.

Ich möchte nicht ihr größtes Bedauern sein.

Wir fahren ins Büro, und ich setze Tyler auf das Sofa, wo er mit seinen Actionfiguren spielt. Er ist nicht besonders leise, aber ich kann mit seinem Geräuschpegel umgehen. Wenigstens hat er Spaß und es scheint ihm nichts auszumachen, den ganzen Tag mit mir zusammen zu sein.

„Sir", sagt Elisa, als sie an meine offene Bürotür klopft.

Ich telefoniere gerade mit einem unserer Anwälte. Der Film, für den wir grünes Licht zur Finanzierung hatten, besteht aus mehr als einem Drehbuch und wir wurden nicht darauf aufmerksam gemacht. Jemand anderes versucht, uns das Drehbuch vor der Nase wegzuschnappen, um es zu produzieren, bevor wir es auf den Markt bringen können.

Ich fordere sie mit einer Geste auf, hereinzukommen.

Elisa nimmt mir gegenüber Platz, während ich mich mit Gary, unserem Medienanwalt, angeregt unterhalte. Ich versuche, auf meine Worte zu achten, da mein Sohn im Büro ist. Obwohl er nicht besonders aufmerksam zu sein scheint, ist das Kind in diesem Alter wie ein Schwamm.

Schließlich lege ich auf und knalle den Hörer auf das Telefon.

„Ein schlechter Zeitpunkt, um zu fragen, ob du etwas zu Mittag essen möchtest?" scherzt Elisa.

Ich schaue auf meine Uhr. Ich hatte gar nicht bemerkt, dass es schon fast ein Uhr ist. Ich habe so viel geschafft, wie ich konnte, obwohl ich ein großartiges Team habe, das mir hilft, sind wir unterbesetzt, da einige von ihnen vor Wochen gekündigt haben, als ich die Leitung übernahm.

„Ich benötige eine Pause", sage ich, stehe auf und strecke mich. „Tyler, willst du mit mir essen gehen?"

„Ja, Papa!" Tyler quiekt und lässt seine Dinosaurier-Actionfiguren auf den Boden fallen. Er springt vom

Sofa und ich ziehe eine Grimasse, weil ich Angst habe, dass mein Sohn fällt und sich verletzt.

„Tyler!" Ich kann nicht anders, als mit ihm zu schimpfen. „Du musst vorsichtig sein."

Es fällt ihm schwer zu begreifen, was passieren kann, wenn sein Körper ein Trauma erleidet. Mit drei Jahren kann er bis jetzt nicht begreifen, dass selbst eine Beule auf dem Spielplatz tödlich sein kann.

„Es geht ihm gut", sagt Elisa, und Tyler nimmt ihre Hand.

Sie starrt mich an, als ob ich den Verstand verloren hätte. Sie weiß nicht, was wir als Familie durchgemacht haben. „Es geht ihm nicht gut. Wenn er fällt oder aggressiv gegen etwas stößt, besteht die Gefahr, dass seine inneren Organe platzen."

„Wovon redest du?", fragt Elisa und blickt auf Tyler hinunter. Sie schenkt ihm ein warmes, freundliches Lächeln. „Nimm deinen ausgestopften Dinosaurier. Ich werde draußen im Flur mit deinem Papa reden."

Sie packt mich am Arm und zerrt mich praktisch aus meinem Büro.

„Wovon zum Teufel redest du, Wes?"

Ich stoße einen zittrigen Atemzug aus. „Tyler hat vaskuläres EDS, genau wie seine Mutter."

„Ich weiß nicht, was das ist", sagt Elisa und schüttelt den Kopf, während sie darauf wartet, dass ich es ihr erkläre.

„Er hat einen Kollagenmangel, der ihn dem Risiko aussetzt, dass seine inneren Organe und Arterien platzen.

„Ich habe nie ..." Sie hält inne und versucht zu sprechen. „Ich wusste es nicht, es tut mir leid. Ich bin sicher, du willst ihn nur beschützen. Mir war nicht klar, dass er ... Wird er sterben?"

Ich atme schwer aus. „Ich habe vor, ihn so lange wie möglich zu beschützen, aber die Lebenserwartung ist vierzig. Aber meine Schwester hat es kaum bis in ihre Zwanziger geschafft. Wren hatte ständig gesundheitliche Probleme, die mit ihrer Diagnose zusammenhingen. Während ihrer gesamten Kindheit und Jugend hatte sie zahlreiche Operationen und Komplikationen."

„Das ist furchtbar, es tut mir leid. Ich hatte keine Ahnung."

Die Art, wie sie mich ansieht. „Ich möchte dein Mitleid nicht. Du hast gefragt, und ich dachte, ich sollte es dir erklären, warum ich so energisch bin, wenn es um seine Sicherheit geht. Deshalb war es für mich so wichtig, ein Kindermädchen zu haben, das über seinen Zustand Bescheid weiß."

Elisa öffnet ihren Mund. „Du hast mich auf ihn aufpassen lassen. Ich hatte keine Ahnung ...", ihre Stimme stockt.

„Es war spät in der Nacht. Ich habe mir keine Sorgen gemacht, dass du ihn auf den Spielplatz mitnimmst oder mit ihm Sport treibst. Er versteht die Störung zwar nicht ganz, aber er weiß, dass er nicht auf Betten oder von Möbeln springen darf.

„Papa, ich habe Hunger", sagt Tyler, als er mit seinem blauen Dinosaurier aus meinem Büro kommt. Das Spielzeug ist sein absolutes Lieblingsspielzeug, wahrscheinlich weil es von seiner Mutter stammt. Wir haben das Kinderzimmer bei mir zu Hause mit einem Dinosaurier-Thema dekoriert. Ich hatte geplant, dass die beiden bei mir leben, ich hatte nur nicht damit gerechnet, dass Wren nicht dabei sein würde.

„Isst du mit uns zu Mittag", sage ich zu Elisa, hebe Tyler hoch und trage ihn zum Aufzug. Er legt einen Arm um meinen Hals und drückt sich mit seinem ausgestopften Freund an meine Brust.

„Bist du sicher?"

„Ich hätte nicht gefragt, wenn ich es nicht ernst meinen würde."

9

ELISA

ICH HABE IMMER NOCH die mürrische Stimme von Weston im Kopf, der Tyler anschreit, weil er vom Sofa gesprungen ist. Wenn ich mir den Jungen ansehe, ist es unmöglich zu erkennen, dass er mit einem gesundheitlichen Problem zu kämpfen hat.

Ich verbringe etwas Zeit damit, das vaskuläre Ehlers-Danlos-Syndrom zu googeln. Es ist genetisch bedingt. Es ist fast immer tödlich. Aber es hört sich nicht so an, als käme es allzu oft vor, dass es bei einem kleinen Kind zu einer Beeinträchtigung führt.

Es gibt eine Reihe nicht diagnostizierter Teenager, die an VEDS gestorben sind, und ich kann Westons Besorgnis verstehen, aber ich bin mir auch nicht sicher, ob diese Angst von etwas anderem herrührt.

Zum Beispiel, was auch immer mit seiner Schwester passiert ist.

Ich möchte mit ihm darüber reden, aber ich möchte ihn nicht drängen, und es sollte auf keinen Fall im Büro sein.

Nigel bringt mein Kleid zu mir nach Hause, und es ist perfekt geschneidert. Die Hochzeit ist diesen Samstag und ich freue mich auf einen Mädelsabend mit Clare und ihren Freundinnen, um ihre letzte Nacht in Freiheit zu feiern.

Der Junggesellinnenabschied.

Ich hänge das Kleid für die Hochzeit in den Schrank und schlüpfe in ein dunkelgrünes Seidenkleid. Es sieht praktisch wie ein Slip aus, ist aber verdammt sexy. Ich möchte ausgehen und auffallen.

Ich stecke mein Handy in meine Handtasche und treffe mich mit den Mädchen im Club. Ich habe nichts mehr von *Heißer Single Papa* gehört. Ich habe das Gefühl, er hat mich abblitzen lassen. Wenn er sich nicht mit mir auf einen Kaffee treffen will, warum schreibt er mir dann? Es sei denn, er ist nicht der Kerl auf den Fotos, die er geschickt hat.

Kerle sind berüchtigt dafür, schäbig zu sein, besonders auf Dating-Apps. Oder schlimmer noch, er ist ein Teenager, der vorgibt, ein erwachsener Mann zu sein.

Igitt, wer tut so etwas und gibt sich als alleinerziehender Vater aus?

Ich habe in der App nicht nach weiteren Terminen gesucht, da *Heißer Single Papa* anscheinend unseren Chat verlassen hat und ich frage mich, was zum Teufel schiefgelaufen ist.

Ist er verheiratet?

Verlobt?

Ich gehe in den Club und stelle sicher, dass ich ein paar Minuten zu spät komme, damit ich nicht die Erste bin, die auftaucht. Clare ist bereits mit ein paar Mädchen da. Ich bin überrascht, Sloane zu sehen. Ich vermute, dass sie eingeladen wurde, als wir vor ein paar Wochen ausgegangen sind und uns alle getroffen haben.

Ich umarme erst Clare und dann Sloane und stelle mich einer Handvoll ihrer Freundinnen vor.

„Bist du aufgeregt, wegen deiner Hochzeitsnacht?", fragt Sloane und hebt andeutungsweise den Blick.

Clare fängt an, zu lachen. „Du glaubst doch nicht im Ernst, dass wir so lange gewartet haben." Sie nimmt sich einen Schnaps und trinkt ihn hinter. Das Mädchen sieht bereits besoffen aus.

„Vielleicht solltest du es langsamer angehen", sage ich. „Du willst doch nicht an deinem Hochzeitstag verkatert sein."

Clare nickt. „Du hast recht. Wir sind hier, um ein paar Stripper zu sehen!" brüllt Clare und johlt, als die Jungs auf die Bühne kommen.

„Das ist ein Stripclub?" Wie konnte ich das übersehen? Als ich hereinkam, musste ich einen Ausweis vorzeigen, aber ich dachte, das liegt daran, dass es Alkohol gibt und es ein Club ist.

Die Männer sind verführerisch, gut aussehend, und verdammt, es fällt mir schwer, stillzusitzen. Sie sind zu viert auf der Bühne und meine Wangen brennen, als mein Blick über ihre Körper schweift.

„Die heißesten Stripper. Komm schon, spuck's aus." Sloane stupst mich an und will, dass ich an ihrem Spaß teilnehme.

Die Jungs sind alle gut gebaut und mit Muskeln bepackt, aber ich kann nicht behaupten, dass ich auf einen von ihnen stehe würde. „Ähm, vielleicht der Typ da hinten."

„Er sieht etwas aus wie Mr. Muffel-Grump", sagt Sloane.

Ich schüttle den Kopf. „Niemals. Es sind nur die dunklen Haare."

Sloane grinst und starrt mich an. „Er könnte Mr. Muffel-Grump sein, wenn du ein paar Drinks mehr hättest."

Sie darf auf keinen Fall wissen, dass ich mit Weston Muffel-Grump geschlafen habe. „Wovon redest du?" Ich lache über ihre Andeutung.

„Du bist scharf auf unseren Boss."

„Ich nicht", schimpfe ich und schaue sie finster an. „Er ist ein nerviger Junggesellenmuffel. Ich wette, er flirtet mit allen Frauen, die er trifft."

„Du musst es wissen. Du bist mit ihm ausgegangen", wirft Clare ein.

„Warum seit ihr wegen Wes so sauer auf mich?", frage ich.

„Wes?" Sloane fängt den Spitznamen auf, bevor ich so tun kann, als wäre es ein Ausrutscher gewesen. „Wow, als Nächstes nennst du ihn Baby oder Papa."

„Das ist verrückt, und du bist betrunken." Ich habe Sloane betrunken gesehen, und sie ist nicht im Geringsten betrunken, aber ich versuche, dieses Gespräch von mir weg, auf jemand anderen zu lenken. „Welchen Stripper findest du heiß?", frage ich und warte darauf, dass sich jemand meldet. Überhaupt jemanden? Clare, Sloane oder die drei anderen Mädchen, Cali, Ellie und Tali. Zwei von ihnen sind Schwestern.

„Sie sind alle sehr gutaussehend, aber offen gestanden würde ich lieber sehen, wie sich mein Mann auszieht", sagt Cali und kichert.

„Sie ist noch in der Flitterwochenphase", scherzt Clare.

„Sind Sie frisch verheiratet?"

Cali schüttelt den Kopf. „Nein, aber wir sind seit Kurzem verlobt." Sie zeigt mir ihren riesigen Diamantring. Wow, das nenne ich auffällig. Ich schätze, er macht sich gut, obwohl das keine Überraschung ist. Clare heiratet einen Milliardär. Vielleicht verkehren sie alle in demselben Kreis.

„Herzlichen Glückwunsch."

Clare schubst Cali spielerisch an. „Versuch gar nicht erst, mir die Schau zu stehlen, Mädchen. Ich werde dich dazu bringen, mit den Strippern zu tanzen."

Alle brechen in Gelächter aus. Clare redet nur und hat keinen Biss. Vor einiger Zeit war sie noch Vorschullehrerin. Jetzt verbringt sie die meiste Zeit als Kindermädchen mit Amelia, ihrer baldigen Stieftochter.

„Das würde ich gerne sehen", sagt Ellie mit einem bösen Grinsen. „Vielleicht können wir alle auf die Bühne gehen und mit den halbnackten Männern tanzen."

„Du redest doch nur." Tali stößt ihre Schwester mit dem Ellbogen an. „Ich würde dich auf jeden Fall zu einem Tanz einladen, wenn du nicht ausflippen würdest."

„Ich weiß nicht, wo ich meine Hände hintun soll!" Ellie quiekt. Ihre Augen sind weit aufgerissen. Sie sieht kaum alt genug aus, um in einem Stripclub zu sein und einen Cocktail zu trinken.

„Ausreden. Nur Ausreden", sagt Tali.

„Hey! Ich habe eine verrückte Idee", scherzt Clare. „Wie wär's, wenn wir in den Stripclub die Straße runtergehen und die Jungs überraschen."

„Das klingt nach einer schlechten Idee", murmle ich. „Willst du sehen, wie dein Verlobter andere halbnackte Frauen anstarrt?"

„Klar, ich setze mich auf seinen Schoß und tanze mit ihm, während er ein anderes Mädchen an der Stange beobachtet", sagt Clare frech.

Wir bezahlen unsere Rechnung und gehen die paar Blocks zum Club, wo die Jungs sind. Draußen ist es kühl und meine Füße sind taub vom Tragen der Absatzschuhe bei diesen eisigen Temperaturen, aber ein Taxi zu nehmen, scheint mir eine Verschwendung zu sein. Und die U-Bahn fährt in die entgegengesetzte Richtung.

Wir gehen in den Stripclub, zeigen unsere Ausweise und zahlen den Eintritt, um hineinzukommen. Wir werden zu einem Aufzug und nach oben in die Hauptebene begleitet. Der Ort ist dunkel, mit roten Samtsesseln und schwach beleuchtet. Es dauert ein paar Sekunden, bis sich meine Augen an die Beleuchtung gewöhnt haben.

„Da ist er!", sagt Clare und entdeckt ihren Verlobten in einer großen Sitzecke mit einer Gruppe von Männern. Clare stürzt sich praktisch auf ihn und presst ihre Lippen auf seine. Es ist ein langer, zungenbetonter Kuss und ich schaue weg, weil ich nicht sehen will, wie die beiden ein Kind machen.

Ich werfe einen Blick auf den Herrn, der ihn begleitet, und ziehe die Stirn in Falten, als ich *Heißer Single Papa* erkenne, der direkt neben Clares verlobtem sitzt.

„Logan!", sagt Cali, schlüpft neben *Heißer Single Papa*, wirft ihre Arme um seinen Hals und legt ihre Lippen auf seine.

„Deshalb hast du also aufgehört, SMS zu schreiben", sage ich.

Seine Stirn ist gerunzelt, und ich schwöre, er erkennt mich nicht. Cali scheint ein tolles Mädchen zu sein; ich sollte ihr sagen, dass der Verlierer versucht hat, sie zu betrügen und andere Frauen zu treffen. Sind sie nicht verlobt?

Wie lange sind sie schon zusammen?

„Du bist ein verlogener Betrüger!", sage ich und zeige auf *Heißer Single Papa*.

Schritte nähern sich von hinten. „Was ist hier los?", fragt Weston.

Weston ist mit *Heißer Single Papa* und dem Verlobten von Clare befreundet?

Wie hoch sind meine Chancen?

„Dieser Mann, *Heißer Single Papa*, hat mit mir im Internet geflirtet und Bilder ausgetauscht."

„Was! Ich schwöre, ich war noch nie in einer Dating-App."

Cali klettert von Logan herunter und ist sichtlich verwirrt. „Wovon redest du, Elisa?", fragt Cali.

Ich ziehe mein Handy heraus und öffne die Dating-App.

Weston schaltet sich sofort ein und reißt mir das Handy aus den Händen. „Ich bin sicher, dass es ein Fehler ist."

„Was ist dein Problem?" Ich schaue ihn böse an. „Gib mir mein Telefon zurück, Wes."

Er tippt auf den Bildschirm und löscht versehentlich die App. „Ups!"

„Warum hast du das getan?" Ich schlage ihm auf den Arm und reiße mein Handy zurück. „Ich lade die App einfach noch einmal herunter."

„Lass mich dein Handy sehen, Logan." Cali schnappt sich das Handy ihres Verlobten und blättert durch seine Apps. „Er hat keine Dating-Apps heruntergeladen."

„Siehst du", sagt *Heißer Single Papa*. „Es tut mir leid, jemand hat dich gecatfisht und sich für mich ausgegeben. Aber ich habe seit Ewigkeiten keine Dating-App mehr gesehen. Ich war verheiratet, als der Scheiß aufkam, und Cali ist so ziemlich das erste Mädchen, das ich seitdem getroffen habe."

„Wer zum Teufel ..." Ich drehe mich um und starre Weston an. „Sag mir, dass du es nicht warst."

„Ihr beide kennt euch?", fragt Logan und starrt Weston an.

„Sie arbeitet für mich."

Ich stoße einen Schrei aus. „Ist das alles." Ich umklammere mein Telefon und gehe zum Aufzug, drücke mehrmals auf den Knopf, damit der Aufzug schneller kommt.

„Was zum Teufel, Mann?", sagt Logan und starrt Wes an. „Hast du ernsthaft so getan, als wärst du ich, um ein Mädchen zu bekommen?"

„So ist es nicht."

Er leugnet es nicht, und das ist der Teil, der noch mehr schmerzt.

Ich drücke immer wieder auf den Knopf, um nach unten zu fahren, aber der Aufzug verrät mich genau wie alle anderen. Schließlich klingeln die Türen und Weston eilt hinter mir her.

Ich habe nicht das Glück, dass sich die Türen vor ihm schließen.

„Lass mich es erklären", sagt Weston.

„Erklären? Willst du mir erklären, warum du vorgegeben hast, jemand anderes zu sein? Zum Teufel, nicht einmal irgendjemand, sondern ausgerechnet dein Freund. Dein Freund, der übrigens verlobt ist!"

Ich schwöre, dass uns alle anstarren, als sich die Türen endlich schließen und wir allein in der Privatsphäre des weltweit langsamsten Aufzugs sind, der sich Zeit lässt, bis er das Hauptgeschoss erreicht.

„Ich mag dich und ich habe Mist gebaut, Elisa."

„Zu welcher Zeit?" Ich starre ihn an. „Als wir miteinander geschlafen haben und du so tun wolltest, als wäre es nie passiert. Oder als wir dieses beschissene Date hatten und du ständig diese blonde Tussi angesehen und auf dein Handy gestarrt hast. Oh, ich darf nicht vergessen, dass du dich seit Neuestem für einen Typen ausgibst, den du kennst."

Ich bin mir nicht einmal sicher, woher Weston und Logan sich kennen, und es ist mir auch egal. Der Punkt ist, dass er mich belogen hat.

„Ich behaupte nicht, dass ich ein Heiliger bin. Ich hätte nicht ..."

Ich unterbreche ihn und bin dankbar, dass der Aufzug sich öffnet und ich entkommen kann. „Das ist mir egal. Es spielt keine Rolle. Ich werde dich nie wieder sehen, Wes. Es ist aus."

„Wir wohnen im selben Haus", sagt er, während er mir nach draußen in die eisige Winterluft folgt. Sie ist eisig und fühlt sich an wie Schnee. Der Wind peitscht umher, sodass ich meinen Rock festhalten muss, damit er nicht hochfliegt. „Lass mich dich nach Hause fahren.“

„Du meinst, dein Fahrer soll mich nach Hause bringen. Du solltest bleiben, und bei deinen Freunden sein.“

Weston stößt einen schweren Seufzer aus. Er schnappt sich sein Handy und schreibt Camden eine SMS, der mit dem Auto vor mir anhält.

„Sehen Sie zu, dass sie sicher nach Hause kommt“, sagt Wes zu seinem Fahrer.

Ich klettere aus der Kälte auf den Rücksitz. Das Fahrzeug war offensichtlich ausgeschaltet, die Ledersitze sind abgekühlt, aber es ist besser als draußen oder eine weitere Minute mit Weston zu verbringen.

Ich fahre nach Hause, schreibe mein Kündigungsschreiben und schicke es ab, sobald ich fertig bin.

Ich bin fertig mit Wes. Ein für alle Mal.

10

WESTON

WIDERSTREBEND FAHRE ich mit dem Aufzug zurück zur Party. Es macht Spaß, die Mädchen anzuschauen, aber das lenkt mich nicht von Elisa ab. Sie geht mir durch den Kopf, seit ich den Club wieder betreten habe.

Was ich nicht erwartet hatte, war, von der Toilette zu kommen und sie mit einer Gruppe von Mädchen bei Levi, dem Junggesellen der Nacht, zu sehen.

Noch schlimmer war, als Elisa Logan sah. Ich hätte nie gedacht, dass sich die Wege der beiden kreuzen würden, was verrückt ist.

Ich wusste, dass Elisa am Samstag auf eine Hochzeit gehen würde.

Ich auch, aber ich habe nicht eine Sekunde lang gedacht, dass es dieselbe Hochzeit ist. Viele Leute heiraten am Wochenende. Hochzeiten finden das ganze Jahr über statt, obwohl sie zu anderen Jahreszeiten wahrscheinlich häufiger sind.

Vielleicht habe ich mich verleugnet, weil ich dachte, ich könnte Elisa dazu bringen, mir ihre tiefsten, dunkelsten Geheimnisse zu erzählen, ohne dass sie weiß, dass ich es die ganze Zeit bin.

„Du bist ein Arschloch", sagt Logan, als ich wieder nach oben komme, nachdem ich darauf gewartet habe, dass Elisa mit meinem Fahrer abfährt. Er wird mich wieder im Club abholen, wenn der Abend vorbei ist.

„Das hat man mir bereits gesagt." Ich lasse seine Worte nicht in mich heran, sie perlen ab. Sie sind bedeutungslos.

„Ich kann nicht glauben, dass ich für Sie arbeite", sagt Sloane.

„Ich kann nicht glauben, dass du hier bist", murmle ich und suche mir einen freien Platz neben Logan.

Er ist wütend. „Ich versteh's nicht, Mann. Du hast das Aussehen. Den Charme. Das Charisma. Die Mädchen wetteifern ständig um deine Aufmerksamkeit. Warum zum Teufel tust du so, als wärst du ich?"

Alle starren mich an, beobachten mich und warten auf eine Erklärung. Ich kann nicht ins Detail gehen, nicht ohne zuzugeben, dass Elisa und ich miteinander geschlafen haben.

Sicher, das Konto war anfangs nur ein kleiner Spaß, eine schlechte Idee, die in dem Moment, in dem die Dinge zwischen uns kompliziert wurden, und aus dem Ruder liefen. Und jetzt habe ich sie eine Million Mal schlimmer gemacht.

„Ich habe Mist gebaut", sage ich.

„Verdammt richtig, du hast es vermasselt", sagt Logans Verlobte.

„Cali, beruhige dich."

„Nein." Sie löst sich von seinem Schoß und macht mir ihren Standpunkt klar. „Du hast mir fast einen Herzinfarkt verpasst, als ich dachte, dass Logan mich betrügt. Ich sollte dir eine Ohrfeige geben, aber wenn ich einen Fleck hinterlasse, sehen die morgigen Hochzeitsbilder scheiße aus." Das ist das erste Mal, dass ich sie treffe. Er hat den ganzen Abend über sie geredet, wie sie ihn gerne aufregt, und ich kann mir vorstellen, wie das passiert.

Das Mädchen ist ein echter Kracher.

„Warum bist du noch hier?" Logan starrt mich an.

„Hör zu, ich habe gesagt, es tut mir leid."

„Das hast du tatsächlich nicht", scherzt Cali. „Du hast alles gesagt, außer dass es dir leidtut, und ich nehme an, dass du dich auch nicht bei dem Mädchen entschuldigt hast, das du gecatfisht hast."

„Weston, du kannst gerne bleiben und hier abhängen, die Show genießen", sagt Levi. Es ist sein Junggesellenabschied, ich bin hier, um ihn für seinen großen Tag morgen zu unterstützen. „Aber du bist ein Vollidiot, wenn du die Sache mit dem Mädchen ungeklärt lässt."

„Elisa", korrigiert ihn Clare.

Meine Antwort ist Schweigen.

Elisa wird mich nicht mehr sehen wollen, und ich kann es ihr nicht verdenken. Ich habe sie verraten, sie verbrannt und so getan, als wäre ich jemand, der ich nicht bin. Wäre es andersherum, wäre ich wohl nicht so nachsichtig.

Ich nippe an meinem Bier und weigere mich, meinen Hintern zu bewegen.

„Ich weiß nicht, was Elisa an dir findet", sagt Sloane und nimmt neben mir Platz.

„Ja, ich auch nicht", murmle ich. Ich trinke mein Bier aus und bestelle eine weitere Flasche. Ich glaube nicht, dass ich so viel trinken kann, dass ich den Schaden vergesse, den ich angerichtet habe. Ich habe Glück, dass Logan mich nicht verprügelt oder mir gedroht hat, mich lebendig zu begraben.

Ich bezahle nicht für private Tänze. Ich schaue mir das Unterhaltungsprogramm an, aber ich hätte nie gedacht, dass ich in einen Stripclub gehen und mich dort unglücklich fühlen würde.

Alles, woran ich denken kann, ist Elisa. Wie ich sie verletzt habe. Ich hätte sie nicht anlügen dürfen. Wie ich bei unserer Verabredung die Kellnerin ablenkte, als ich versuchte, höflich zu sein, und sie Elisas Haare in Brand setzte.

Es ist kein Wunder, dass Elisa mich bei unserem ersten und einzigen Date verlassen hat. Sie hätte fliehen sollen. Ich hatte es verdient.

Ich trinke das zweite Bier aus, bestelle ein drittes, Logan kommt herüber und nimmt Sloanes Platz ein.

„Ich brauche keine Belehrung", sage ich, bevor Logan mich für mein Verhalten ausschimpfen kann.

„Ich habe dir gesagt, was ich denke, dass du heute Abend bei ihr sein solltest und nicht bei uns", sagt Logan. Er sagt seinen Freunden, wie es ist. Ich bin froh, dass wir noch Freunde sind, auch wenn ich mein

Leben versaut habe. Wenigstens habe ich seins nicht ruiniert.

„Sie wird mich nicht sehen wollen."

Logan zuckt mit den Schultern. „Du hast recht. Sie wird stinksauer sein. Versetz dich mal in ihre Lage. Du hast sie verarscht. Das ist beschissen, und die Gründe dafür sind mir egal, denn was immer du dachtest, dass passieren würde, es konnte nicht passieren. Es sei denn, du wolltest sie verarschen, aber das sehe ich nicht bei dir, Weston. Normalerweise knallst du das nächste heiße Mädchen, das in eine Bar kommt, aber so zu tun, als wärst du jemand, der du nicht bist, auf Dating-Apps zu gehen, was ist da los? Rede mit mir."

Ich atme einen schweren Seufzer aus und lasse den Kopf hängen.

Ich bin nicht stolz auf mein Verhalten.

„Ist das wegen Wren?"

„Was?" Ich schaue auf und verstehe nicht, warum er von meiner Schwester spricht.

„Es ist sicher nicht leicht, deinen Neffen großzuziehen. Deine Schwester hat dir eine Menge Verantwortung hinterlassen."

„Er ist mein Sohn", sage ich. Rechtlich gesehen habe ich ihn nach Wren's Tod adoptiert. Er wurde mein

Sohn. Biologisch gesehen ist er mein Neffe, aber ich habe ihn nicht einen einzigen Tag lang so gesehen.

„Ich weiß, dass du ihn adoptiert hast, sein Vater ist nicht auf der Bildfläche. Aber es ist eine große Verantwortung, über Nacht Vater zu werden. Vor allem, wenn man es nicht vorhatte."

„Wir wussten alle, dass es die einzige Möglichkeit ist", sage ich und schaue zu Logan auf.

Wren hatte ihr ganzes Leben lang mit dieser Krankheit zu kämpfen. Als wir erfuhren, dass sie schwanger war, hatten wir eine schwierige Diskussion darüber, wer sich um ihr Kind kümmern würde, wenn ihr während oder nach der Schwangerschaft etwas zustoßen würde.

Ich habe mir geschworen, diese Person zu sein.

Ich war alles, was sie hatte, und jetzt bin ich alles, was Tyler hat.

„Tyler und Wren haben nichts mit Elisa zu tun."

„Aber ich glaube, sie könnten es", sagt Logan. „Du hast dein Herz verschlossen, weil du Angst hast, jemanden zu lieben, weil du schon einen Menschen verloren hast, der dir nahe stand."

„Wren war meine Schwester", erinnere ich ihn. „Das ist etwas anderes."

„Ja, aber es ist trotzdem ein großer Verlust und eine große Veränderung. Sag mir, dass ich falschliege."

„Du irrst dich", sage ich.

„Warum stößt du Elisa dann weg? Warum lügst du sie an? Warum sagst du ihr nicht einfach, dass du sie magst?" Er legt den Kopf schief und starrt mich an. „Es sei denn, du hast bereits mit ihr geschlafen und sie will mehr. Aber dann würdest du keine Spielchen spielen und vorgeben, jemand anderes zu sein."

Ich schaue weg. Er ist viel zu nah dran, herauszufinden, was passiert ist.

„Du hast mit ihr geschlafen", sagt Logan und grinst. Mit einem Nicken lehnt er sich in seinem Stuhl zurück. „War es nicht gut?"

„Es war gut." Ich will dieses Gespräch über mein Sexleben, mit ihm nicht führen.

„Gut hört sich nicht gut an."

„Es war heiß, okay." Ich starre ihn an. „Sex war nicht das Problem."

„Was ist? Abgesehen davon, dass du deinen Kopf im Arsch hast?"

„Ich mag sie, aber du weißt, dass ich keine Beziehungen eingehe. Auch wenn ich es wollte, sie ist meine Angestellte."

„Das ist eine Ausrede", sagt Logan und nimmt einen Schluck von seinem Bier. „Du kannst einen Weg finden, das zu umgehen. Du bist der Besitzer der Firma. Habe ich recht?"

„Ich möchte nicht, dass andere Mitarbeiter denken, dass sie bevorzugt behandelt wird oder Gerüchte über sie verbreitet werden." Ich versuche, Elisa zu schützen, indem ich eine gesunde Distanz bewahre.

„Hey, Sloane!", sagt Logan und holt sie zu uns herüber, damit sie sich an unserem Gespräch zu beteiligen kann.

Ich stöhne. Warum muss Logan mich quälen? „Wenn mein Kumpel Weston eine Beziehung mit Elisa hätte, würdest du dich dann am Bürotratsch beteiligen?"

Ich starre Logan an. „Wir werden keinen Sex haben. Höre nicht auf ihn. Er ist ein Idiot."

Sloane starrt mich unbeeindruckt an. „Der einzige Idiot, den ich heute Abend hier sehe, bist du, und es ist offensichtlich, dass ihr beide einmal zusammen gewesen seid. Die sexuelle Spannung zwischen euch ist nicht mehr explosiv, sondern so, als ob eine Bombe hochgegangen wäre und ihr euch nicht mehr ansehen könnt."

„Das ist nicht wahr."

„Nein", sagt Sloane, „aber du hast es gerade zugegeben. Mr. Muffel-Grump, wenn du mit deinen Angestellten schläfst, musst du damit rechnen, dass es zu Spannungen kommt."

„Ich schlafe nicht mit meinen Angestellten", knurre ich sie an.

„Nur eine Mitarbeiterin", sagt Logan. „Richtig?"

Ich stütze meinen Kopf in die Hände. Das Verhör ist schlimmer als der Streit mit Elisa. Ich hätte zu ihr zurückgehen und versuchen sollen, mich mit ihr zu versöhnen, bevor es zu spät ist.

„Ist schon gut, du wirst sie morgen sehen", scherzt Levi.

„Was?" Ich blicke zu ihm auf. Ich hatte gehofft, dass ich es frühestens am Montagmorgen bei der Arbeit mit ihr zu tun bekommen würde. Ich habe sie zwar mit ins Büro genommen, aber ich bin mir nicht sicher, ob sie in nächster Zeit scharf darauf ist, von mir mitgenommen zu werden.

„Bei der Hochzeit. Sie ist eine von Clares Brautjungfern. Die beiden schreiten gemeinsam zum Altar."

„Töte mich jetzt", murmele ich.

„Möchte jemand etwas?", fragt Sloane und steht auf, um an die Bar zu gehen.

„Nein, ich sollte für heute Schluss machen." Ich habe mein Leben bereits gründlich vermasselt. Wenn ich Glück habe, kann ich heute Abend versuchen, mit Elisa zu reden, bevor ich ihr auf der Hochzeit gegenüberstehe.

„Du gehst?", fragt Sloane. Sie schaut mich missmutig an. „Bitte, sag mir, dass du nicht bei Elisa vorbeigehst?"

Dieses Versprechen kann ich nicht geben. Sie wohnt direkt neben mir, ich muss nicht einmal einen Umweg machen, um sie zu sehen.

Aber ich muss erst Tyler abholen, da er bei Logans Tochter ist. Sie passt über Nacht auf die Kinder auf.

„Wir sind gerade erst gekommen", sagt Levi. „Setz dich wieder auf deinen Arsch. Du wirst dich morgen entschuldigen, wenn du nüchtern bist."

„Fuck", grunze ich und lasse meinen Hintern wieder zurück auf den Stuhl fallen.

„Ich werde jetzt gehen", sagt Sloane, und ich ignoriere sie. Sie umarmt Clare zum Abschied und sie wechseln ein paar Worte, bevor Sloane zum Aufzug geht.

Ich atme erleichtert auf. Ich möchte vermeiden, dass mir das, was heute Abend passiert ist, auf der Arbeit auf die Füße fällt. Der Vorfall mit Elisa ist schon schlimm genug, aber mit meinen Angestellten in einem Stripclub abzuhängen, erscheint mir nicht klug.

„Ich bin immer noch sauer auf dich", sagt Logan und starrt mich an. Cali hat sich auf seinem Schoß zusammengerollt, nippt an seinem Bier, das sie gestohlen hat, und hat einen Arm besitzergreifend um seinen Hals geschlungen.

„Ich auch", mischt sich Cali ein. „Ich habe Elisa gerade erst kennengelernt, aber sie ist ein nettes Mädchen. Warum zum Teufel hast du so etwas wie ein Catfish mit ihr gemacht?"

„Ich habe nicht versucht, sie zu verführen", brumme ich und schlucke den letzten Schluck meines Drinks herunter. Ich stehe auf, weil ich etwas nachschenken möchte und nicht darauf warte, dass jemand an den Tisch kommt, um uns zu bedienen.

Ich mache mir nicht die Mühe, den Rest der Gruppe zu fragen, ob sie etwas wollen. Ich gehe an die Bar und bestelle ein weiteres Bier.

Ich bezahle meine Rechnung und nehme mein Getränk, aber ich bringe es nicht zurück zu meinem Platz. Nach dem, was ich getan habe, verdiene ich es nicht, bei diesen Typen zu sitzen.

Ich lasse den Kopf hängen, weil ich mich nicht im Geringsten amüsiere. Ich sollte nach Hause gehen, Tyler abholen und Feierabend machen. Morgen wird ein langer Tag werden.

Clare schlendert auf mich zu und mustert mich von Kopf bis Fuß. „Ich kann mich nicht entscheiden, ob du ein Arschloch oder einfach nur ein Idiot bist."

Ich starre sie an. „Ich hab's verstanden, ich hab's versaut. Können wir es dabei belassen?" Ich habe es satt, daran erinnert zu werden, dass ich ein perfektes, nun ja, was auch immer, das wir hatten, ruiniert habe.

„Nein, ich hätte nicht übel Lust, dich von der Hochzeitsparty zu schmeißen, aber du bist Levis Trauzeuge, nicht meiner. Du hast Glück, dass er dir verziehen hat, denn ich glaube nicht, dass du es verdient hast. "

„Zur Kenntnis genommen", murmle ich und nippe an meinem Bier.

Ich tue so, als wäre es mir egal, was Clare denkt, aber sie ist mit Elisa befreundet. Freunde hin oder her, ich bin nicht blind für die Fehler, die ich gemacht habe.

„Wirst du uns sagen, warum du es getan hast?", fragt Clare.

Ich nippe an meinem Bier und möchte dieses Gespräch so schnell beenden, wie es begonnen hat. „Nein."

Clare verschränkt die Arme vor der Brust. „Das ist keine akzeptable Antwort, und kein Wunder, dass sie dich Mr. Muffel-Grump nennt."

Ich knurre sie an. „Das ist mein Nachname."

„Ja, das passt schon", scherzt Clare.

Ich trinke das letzte Bier aus. „Ich mache jetzt Schluss für heute", sage ich. Clare hält mich nicht auf. Diesmal lässt Logan mich gehen, weil er meint, dass ich es vielleicht nicht wert bin, dass ich hierbleibe. Er ist zu sehr mit Cali beschäftigt.

Ich schreibe Camden eine SMS und teile ihm mit, dass ich auf dem Weg nach unten und bereit zum Abholen bin. Als ich die Vordertür erreiche, hat er das Fahrzeug bereits geparkt und die Warnblinkanlage blinkt. Er bugsiert mich auf den Rücksitz und öffnet die Tür für mich.

„Danke", murmle ich und steige in den Wagen. Das Leder ist warm. Wie lange hatte er hier dringesessen und auf mich gewartet?

„Holen wir Ihren Sohn ab oder fahren wir nach Hause, Sir?", fragt Camden.

„Wir holen Tyler auf dem Heimweg ab."

Ich lehne mich zurück und schaue aus dem Fenster. Draußen ist es kühl, kalt genug, um zu schneien. Es gibt ein paar verirrte Flocken, die herunter flattern, aber nicht genug, um eine Aufregung zu verursachen.

Ich schlafe fast ein, als der Wagen anhält und Camden die Vordertür zuschlägt, während er mir hinten die Tür öffnet.

„Ich brauche nur ein paar Minuten", sage ich und unterdrücke ein Gähnen, während ich ins Hotel und auf mein Zimmer eile.

Wahrscheinlich hätte ich Tyler im Hotel zurücklassen und ihn dort übernachten lassen sollen. Es stellte sich heraus, dass Levis Mutter vor Ort war, um Julianna mit den Kindern zu helfen.

Aber ich gebe zu, dass ich bei meinem Sohn ein wenig übervorsichtig bin.

Nachdem, was mit Wren passiert ist, mache ich mir Sorgen. Ich habe nie herausgefunden, wer Tylers biologischer Vater ist. Meine Schwester weigerte sich, es uns zu sagen, als sie schwanger war, und bestand darauf, dass es für alle besser sei, wenn er nicht involviert sei.

Und es gab kein „nachdem sie schwanger war" ... Sie starb bei der Entbindung.

———

Ich komme mit Tyler im Zweitwohnsitz der Luxenbergs an. Es scheint seltsam, dass ein Milliardär eine Hochzeit in seinem Garten abhält. Aber er hat ein riesiges Grundstück und Bäume, die kilometerweit reichen und eine malerische Aussicht bieten.

Ich hätte erwartet, dass die Hochzeit an einem exotischen und schwer zu buchenden Ort stattfinden würde. Vielleicht ein warmes Ziel, wie der Südpazifik oder die Karibik, vor allem, wenn man bedenkt, dass in New York gerade Winter ist.

Obwohl der Veranstaltungsort eines seiner vielen Häuser ist, haben sie keine Kosten gescheut. Draußen hängen Lichter, obwohl es noch hell ist, stelle ich mir vor, dass es heute Abend wunderschön für Fotos sein wird, während die Feierlichkeiten bis in die frühen Morgenstunden andauern.

Im Inneren des Hauses stehen mehrere lange Holztische mit passenden Stühlen, die sich hervorragend zum Essen eignen.

Draußen liegt frischer Schnee, und das Grundstück ist von Immergrün gesäumt. Weit und breit ist niemand zu sehen, und während die Zeremonie und die Fotos draußen stattfinden, wird der Großteil der Feierlichkeiten drinnen abgehalten.

Ich kann bis jetzt nicht glauben, dass Clare draußen im Schnee heiraten wollte und Levi damit einverstanden war.

Liebe.

Sie bringt Menschen dazu, verrückte Dinge füreinander zu tun.

Ich freue mich für die beiden, und ich gebe zu, die Tatsache, dass es eine nicht traditionelle Hochzeit ist, macht mich noch aufgeregter, hier zu sein. Ich freue mich für Levi und Clare, aber allein der Gedanke an die Hochzeit lässt meinen Magen umkippen. Es ist endgültig. Was ist, wenn die Person, die man heiratet, ganz anders ist als die Person, mit der man zusammenlebte und mit der man zusammen war?

Ich habe von Levi Horrorgeschichten über Clares Ex-Mann gehört. Wie sie ihn bezahlen mussten, damit er verschwindet und ihre Familie in Ruhe lässt.

Was für ein Monster zieht Geld der Liebe vor? Andererseits waren sie bereits getrennt, und er stellte ihr nach. Wahrscheinlich gab es eine Reihe von Warnsignalen, aber ich habe das Gespräch mit Levi nicht weiter vertieft, und ich kenne Clare kaum.

Das erste Mal traf ich sie, als sie mit Elisa zusammen war.

Die Welt ist klein.

Tyler wurde eingeladen, als Ringträger an der Hochzeit teilzunehmen. Er sieht in seinem schwarzen Smoking absolut schneidig aus. Seine Haare sind frisch geschnitten und mit ein wenig Gel nach hinten gekämmt, damit sie in Form bleiben.

Er hüpft drinnen an der Hintertür auf und ab. Draußen ist es kühl und ich habe ihm seinen Wintermantel über die Schultern gelegt, bis es Zeit für die Fotos und die Zeremonie ist.

„Papa, darf ich im Schnee spielen?", fragt Tyler.

„Heute nicht, Kumpel." Ich nehme ihn in meine Arme und drehe ihn herum.

„Lass mich runter!", quiekt er lachend. „Ich bin ein großer Junge."

„Okay, okay." Ich kann das Grinsen in meinem Gesicht nicht verbergen. Aber es verschwindet, als ich zu Elisa schaue. Sie trägt ein langes schwarzes Kleid, aber sie hat gut daran getan, die Braut nicht zu übertreffen.

Trotzdem ist sie immer noch umwerfend und strahlend.

In dem Moment, in dem ihr Blick auf mir landet, blickt sie weg und schlendert wortlos an mir vorbei nach draußen. Sie zeigt mir definitiv die kalte Schulter, aber es könnte schlimmer sein. Elisa könnte mir eine Szene machen und mir Wasser ins Gesicht schütten oder ein anderes Getränk, um mich daran zu erinnern, dass sie sauer ist.

Wenigstens hat sie genug Anstand, um Levi und Clare nicht den Hochzeitstag zu verderben.

„Papa, ich will im Schnee spielen", jammert Tyler. Er schlüpft aus seinem Mantel und lässt ihn auf den Boden fallen, bevor er nach draußen stapft. Seine kleinen Füße versinken im frischen Schnee und hinterlassen eine Spur.

Er ist nicht der Erste, der in den Schnee geht, aber mein Sohn hat den geschaufelten Weg ignoriert und sich auf den dicken, frischen Schnee gestürzt. Seine Hose ist durchnässt, ebenso wie seine Schuhe, und später wird ihm kalt. Ich habe extra Kleidung zum Wechseln mitgebracht, aber ich kann ihn nicht vor Beginn der Hochzeit umziehen.

„Tyler, beweg deinen Hintern wieder rein", knurre ich ihn an.

Er stapft durch den Schnee und wirft ihn in alle Richtungen, bevor er mir die Zunge entgegenstreckt und mich auffordert, ihm zu folgen.

Ich weiß nicht, wie ich es schaffen werde, wenn das Kind ein Teenager ist, wenn dies nur ein Vorgeschmack auf den Ärger ist, den ich dann ertragen muss.

Ich bin nicht der geduldigste Mensch. Ich versuche es, aber ein Kind großzuziehen, war nicht Teil meines Plans.

„Nein!" Tyler streckt mir trotzig die Zunge heraus und läuft in die entgegengesetzte Richtung.

Ernsthaft?

Er läuft auf Elisa zu. Sie steht mit dem Rücken zu ihm, starrt auf die Landschaft und nimmt alles in sich auf. Sie ist wunderschön, ihre Haut ist um einige Nuancen dunkler als der Schnee, aber sie hebt sich dennoch von dem starken Kontrast ihres dunklen Kleides ab.

Sie ist hübsch anzusehen, aber wann war sie das nicht? Ihr Haar ist für die Zeremonie hochgesteckt, und ich möchte die Haarnadeln und die Spange entfernen und zusehen, wie ihre Locken über ihre Schultern fallen.

Es ist unglaublich sexy, ihr dabei zuzusehen, wie sie sich entspannt, als würde sie ein Geheimnis preisgeben und ein Stück von sich preisgeben, das nur für meine Augen und Ohren bestimmt ist.

Wie kommt es, dass ich kaum aufhören kann, an sie zu denken? Sie dringt nachts in meine Träume und tagsüber in meine Gedanken ein. Sie stiehlt meinen Atem, meine Seele und mein Herz mit einem einzigen sehnsüchtigen Blick.

Ich glaube, dass ich mich in sie verliebt habe? Das war nie Teil der Gleichung. Sie sollte meine Angestellte sein, ein Mädchen, das meine Termine wahrnimmt und Kaffee für mich holt.

Wann zum Teufel hat sich das geändert?

War es, als sie auf meinen Sohn aufpasste, nachdem sein Kindermädchen einen Herzinfarkt hatte?

Es könnte auch die Nacht gewesen sein, in der wir zusammen in den Laken meines Bettes waren. Ich rieche ihren Duft immer noch in meinem Zimmer, wenn ich einschlafe.

Ich bin krank. Es ist eine Sucht, von der ich mich nicht befreien kann, ich sehne mich nach ihr, als bräuchte ich die Luft, um meine Lungen zu füllen und mir Leben einzuhauchen. Sie ist das Heilmittel für meine hungernde Seele.

Tyler rammt Elisa wie ein Footballspieler, der versucht, sie zu Boden zu bringen.

11

ELISA

DRAUSSEN IST DIE LUFT KÜHL, und unter meinen Schuhen liegt Schnee. In der Ferne höre ich Weston nach seinem Sohn rufen, aber ich ignoriere sie und lasse seine Stimme vom Wind vertreiben.

Ich werde von hinten von einer Kraft getroffen, die mich nach vorn in den eiskalten Schnee kippt. Meine Hände schießen nach vorn, um mich abzufangen, während ich in die weiße Nässe stürze.

Tylers Kichern kommt von hinten, während er meine Beine umklammert und mich festhält.

Wo zum Teufel hat er das gelernt?

Weston stöhnt und stapft hastig durch den Schnee, um seinen Sohn von mir wegzuziehen. „Tyler, das reicht!", schimpft er. „Worüber haben wir denn gesprochen? Du musst vorsichtig sein."

Ich lache leise und Wes reicht mir die Hand, um mir beim Aufstehen zu helfen.

„Danke", sage ich und nehme seine Hand, während er Tyler um seine Hüfte geschlungen hat. Der Junge ist vom Schnee durchnässt und ich auch.

Ich wische die Schneereste von meinem Kleid. Draußen war es kühl, aber jetzt friere ich.

„Komm, ich bringe euch beide ins Haus, um euch aufzuwärmen ", sagt Weston. Seine Hand liegt auf meinen Rücken, während ich über den freien Weg gehe und zum Kamin eile, um mich aufzuwärmen.

Ich schlinge meine Arme um mich; die Hütte ist schön warm, die Heizung ist aufgedreht und das knisternde Feuer bietet zusätzlichen Komfort. Ich stelle mich vor die Flamme und Tyler gesellt sich zu mir. Er zittert von Kopf bis Fuß und Wes stößt einen schweren Seufzer aus.

Ich nehme an, jetzt ist nicht der richtige Zeitpunkt, um ihn zu fragen, ob er meine E-Mail erhalten hat, das Kündigungsschreiben, dass ich ihm gestern Abend geschickt habe.

Ich erinnere mich nicht mehr an jedes Wort, das ich geschrieben habe, und hoffe, dass es nicht zu peinlich war, denn ich war von der Party mehr als beschwipst. Aber ich bin nicht diejenige, die sich für ihre Taten schämen muss.

Weston war derjenige, der sich online als jemand anderes ausgegeben hat.

Warum hat er mir das angetan?

Hielt er es für witzig, mich zu verführen?

Denkt er, dass ich keine Verabredung bekommen kann?

„Tyler, was sagst du zu Elisa?"

„Es tut mir leid", sagt er und blickt mich mit seinem strahlenden Blick an. „Verzeihst du mir?"

„Vielleicht solltest du dir ein Beispiel an ihm nehmen", sage ich und werfe einen Blick auf Weston. Ich schlurfe mit den Füßen und bin dankbar, dass ich mich zu meinem Kleid für die schwarzen pelzgefütterten Stiefel statt für Absatzschuhe entschieden habe. Wenigstens sind meine Zehen warm, das ist auch das Einzige, was im Moment an mir bequem ist.

„Ich hab's verstanden, ich hab's vermasselt", sagt Wes und sieht sein Kind an.

„Du hast es gründlich vermasselt", betone ich. Das ist kein kleiner Fehler, den man mit einem Pflaster und einer Entschuldigung beheben kann. „Was hast du dir dabei gedacht?" Ich halte meine Hand hoch und beschließe, dass ich seine lahme Ausrede nicht hören will.

„Es tut mir leid", sagt Weston.

„Das ist nicht genug, Wes. Was du getan hast, ist nicht zu rechtfertigen. Ich kann nicht … Ich kann nicht mehr mit dir arbeiten."

„Was?" Er runzelt die Stirn und spannt den Kiefer an. „Was soll das heißen, du kannst nicht mehr mit mir arbeiten, Elisa?"

Das ist Scheiße.

Hat er die E-Mail, die ich mit meiner Kündigung geschickt habe, nicht erhalten? Ich habe sie doch gestern Abend abgeschickt, oder nicht?

Es war schon weit nach zwei Uhr morgens, als ich den Brief fertig geschrieben und abgeschickt hatte.

„Meine Kündigung", sage ich, räuspere mich und versuche, den Mut aufzubringen, ihm ins Gesicht zu sagen, dass er ein Idiot ist. Aber sein dreijähriges Kind starrt mit leuchtenden Augen zu seinem Vater hoch, als wäre Weston der ultimative Held.

„Du kannst nicht kündigen", sagt Weston.

„Ich habe dir meine Kündigung bereits per E-Mail geschickt. Hast du sie nicht bekommen?"

„Ich habe nicht auf mein Handy gesehen. Wir sind heute Morgen aufgestanden und haben mit den Vorbereitungen für die Hochzeit begonnen. Es war ein anstrengender Tag", sagt er.

Er fährt sich mit den Fingern durch sein dichtes dunkles Haar und beißt sich auf die Unterlippe, sein Blick zuckt. „Ich akzeptiere deine Kündigung nicht."

„Du hast sie nicht einmal gesehen."

„Nun, tu so, als ob. Ich akzeptiere es trotzdem nicht", sagt Wes.

Die Geräusche im Saal werden lauter, da sich die Gäste auf den Beginn der Hochzeit vorbereiten.

„Bist du immer so dickköpfig?", frage ich und trete näher, um ihm auf Augenhöhe zu begegnen.

Sein heißer Atem trifft meine Wange, und er lehnt sich näher heran, sein Blick ist auf meine Lippen gerichtet. Ich schwöre, er wird mich küssen.

Ich atme scharf ein. Ich würde einen Schritt zurückgehen, aber ich kann nirgendwo hin. Wir sind eingeklemmt zwischen dem Kamin und der Menge der Anwesenden, die sich in dem riesigen Raum versammelt haben, bevor sie in die Kälte hinaustreten, um ihre Plätze für die kurze Zeremonie einzunehmen.

„Nur wenn es darum geht, genau das zu bekommen, was ich will", sagt er.

„Was ist das?", frage ich und schaue zu ihm auf.

„Dich."

Ich glaube ihm nicht.

Er will mich nicht. Wenn er mich wollte, würde er nicht diese Spiele spielen und online vorgeben, jemand anderes zu sein. Was zur Hölle ist los mit ihm? Ich sitze in der Falle.

Der Tumult wird lauter und ungestümer, als Levi pfeift und die Aufmerksamkeit aller auf sich zieht. Die Menge beruhigt sich kurz, während er allen außer den Trauzeugen und den Brautjungfern befiehlt, ihren Hintern nach draußen zu bewegen, weil die Hochzeitszeremonie gleich beginnen wird.

Die Menge löst sich auf, und ich fliehe bei der ersten Gelegenheit, bevor Weston sich umdrehen und merken kann, dass ich weg bin.

Außerdem bin ich eine von Clares Brautjungfern. Es wird von mir erwartet, dass ich dabei bin, wen sie zum Altar schreitet. Ich eile die Treppe hinauf, wo sich die

Mädchen fertig machen. Clare trägt bereits ihr schwarzes Kleid und hat ein breites Lächeln im Gesicht. Sie sieht umwerfend und strahlend aus, ihr Grinsen erhellt den Raum.

„Auf geht's!" Clare quietscht, und wir machen uns auf den Weg, während Cali sich vergewissert, dass die Jungs fertig sind und die Gäste Platz genommen haben.

Ich ignoriere die Kälte durch den Verlust des Kamins und gehe vor der Braut die Treppe hinunter. Ich steige hinunter und folge Ellie, als mein Blick auf Weston fällt.

„Setz dich hin", schimpfe ich. „Die Hochzeit fängt gleich an."

„Ich weiß. Ich führe dich zum Traualtar."

„Scheiße", murmle ich und kann mich nicht zurückhalten. Weston starrt mich an und hält sofort Tylers Ohren zu, damit er uns nicht belauschen kann.

„Papa", brummt Tyler und befreit sich aus seinem Griff.

„Es ist fast so weit. Noch zwei Minuten", sagt er.

Wir stehen alle dicht gedrängt in der Nähe der Tür, wollen zuschauen und versuchen gleichzeitig, einen gewissen Anschein von Ordnung aufrechtzuerhalten.

Weston nimmt Tylers Hand und sieht durch die offene Tür, während er darauf wartet, dass die Musik beginnt. Die Blumenmädchen gehen zuerst, angefangen mit Amelia, Levis Tochter. Sie streut schwarze Rosenblätter auf den schneebedeckten Boden, während sie anmutig den Gang entlang schreitet.

„Du bist der Nächste. Weißt du noch, worüber wir gesprochen haben?" Weston reicht Tyler ein kleines schwarzes Kissen mit einem Ring, der mit einem dunkelroten Band befestigt ist.

Ich gebe zu, dass ich überrascht war, als ich erfuhr, dass ihre Hochzeitsfarbe Schwarz ist, mit einem vereinzelten Hauch von Rot. Aber sie war schon einmal verheiratet, mit einer großen weißen Hochzeit und allem was dazu gehört, aber es hat nicht geklappt.

Ich freue mich für sie, aber gleichzeitig bin ich auch ein wenig neidisch. Es ist eher so, dass ich mir das für mich wünsche.

Aber, was auch immer es ist, was ich und mein mürrischer Ex-Boss gemeinsam hatten – war eine wilde Nacht und eindeutig ein Fehler.

Es besser zu wissen und es besser zu machen, schließt sich nicht gegenseitig aus. Ich wusste, dass ich nicht mit ihm schlafen sollte, aber ich wollte es, und es war verdammt heiß.

Und die Art, wie er mit seinem Sohn umgeht, lässt meinen Magen vor lauter Schmetterlingen flattern.

Ich will Weston nicht verzeihen. Was er mir angetan hat, sollte unverzeihlich sein. Mich zu betrügen.

Warum hat er das getan?

War es ein Spiel für ihn?

Mir dreht sich der Magen um, wenn ich an die nächtlichen Gespräche denke, die ich mit ihm führte, und daran, dass ich ihn eigentlich für einen netten Kerl hielt.

Das geht auf mich.

Tyler hält im Gang inne, dreht sich um und blickt zurück zu seinem Vater.

Weston deutet ihm an, sich umzudrehen und weiterzugehen.

Vom Eingangsbereich aus ist es ein entzückender Moment, und ich habe das Gefühl, die beiden zu belauschen.

Die Prozession geht mit uns beiden weiter, und ich atme tief ein und spüre meine Abneigung gegen Weston, als er mir seinen Arm reicht.

Ich zwinge mich zu einem Lächeln, aber am liebsten würde ich ihm auf die Zehen treten und verlangen, dass er seine Hände von mir nimmt.

Die Musik geht weiter, und wir treten hinaus in die kalte Winterluft. Es ist herrlich und eiskalt zugleich. Ich versuche mein Bestes, um nicht zu frösteln. Das ist ein Ding der Unmöglichkeit, selbst mit den Wärmelampen, die überall auf dem Gang und vorn hinter dem Brautpaar aufgestellt sind.

Gänsehaut überzieht meine Arme; das Kleid, das ich trage, ist zwar hübsch, aber kein bisschen warm für Festivitäten im Freien.

Zum Glück geht die Zeremonie schnell über die Bühne, und ich bin dankbar, als sie das Gelübde und die Ringe austauschen, sich einen heißen Kuss geben und uns alle zurück in die Wärme des Blockhauses geleiten.

Ich gehe zurück ins Haus und tue mein Bestes, um Weston zu vermeiden. Sein Sohn scheint mich zu bemerken und winkt mit einem wilden Grinsen, bevor er durch die Menge auf mich zustürmt.

„Tyler!", schreit Weston über die Musik und das laute Gerede hinweg. Es ist, als ob er den Gästen ausweicht und versucht, sich einen Weg zu mir zu bahnen, während Tyler den Vorteil hat, zwischen den Beinen der Leute durchzukriechen, ohne auch nur eine Sekunde langsamer zu werden.

Ich bücke mich, diesmal in dem Bewusstsein, dass er direkt auf mich zukommt. „Hey, Tyler", sage ich und öffne meine Arme, als er auf mich zustürmt, damit er mich nicht zweimal an einem Tag umstößt.

Wenigstens sind wir diesmal beide im Trockenen.

Er kichert und seine Augen sind groß, als er seine Arme um meinen Hals wirft und mir einen Kuss auf die Wange drückt.

Ich nehme ihn in die Arme, gerade als Weston seinen Sohn einholt.

„Tyler, du darfst nicht vor mir weglaufen", sagt Weston.

Tyler streckt die Zunge heraus, weil er seinem Vater nicht zuhören will.

Die Türen, die vorhin noch offen waren und einen kalten Windstoß hereinließen, sind jetzt geschlossen. „Das ist nicht sehr freundlich", sage ich und starre Tyler an. Er vergräbt seine Arme an meiner Brust und lehnt seinen Kopf an meine Schulter.

„Hier, ich nehme ihn", sagt Weston.

Tyler klammert sich fester an meinen Hals, und ich glaube nicht, dass der Junge in nächster Zeit loslassen wird.

„Ist schon gut, es macht mir nichts aus", sage ich und streichle seinen Rücken.

Weston starrt mich an, und ich kann nicht erkennen, was ihm durch den Kopf geht.

„Du kannst gut mit ihm umgehen", sagt er.

Macht er mir wirklich ein Kompliment? Nach dem, was gestern Abend passiert ist, möchte ich nur noch weg von ihm. Aber das scheint momentan das Entfernteste zu sein, was es gibt.

Ich atme schwer aus. „Danke."

Weston beugt sich vor und streicht mir eine Haarsträhne aus den Augen und hinter mein Ohr. „Es tut mir wirklich leid wegen gestern Abend."

Versteht er es nicht? „Tut es dir leid, dass ich es herausgefunden habe?", frage ich. „Weil du schon viel länger als seit gestern Abend vorgibst, jemand anderes zu sein."

Tyler wehrt sich gegen mich und zieht sich zurück. Er muss spüren, dass ich wütend bin, und windet sich aus meinen Armen. Ich setze ihn auf dem Boden ab, und

Wes hebt ihn auf, bevor er jemand anderen angreifen kann.

„Er könnte Fußballer werden", sage ich und schenke ihm ein schiefes Lächeln. Ich versuche, das Thema zu wechseln, und da ich Weston nicht entkomme, kann ich genauso gut über etwas sprechen, das wir beide mögen – sein Kind.

Ich versuche, zivilisiert und höflich zu sein. Ich möchte Clares Hochzeitstag nicht wegen etwas ruinieren, das zwischen Weston und mir passiert ist.

Ich hätte es nie so weit kommen lassen dürfen, mit ihm zu schlafen – meinem Chef. Es war ein Fehler.

„Das wird nie passieren", sagt Weston.

„Oh. Machst du dir Sorgen wegen einer Gehirnerschütterung?", frage ich. Sein Blick ist ernst, und er zuckt zusammen. Mir dreht sich der Magen um, wenn ich an den Zustand des Jungen denke. Ich beiße mir auf die Unterlippe, damit ich nicht noch etwas Unsensibles sage.

„Ich mache mir Sorgen wegen ..." Er schüttelt den Kopf. „Schon gut, vergiss es." Er trägt Tyler weg, als hätte ich etwas gesagt, was ihn beleidigt.

Ich bin diejenige, die wütend auf ihn sein sollte für das, was er getan hat. Er hat mich hereingelegt. Nicht andersherum!

Er geht durch den Raum auf seine Kumpels zu, und ich bin überrascht, dass Logan auf den ersten Blick nicht sauer auf ihn zu sein scheint.

Hat er Weston verziehen?

„Elisa!", quietscht Cali und legt einen Arm um mich. Wir haben uns am Abend zuvor kennengelernt, aber anscheinend sind wir jetzt beste Freundinnen.

„Hey", sage ich und zwinge mich zu einem Lächeln. „Hast du Spaß?" Sie hat ein Glas Wein in der einen Hand und einen kleinen Jungen auf ihrer Hüfte. Er hat die Haare seiner Mutter und ganz sicher die Augen seines Vaters.

Ich wusste nicht, dass sie Kinder hat.

Sind alle Freunde von Weston Eltern?

„Ja, Clare und Levi haben ein so schönes Haus", sage ich und nehme die Atmosphäre auf.

„Wie läuft es zwischen dir und Weston?", fragt Cali und kommt direkt zur Sache. „Ich meine, das mit dem Online-Profil war ein totaler Blödsinn, den er gemacht hat."

Ich schaue von Cali zu ihrem Sohn und bin überrascht von ihrer Ausdrucksweise. „Kompliziert", sage ich, als ob das alles zusammenfassen würde, was vorgefallen ist.

„Du siehst gelangweilt aus. Komm, häng mit den Mädchen und mir ab", sagt Cali und besteht darauf, dass ich ihr folge. Ellie und Tali stehen neben Logan und unterhalten sich mit Weston und einem anderen Mädchen, das noch ein Teenager ist.

Als ich mich zu ihnen setze, ist mein Magen wieder ganz kribbelig, und mein Blick fällt auf Logan. Es ist seltsam, dass ich dachte, ich hätte mich mit ihm unterhalten, aber in Wirklichkeit war es die ganze Zeit Weston.

„Elisa!" Tyler quietscht und streckt mir erneut seine Arme entgegen, als hätte ich den Jungen nicht erst vor fünf Minuten im Arm gehalten und geknuddelt.

„Ich glaube, du hast schon genug Zeit mit Elisa verbracht, kleiner", sagt Weston.

„Es ist okay", sage ich und biete an, Tyler noch eine Weile zu nehmen. Es ist eine Ablenkung von letzter Nacht, von den Lügen, von allem, was mir Unbehagen bereitet. Ich würde mich lieber verstecken und kein bisschen sozial sein, aber deshalb bin ich nicht hier. Es ist Clares Hochzeitstag.

Und da Weston nicht gehen wird, muss ich einen Weg finden, mit ihm auszukommen.

Tyler wirft wieder seine Arme um mich und drückt mir einen Kuss nach dem anderen auf die Wange.

„Wenn ich es nicht besser wüsste, würde ich schwören, dass er sehr in Elisa verknallt ist", sagt Cali.

Der Raum ist plötzlich wärmer geworden. „Wie der Vater, so der Sohn", sage ich und beiße mir auf die Unterlippe.

Tyler umarmt mich, und ich streiche ihm durchs Haar und beobachte, wie er mich mit seinen Augen anstrahlt. Der Junge ist absolut bezaubernd.

„Papa, ich muss aufs Töpfchen", sagt Tyler plötzlich, und ich übergebe ihn wieder an Weston, damit er das Bad findet.

Weston und Tyler eilen durch die Menge, und ich atme erleichtert auf.

„Es ist irgendwie süß, dass sie beide in dich verknallt sind", sagt Cali.

„Ja, aber Weston ist nicht der biologische Vater von Tyler", sagt Logan zu Cali. „Das habe ich dir doch erzählt, oder?"

„Was?" Das überrascht mich. „Ist er es nicht?"

„Tyler ist sein Neffe. Seine Schwester ist bei der Geburt gestorben. Ich lasse Weston den Rest erzählen, aber angesichts der Umstände ihres Todes ist er ein wenig überfürsorglich."

Mein Magen sinkt auf den Boden. Er hat nie ein Wort darüber verloren, dass er Tylers Onkel ist oder was mit seiner Schwester passiert ist.

„Überfürsorglich?"

„Es steht mir nicht zu, das zu sagen, aber ich bin froh, das du mit ihm redest", sagt Logan. „Ich kenne Weston, seit wir zusammen gedient haben, obwohl es ein wenig dumm von ihm war, dich online zu verarschen, mag er dich. Ich glaube, die Tatsache, dass ihr beide zusammenarbeitet, macht die Sache nur noch komplizierter."

Das ist kein Scherz. Ich atme tief ein und aus. „Ja, das spielt jetzt keine Rolle mehr. Ich habe bereits meine Kündigung eingereicht", sage ich.

„Du hast was?", sagt Cali mit großen Augen. Der kleine Junge in ihren Armen schmiegt sich an ihre Brust und versteckt sich an ihr. „Wie hat Weston es aufgenommen?"

„Er leugnet es", sage ich.

„Hast du einen anderen Job in Aussicht?", fragt Cali. „Deshalb kündigst du doch, oder?" Sie fixiert mich mit ihrem Blick, und ich rutsche unbeholfen auf meinen Füßen herum.

Ich möchte sie nicht anlügen. „Es passt einfach nicht zusammen, für Mr. Muffel-Grump zu arbeiten", sage ich.

Ein schiefes Grinsen breitet sich auf seinem Gesicht aus. „Mr. Muffel. Das beschreibt Weston etwas zu gut."

Cali klopft Logan auf die Schulter. „Als wärst du nicht ein Miesepeter gewesen, als wir uns kennengelernt haben?"

Er lacht und blickt sie spielerisch an. „Ich? Du warst doch diejenige, die alle Kunden des Ladens in meinem Ferienort mit deinem Ausbruch über die hohen Preise vergrault hat."

„Ich habe mich nicht geirrt. Ich liege nie falsch", Cali blickt ihn an.

Ich bewege mich unbehaglich auf meinen Füßen. Die beiden scheinen Dampf abzulassen, aber nicht auf die wütende Art, dass ich losstürmen möchte. Ich schwöre, dass die Leidenschaft, die die beiden ausstrahlen, dieses kleine Bündel in Calis Armen hervorgebracht hat.

Ich trete einen Schritt zurück, die Hitze zwischen den beiden ist im Moment zu viel für mich. Ich gehe zur Bar und nehme einen Amaretto Sour. Ich wünschte, ich könnte für den Rest der Feierlichkeiten verschwinden.

Ich nehme einen Schluck von meinem Getränk und stoße mit Weston zusammen.

„Wo ist Tyler?", frage ich und nehme einen Schluck von meinem Getränk. Ich bin überrascht, dass Weston nicht hinter ihm her ist.

„Ich habe ihn bei Julianna abgesetzt."

„Das ist Calis Tochter, richtig?", frage ich.

„Logans Tochter, Cali ist die Stiefmutter." Seine Stirn ist gerunzelt, als würde er versuchen, die Beziehung zu verstehen. „Was trinkst du?", fragt er und nickt in Richtung meines Drinks.

„Amaretto Sour".

„Girly".

„Nun, ich bin ein Mädchen." Ich bewege mich unruhig auf meinen Füßen; sein Blick ist überwältigend. Ich kann das nicht länger machen. „Ich meine es ernst mit dem Aufhören, Wes."

Es dauert nur eine Sekunde, bis sich Westons Augen weiten.

„Was?"

Er hat mich gehört.

Wahrscheinlich hat ihm nicht gefallen, was er gehört hat, aber er hat jedes Wort verstanden.

Ich bringe ihn zum Schweigen. Warum schnappt er sich nicht einfach sein Telefon und liest mein Kündigungsschreiben? Ist das zu viel verlangt?

„Warum?" Er versucht es erneut, weil ich ihm nicht schnell genug antworte.

„Wir arbeiten nicht gut zusammen."

„Das ist Blödsinn, und das weißt du." Sein Blick wird ernster, und er tritt einen Schritt näher, dringt in meinen persönlichen Raum ein. Sein Atem ist heiß. Sein maskuliner Duft ist überwältigend, als er meine Nase kitzelt. Es ist eine Mischung aus Wacholder, Gewürzen und Immergrün. Als hätte er im schneebedeckten Wald gebadet.

„Ich weiß, ich hätte nicht mit dir schlafen sollen." Ich weigere mich, meinen Blick zu senken. „Und du hättest mich nicht anbaggern sollen."

Er stößt einen schweren Seufzer aus, aber er zieht sich nicht zurück. „Du hast recht. Ich war ein Idiot. Ich wollte wissen, was dir nach dieser Nacht durch den Kopf gegangen ist. Du warst distanziert und hast dich von mir entfernt, und seit wir zusammenarbeiten ...“

„Du dachtest, wenn du vorgibst, jemand anderes zu sein, ein Fremder, kämen wir uns näher?“ Ich möchte ihm auf den Kopf schlagen. Ich würde ihm meinen Drink ins Gesicht schütten, wenn er nicht so verdammt gut schmecken würde.

„Es tut mir leid.“

„Entschuldigung nicht akzeptiert.“

12

WESTON

SIE KANN DOCH NICHT ERNSTHAFT AUFGEBEN. NUR meinetwegen? Mir ist klar, dass sie wütend auf mich ist, weil ich sie gecatfisht habe. Das war selbst für mich eine dumme Aktion.

Aber sie kann nicht aufgeben.

„Ich akzeptiere deine Kündigung nicht."

„Das liegt nicht an dir. Du kannst mich nicht dazu zwingen, für dich zu arbeiten."

„Niemand zwingt jemanden zu irgendetwas", knurre ich sie an.

Warum zum Teufel frustriert mich diese Frau so sehr?

Sie starrt mich an, nippt an ihrem süßen Getränk und lässt ihren Blick nicht abschweifen. „Gut."

„Wir hätten nie miteinander schlafen dürfen", murmle ich. Es spielt keine Rolle, wie gut es war, wie richtig es sich anfühlte, dieses Desaster epischen Ausmaßes ist allein meine Schuld. Ich hätte meinen Schwanz in der Hose lassen sollen.

„Ohne Scheiß", murmelt sie und nimmt einen weiteren Schluck. Ich nehme ihr das Glas aus der Hand, kippe den letzten Schluck ihres Getränks hinunter. „Was zum Teufel?" Sie gibt mir einen Klaps auf den Arm, und ihre Nase zuckt. Ich glaube, sie könnte tatsächlich ausrasten, und ich würde es ihr nicht verdenken.

Ich verdiene ihren Zorn.

Ich stelle das Glas auf einen Tisch in der Nähe, meine Arme sind lang genug, um ihn zu erreichen, ohne dass ich mich auch nur ein wenig von Elisa entfernen muss. „Hol dir dein eigenes Getränk", sagt sie finster und tritt mir gegen das Schienbein.

Scheiße!

Ich ziehe eine Grimasse und stoße sie, ohne nachzudenken, mit dem Rücken gegen die Wand und drücke sie gegen die Holzlatten.

Unwillkürlich fröstelt sie. Ich stelle mir vor, dass es an der kalten Oberfläche liegt und nichts damit zu tun hat, dass ich mich fest an sie drücke.

„Du bist ein Arschloch." Sie starrt zu mir hoch.

„Ich habe nie behauptet, dass ich nett oder sanft bin."
Das bin ich nicht.

„Du bist ganz sicher kein Gentleman", faucht sie.
Wenn Menschen spontan in Flammen aufgehen
könnten, würde die Hitze und die Wut, die sie
ausstrahlt, ausreichen, um mich zu verbrennen.

„Das habe ich nie behauptet", knurre ich, lege meine
Lippen auf ihre und beende unseren Streit mit einem
feurigen Kuss.

Sie beißt mir auf die Unterlippe, aber ich ziehe mich
nicht zurück. Ich lege meine Hände um ihre Taille,
und ziehen sie fester an mich heran. Ich will, dass sie
spürt, was sie mit mir macht.

Sie keucht, und ich nehme das zum Anlass, ihr meine
Zunge in den Mund zu schieben. Die Wut vergeht
langsam, wie Eis, das weggeschmolzen wird. Der Kuss
vertieft sich, als sie sich ihrem Verlangen hingibt.

Als sie aufhört, sich gegen mich zu wehren, greifen
ihre Finger nach meinem Arm, graben sich in mein
Fleisch und sie markiert mich mit ihren Nägeln. Sie
zieht mich fester an sich, schlingt ihre Arme um mich,
und ich höre das süße Stöhnen, das aus ihrer Kehle
kommt.

Ich sollte mich zurückziehen, uns einen Freiraum geben oder zumindest ein Zimmer finden, in das wir beide uns schleichen können, aber ich kann nicht aufhören, sie zu küssen. Und ihr muss es genauso gehen.

Ihre Zunge gleitet in meinen Mund und nimmt sich hungrig, was sie will, was mein Verlangen nach ihr wachsen lässt. Jeder Geschmack, jede Berührung, jedes Stöhnen lässt meinen Schwanz härter werden. Hat sie eine Ahnung von der Macht, die sie über mich hat?

Ich habe nicht vor, es ihr zu sagen. Das ist ein Geheimnis, das mit mir sterben wird, aber hoffentlich nicht in nächster Zeit.

Jemand räuspert sich, und ich möchte ihm sagen, dass er sich verpissen soll, aber wir sind auf einer Hochzeit, und ich glaube nicht, dass Levi das gemeint hat, als er sagte, er wolle, dass seine Gäste den Empfang genießen sollen.

„Was?" Ich knurre den Übeltäter an, der meine schöne Zeit mit Elisa unterbricht. Widerwillig ziehe ich mich von dem süßen, dunkelhaarigen Mädchen zurück. Ihre Wangen sind gerötet, und ihre Brust hebt und senkt sich mit leisem Keuchen, während sie versucht, Luft zu holen.

Levi starrt mich an, einen Arm um die Taille seiner Braut geschlungen. „Ich muss zugeben, dass ich dachte, wenn jemand auf unserer Hochzeit zusammenkommt, dann wären wir das.

Clare stößt ihn mit dem Ellbogen in die Hüfte. „Ich spiele mit dir kein Mandelhockey vor unserer Familie und unseren Kindern."

„Kinder?", wiederholt Elisa und blinzelt mit den Augen.

Levi hat eine Tochter, Amelia.

Clare beißt sich auf die Unterlippe und blickt weg. „Es gibt hier viele Kinder, die nicht von uns etwas über Vögel und Bienen lernen müssen. Oder von euch beiden."

„Gut gerettet, *Flugzeug Mädchen*."

Clare stößt ihn ein zweites Mal in die Rippen. „Pass auf, *Höschendieb*", erwidert sie.

„Höschendieb?" Ich fixiere Levi mit meinem Blick. „Das ist eine Geschichte, die ich noch nie gehört habe." Es muss eine Erklärung dafür geben, wie er zu diesem Spitznamen gekommen ist. Aber will ich das wissen? Ihn zu quälen, sollte ein Vergnügen sein.

„Du wirst es nicht hören", sagt Levi und unterbricht mich. „Ich freue mich, dass ihr beide euch versteht, aber wir sollten den Gästen keine Erwachsenenshow bieten."

„Wir haben uns nur geküsst", stammelt Elisa, als ob sie uns nicht gerade beim Knutschen erwischt hätten.

„Ja, das führt zu ..." Clare legt eine Hand auf ihren Unterleib.

„Warte? Bist du schwanger?" Elisa schnappt nach Luft und führt ihre Hand an ihre Lippen.

„Pst." Clare bittet sie mit einer Geste, ihre Stimme zu senken. „Wir haben es noch niemandem gesagt."

„Herzlichen Glückwunsch zum Zweiten", sage ich und möchte mich dem anschließen, aber der Gedanke an ein Kind macht mir offen gesagt Angst. Ich habe meinen Neffen, den ich aufziehe, und bei dem Gedanken an ein weiteres Kind weiß ich nicht, wie Levi und Clare damit zurechtkommen werden. Obwohl ich annehme, dass Amelia ein paar Jahre älter ist als Tyler und auch nicht die gesundheitlichen Probleme hat, mit denen er zu kämpfen hat.

Levi zieht Clare an sich. „Wir sollten die Runde machen", sagt er. „Dann kannst du dich hinsetzen und etwas essen."

„Ich bin schwanger, nicht zerbrechlich", murmelt Clare. Sie schenkt uns beiden ein Lächeln, bevor er sie zu den anderen Gästen führt.

„Können wir reden?", fragt Elisa und starrt mich mit leuchtenden, großen Augen an.

Ich atme scharf aus. „Ja, das ist wahrscheinlich eine gute Idee." So sehr ich auch zu dem zurückkehren möchte, was wir getan haben, es wird unsere Probleme nicht lösen.

Ich will nicht, dass sie wegen dem, was zwischen uns passiert ist, kündigt. Mir wäre es lieber, sie würde überhaupt nicht kündigen, aber ich kann sie nicht zwingen, mit mir zu arbeiten, und wenn wir weiter zusammenarbeiten, können wir nicht miteinander schlafen.

Nicht, dass es viele Male gäbe.

Es war ein einziges Mal.

Ich kann mich gut daran erinnern, wie es sich anfühlt, in ihr vergraben zu sein. Mein Schwanz zuckt bei der Erinnerung.

Draußen schneit es, es staubt leicht, und es ist eiskalt. Anstatt nach draußen zu gehen, führe ich sie die hintere Treppe hinauf und suche einen ruhigen Raum, in dem wir beide reden können.

Sie folgt mir wortlos.

Ich öffne eine Tür, lege den Lichtschalter um und mache eine Geste, dass sie einzutreten soll. Ihre Schuhe klacken über die Holzdielen, als sie den Raum betritt. Es ist eindeutig Amelias Schlafzimmer, mit einem Prinzessinnenhimmel über dem Bett und lila glitzernden Vorhängen.

Elisa presst ihre Unterlippe zwischen die Zähne und verschränkt die Arme vor der Brust. „Der Kuss da unten ... wir sollten nicht, wir können nicht, Weston."

„Warum?", frage ich und fixiere sie mit meinem Blick. „Du hast bereits gekündigt. Ich bin nicht mehr dein Chef." Wenn das der Grund ist, werde ich nicht zulassen, dass sie ihn als Ausrede benutzt. Ich trete näher und dringe in ihren persönlichen Raum ein.

„Es ist mehr als das", sagt Elisa und starrt zu mir hoch. „Du warst ein Stück Scheiße für mich, Weston."

„Es tut mir leid", sage ich. „Ich hätte mich nicht online als jemand anderes ausgeben sollen. Das war eine blöde Idee."

„Ja, das war es", sagt Elisa, und langsam sehe ich, wie ihre Entschlossenheit bröckelt. Als ob die Mauer, die sie um sich herum aufgebaut hat, wegbricht.

Sie schlurft mit den Füßen und ich trete näher. „Sag mir den wahren Grund, warum du aufhörst."

Sie flüstert leise vor sich hin, ihr Blick starrt nach unten, will meinem Blick nicht begegnen. „Elisa?" Ich möchte, dass sie mir antwortet.

„Erwartest du wirklich, dass ich wieder ins Büro komme?" Ihre Zunge fährt heraus und streckt sich zur Seite, während sie einen schweren Seufzer ausstößt. „Ich gebe dir Freiraum. Das ist es, was wir brauchen. Vielleicht, wenn wir nicht nebeneinander wohnen würden …"

„Wir werden nicht mehr lange brauchen."

„Was?" Das erregt ihre Aufmerksamkeit, und sie blickt zu mir auf.

„Es stört dich nicht, dass wir zusammenarbeiten, sondern nur, dass wir nebeneinander wohnen?" Ihre Logik verblüfft mich ein wenig.

„Das ist es nicht. Seid ihr nicht gerade erst in das Haus eingezogen?"

„Es war eine Übergangslösung. Mein Haus wird renoviert, da man Asbest in der Fassade und im Dach gefunden hatte und außerdem Bleifarbe in der ursprünglichen Verkleidung."

„Du meinst, du wohnst nicht in einer Eigentumswohnung? Nein, natürlich nicht. Du bist ein Milliardär. Dir könnte das ganze Haus gehören." Diese Antwort murmelt sie mehr zu sich selbst als zu mir. Ich ignoriere sie, wohl wissend, wie viel ich verdiene und wie vermögend ich bin.

„Ich werde bald ausziehen. Das Arrangement war nie auf Dauer angelegt."

„Aber du wärst immer noch mein Chef, wenn ich bliebe." Sie kaut auf ihrer Unterlippe.

„Ja, genau das schlage ich vor."

Sie kneift für einen Moment die Augen zusammen. „Du frustrierst mich. Ist dir klar, wie sehr du mich in den Wahnsinn treibst? Und was hat Logan damit gemeint, dass Tyler dein Neffe ist?"

„Das hat er dir gesagt?" Ich kann nicht anders, als dass mich der Zorn wie ein Blitz durchfährt. „Er hatte kein Recht dazu!"

„Erschieße nicht den Boten", sagt sie finster. Sie steht auf Augenhöhe mit mir und weigert sich, nachzugeben.

„Es war nicht seine Aufgabe, darüber zu sprechen, was mit meiner Schwester oder Tyler passiert ist."

Sie streckt ihre Hand aus und streicht sanft über meinen Arm. „Er hat mir nichts über deine Schwester erzählt. Nur, dass du ein etwas überfürsorglich bist."

„Ich habe keine andere Wahl", sage ich knapp. „Jemand muss sich um Tyler kümmern. Er ist zu jung, um seinen Zustand zu verstehen. Ich habe dir nie erzählt, dass Wren seine Mutter ist, weil ich nicht wollte, dass du mich so ansiehst oder Tyler so magst, wie du mich jetzt ansiehst."

„Wie sehe ich dich an?", fragt Elisa mit sanfter Stimme. „Mit Sorge?" Sie verschränkt unsere Hände miteinander und drückt meine Handfläche fest. „Ich weiß, dass du dich um Tyler sorgst."

„Verdammt richtig, ich würde mein Leben für seins geben. Ich würde seinen Zustand eintauschen, wenn ich könnte, und ich schwöre, ich habe es versucht. Man sollte meinen, ein Milliardär zu sein, würde helfen. Ich veranstalte Spendenaktionen, spende für die medizinische Forschung und habe eine ganze Suite, die der Erforschung seines Zustands gewidmet ist, aber das ist nicht genug."

„Es wird sich wahrscheinlich nie genug anfühlen", sagt Elisa.

Ich beuge mich vor und nehme ihre Lippen ungeniert in Beschlag. Ich nehme mir, wonach ich mich sehne, was ich brauche, wie die Luft zum Atmen. Sie hält mich nicht auf. Elisa zieht sich nicht einmal zurück. Stattdessen empfange ich Begierde und Wärme, als ihre Finger in das Revers meines Anzugs fassen.

„Bitte hör nicht auf." Ich möchte sie nicht anflehen oder bitten, zu bleiben. Aber wenn sie meinetwegen geht, ihren Job aufgibt, weil ich das Arschloch bin, ist das ihr gegenüber nicht fair.

„Ich kann nicht mit meinem Chef herummachen", flüstert sie und starrt zu mir auf. Ihr intensiver Blick bringt mein Inneres zum Brennen und verlangt nach einem weiteren Geschmack, danach, ihr den Atem zu rauben.

„Heißt das, du verlässt mich nicht?" Ich murre. Die Frage klingt besitzergreifend und schroff, als gehöre sie mir.

Ihre Zunge fährt heraus, und ihr Blick spannt sich an. „Ich bleibe unter einer Bedingung", sagt sie, und stellt sich auf die Zehenspitzen, um mich mit ihren rubinroten Lippen zu necken. Ihr Atem vermischt sich mit meinem.

Ich will mich wieder zu ihr beugen und sie küssen, sie schmecken, sie an die Wand drücken und sie ficken.

Ich antworte nicht, denn ich möchte nicht, dass sie den Job und vor allem mich verlässt.

„Tanz mit mir", sagt sie, und ein schiefes Grinsen breitet sich auf ihrem Gesicht aus.

„Das war's?"

Sie lächelt und ergreift meinen Arm, ihre Hand gleitet hinunter bis zu meinen Fingern und verschränkt sie mit ihren, während sie mich durch die Gästeschar die Treppe hinunter zur Tanzfläche zieht.

Die Musik wird langsamer, als wir uns der Tanzfläche nähern, und das Lächeln verschwindet von ihren Lippen. Als ob sie sich mit einem schnellen Tanz auf der Tanzfläche wohler fühlen würde. „Wohin gehst du?", frage ich und fixiere sie mit meinem Blick, halte ihre Hand fest, damit sie sich nicht davonschleichen kann.

„Der Beat ... dazu kann ich nicht tanzen", stammelt Elisa, und ich ziehe sie dicht an mich heran.

„Du weißt nicht, wie man mit einem Partner tanzt?" Ich lege eine Hand auf ihren unteren Rücken, die andere bleibt an ihrer Hand haften.

„Das habe ich nicht gesagt", antwortet sie und sieht zu mir auf. Ihre Augen funkeln wie Diamanten, und mir stockt der Atem, so leicht kann ich mich in ihrem Blick verlieren.

„Elisa, bist du das?", unterbricht uns ein Herr.

Ihre Augen weiten sich und sie dreht sich zu ihm um. Die Tanzfläche ist überfüllt, und sie rempelt mich an. Instinktiv lege ich einen Arm um ihre Taille.

Ich kann ihren Gesichtsausdruck nicht sehen, da sie mir den Rücken zuwendet, aber er grinst breit und mustert sie definitiv.

Ich mag ihn schon jetzt nicht, und ich habe nicht die geringste Ahnung, woher sie sich kennen, aber ich würde vermuten, dass es intim ist. Zumindest will er das, wenn man bedenkt, wie sehr sein Blick von ihrem Körper fasziniert ist.

Der Mann ist nicht gerade attraktiv, aber das ändert nichts an der Tatsache, dass er eine Rolex trägt und eindeutig wohlhabend ist. Dann sind wir schon zwei. Geld ist für mich kein Thema, aber ich prahle nicht mit meinem Einkommen. Ich lebe bequem und bescheiden, würden manche sogar sagen, wenn man mein Nettovermögen betrachtet, aber ich habe alles, was ich brauche und will.

Nun, das tat ich, bis ich Elisa traf.

Und die Art, wie Beady Eyes sie anstarrt, lässt meinen Magen umkippen. Ich ziehe sie besitzergreifend an mich und erhebe Anspruch auf sie, als ob ich das Recht dazu hätte. Was ich nicht habe.

Sie schaut mich mit hochgezogenen Augenbrauen an, offensichtlich fragt sie sich, was zum Teufel hier los ist, und ich schweige, während meine Finger über ihren Bauch gleiten, der schwarze Stoff ist dünn, als ich sie durch den Stoff streichle.

Elisa lehnt sich fester an mich heran, als ob sie meinen Schutz möchte. Zumindest hoffe ich, dass sie das andeuten will, denn ich gehe darauf ein.

„Wir kennen uns bis jetzt nicht", sage ich und lege eine Hand um sie, während ich mit der anderen nach oben greife, um mich dem Mann vorzustellen.

„Ich bin Connor, der Bruder von Levi", sagt er.

Es gibt fast keine Ähnlichkeit zwischen Levi und Connor. Als ob Levi alle guten Gene hätte und Connor ein schlechtes Blatt bekommen hätte. Ich kann mir nicht vorstellen, dass Elisa an ihm interessiert ist, obwohl das unhöflich klingt. Ich bin sicher, im Inneren ist er ein toller Kerl.

„Weston", sage ich und stelle mich vor. „Levi und ich sind alte Militärfreunde."

„Ahh", sagt er grinsend, „einer seiner Bareback-Kumpel".

„Wie bitte? Was zum Teufel wollen Sie damit andeuten?" Ich knurre. Selbst wenn Levi oder ich schwul wären, ist das eine beschissene Art, sich vorzustellen. Ich trete näher und überrage ihn. Mein Kiefer krampft sich zusammen, und Elisa geht zur Seite, um nicht zwischen uns eingeklemmt zu werden, während ich das Arschloch anstarre.

„Es ist ein Witz. Entspann dich", sagt Connor und fährt sich mit der Hand durch sein schütteres Haar.

Ich schlage ihn nicht, schon allein deshalb nicht, weil es Levis Hochzeit ist und ich ihm und Clare diesen besonderen Tag nicht verderben möchte.

Ich ignoriere Connor und starre Elisa an. „Bitte sag mir, dass ihr beide nicht miteinander bekannt seid." Ich werde kotzen, wenn ich herausfinde, dass sie miteinander geschlafen oder sich verabredet haben.

Ich bin nicht der eifersüchtige Typ, wahrscheinlich weil ich keine Zeit für Beziehungen habe. Mein Sohn ist der Mittelpunkt meiner Welt, und wenn ich mich nicht um ihn kümmere, habe ich ein Geschäft zu führen.

„Wir sind nur Bekannte", sagt Elisa, die vielleicht den Dampf gesehen hat, der von mir ausgeht. „Wenn Sie uns entschuldigen würden", sagt sie mit einem höflichen Lächeln, während sie meine Hand ergreift und mich von Connor wegzieht.

„Was zum Teufel war das?", frage ich, als wir ihn auf der Tanzfläche stehen lassen.

„Es sollte seine Beerdigung werden", murmelt sie und zieht eine Grimasse, als sie Tyler auf uns zurennen sieht. Ein Mädchen im Teenageralter rennt ihm hinterher und bahnt sich einen Weg durch die Gäste. Julianna Henderson, die Tochter von Logan.

„Entschuldigung", sagt Julianna

„Papa, können wir im Schnee spielen?" Er zeigt nach draußen, denn der Tag ist inzwischen zur Nacht geworden und um das Blockhaus herum liegt eine frische Schneedecke.

Ich versuche, meine Stimmung nach dem Zusammenstoß mit Connor aufzulockern, aber ich kann die Wut, die durch meinen Körper fährt, nicht ganz abschütteln. „Nein", sage ich etwas zu unwirsch.

„Bitte?", wimmert Tyler, und seine Unterlippe schiebt sich hoch. Der Junge hat ein Händchen dafür, zu bekommen, was er will.

Elisa sinkt auf die Knie und begegnet meinem Sohn auf Augenhöhe. „Wie wäre es, wenn wir den Desserttisch suchen und ein Törtchen klauen?"

Ich öffne den Mund, um Einspruch zu erheben, und sie hebt eine Augenbraue, die mich stillschweigend warnt, den Mund zu halten. Ich signalisiere ihr, dass sie gehen soll und atme einen schweren Seufzer aus.

„Es tut mir leid, Mr. Muffel-Grump", sagt Julianna. „Ich habe versucht, ihn und Amelia zu unterhalten."

„Das ist schon in Ordnung", sage ich. „Ich weiß es zu schätzen, dass du dich um ihn kümmerst."

Julianna atmet aus, als wäre ihr die ganze Last der Welt von den Schultern genommen worden.

„Geh und hab Spaß. Genieße die Hochzeit", sage ich und mache eine Geste, damit sie auf die Tanzfläche gehen kann.

Julianna lächelt strahlend und schlendert davon.

Bin ich wirklich so ein Miesepeter, dass sie sich Sorgen gemacht hat, ich würde mich über Tyler aufregen? Ich grummele leise vor mich hin und sehe, dass Tyler überall auf seinen Lippen und Wangen hellrosa Zuckerguss hat.

Elisa hat von einem Muffin, den sie verschlungen hat, einen Fleck am Mundwinkel. „War der Nachtisch gut?", frage ich und beuge mich vor, um ihr einen Kuss zu geben und den Zuckerguss zu schmecken.

„Sehr", flüstert sie heiser, als ich mich zurückziehe.

„Papa, trag mich." Tyler streckt seine Arme in die Luft und stellt sich zwischen Elisa und mich.

Es scheint ihn nicht im Geringsten zu stören, dass ich gerade Elisa geküsst habe. Vielleicht ist es für ihn keine große Sache? Ich hat noch nie bemerkt, dass ich mit einem Mädchen ausgegangen bin. Es waren immer nur wir beide. Ich habe darauf geachtet, ihn von meinem Liebesleben abzuschirmen.

„Du sollst mein Flügelmann sein, Kumpel", necke ich.

„Flügelmann?", fragt Tyler und runzelt die Stirn. Offensichtlich hat er meine Anspielung nicht verstanden. Ich warte darauf, dass er seine Arme wie ein Vogel oder ein Flugzeug ausstreckt.

„Ist schon gut." Ich küsse seine Nase und vermeide die klebrige Sauerei in seinem Gesicht. „Wie wäre es, wenn wir eine Toilette suchen und dich sauber machen?"

Tylers Zunge fährt heraus und versucht, den Zuckerguss wegzuwischen, aber es braucht mehr als das, um die Sauerei zu beseitigen, die er angerichtet hat. Ich habe Glück, dass es nicht sein ganzes Outfit und meins bedeckt.

„Ich werde hier sein", sagt Elisa und schenkt mir ein Lächeln, und ich atme aus. Connor beobachtet uns, er steht ein paar Meter entfernt, ein fast leeres Getränk in der Hand.

Er beobachtet Elisa ständig, und ich habe den leisen Verdacht, dass er sich auf sie stürzen wird, sobald ich sie allein lasse, wie das Tier, das er ist.

„Nein", sage ich und fixiere sie mit meinem Blick. „Komm mit mir nach oben."

Sie holt ängstlich Luft und blickt auf Tyler hinunter. Elisa zwingt sich zu einem Lächeln. „Klar, was immer du sagst, Boss."

Wir gehen die Treppe hinauf, weg von der Menge, und in eine der freien Toiletten, um Tyler zu reinigen.

Ich bringe ihn ins Badezimmer, schalte das Licht an und setze ihn auf das Waschbecken.

„Soll ich Wache halten oder so?", fragt Elisa vom Türrahmen aus. „Ich bin mir nicht sicher, wie ich helfen kann."

„Connor hat dich beobachtet", sage ich und schaue sie an, während ich mir einen Waschlappen schnappe und ihn unter dem Waschbecken mit warmem Wasser nass mache. Vorsichtig wasche ich Tylers Gesicht und Hände und achte darauf, dass das bezaubernde Outfit, das er für die Hochzeit trägt, nicht nass wird.

Sie verschränkt die Arme vor der Brust. „Eifersüchtig?"

Ich spotte über ihre Andeutung. „Nein. Ich habe versucht, ein Gentleman zu sein und diesen erbärmlichen Arsch von dir fernzuhalten."

„Papa hat ein schlimmes Wort gesagt", keucht Tyler.

„Wenn wir nach Hause kommen, stecke ich einen Vierteldollar in die Schimpfwortbüchse", murmle ich.

Elisa grinst breit, ihr Lächeln ist ganz natürlich und unbeschwert, und sie reckt ihr Kinn zu mir hoch. „Ich wette, diese Büchse ist bis zum Rand mit Münzen gefüllt."

„Nein", entgegne ich und fixiere sie mit meinem Blick. „Normalerweise werfe ich einfach einen Dollar hinein und denke, das reicht für den Rest des Tages."

„Ich verurteile dich nicht", sagt sie und hält die Hände hoch. „Mit meiner Ausdrucksweise würde ich wahrscheinlich zwanzig Dollar schulden."

Ich habe sie nie fluchen gehört.

Ich helfe Tyler vom Waschbecken herunter und werfe den Waschlappen in den nahe gelegenen Wäschekorb.

„Papa, kann ich einen Bruder haben?", fragt Tyler.

Seine Frage verblüfft mich, vor allem, weil Elisa mich mit ihrem heißen Blick verschlingt.

„Ein was?" Wie zum Teufel kam er nur auf diese Idee?

„Ich wünsche mir einen kleinen Bruder. Wie Miles. Können wir ihn mit nach Hause nehmen?"

Miles ist der Sohn von Logan und Cali. Sie müssen unten zusammen gespielt haben. Elisa grinst und verdeckt ihre Lippen, um nicht laut loszulachen. Sie schaut weg, und ich stelle mir vor, dass sie sich auf die Lippe beißt. Denkt sie manchmal so über mich? Wir drei als eine Familie?

Obwohl ich nie vorhatte, Kinder zu haben. Ich wollte kein Vater sein, geschweige denn ein alleinerziehender Vater. Es hat sich einfach so ergeben.

„Nein, wir können Miles nicht mit nach Hause nehmen. Er gehört zu Cali und Logan", erkläre ich, in der Hoffnung, eine weitere Diskussion darüber zu vermeiden, woher Babys kommen. Er weiß, dass es keinen Storch gibt, und das Kinderbilderbuch, in dem die Grundlagen über Mamas und Papas erklärt werden, hat wahrscheinlich nicht dazu beigetragen, dass die Verwirrung groß ist. Angesichts der Tatsache, dass seine Mutter meine Schwester ist.

Das ist ein Gespräch, das wir führen werden, wenn er älter ist, dass ich technisch gesehen sein Onkel bin. Eines Tages, ich schiebe es immer weiter weg.

„Aber ich will einen Bruder", jammert Tyler und zieht die Unterlippe hoch, während er mit großen Augen nach oben starrt.

Weitere Kinder zu bekommen, kommt nicht infrage. Ich hatte vor Jahren eine Vasektomie. Und ich habe nicht vor, sie rückgängig zu machen.

Das soll nicht heißen, dass ich Tyler nicht liebe, denn das tue ich, aber ein Kind ist genug für mich. Ich kann mir nicht vorstellen, zwei Kindern groß zuziehen, vor allem nicht in Tylers Zustand.

„Wie wär's, wenn wir wieder nach unten zur Party gehen und du mit Miles spielst?", sagt Elisa und zerzaust Tylers Haare.

Er starrt Elisa mit einem breiten Grinsen an, und seine Augen funkeln, als würde der Junge alles tun, was sie von ihm verlangt.

„Okay", meldet er sich mit rötlichen Wangen und Grübchen, die absolut hinreißend sind. Er sieht der jungen Wren mit den Grübchen und dem Grinsen von unseren Kinderfotos verblüffend ähnlich.

Er umklammert Elisas Hand. „Ich bringe ihn wieder nach unten", sagt Elisa und wirft einen Blick über ihre Schulter zu mir. „Hier bleiben?"

Ich ziehe neugierig eine Augenbraue hoch und frage mich, warum.

„Ich bin gleich wieder da, dann können wir reden."

Bei diesen Worten dreht sich mir der Magen um. Wir versuchen immer noch herauszufinden, was zur Hölle wir sind – in der einen Minute hassen wir uns gegenseitig, in der nächsten droht sie zu kündigen, und in der nächsten küsse ich sie. Sie hat recht, wir müssen reden, aber ich kann nicht anders, als mir Sorgen zu machen, dass sie mich im Stich lassen wird.

„Beeil dich", sage ich mit einem zuversichtlichen Lächeln und will nicht, dass sie den Schmerz sieht, der mich innerlich zerreißt.

13

ELISA

TYLER HÜPFT DIE TREPPE HINUNTER, und wir laufen durch die Menge, bis ich das Spielzimmer finde. Dort stapeln sich die Spielsachen in den fein säuberlich geordneten Regalen und in einem eingebauten Bücherregal stehen Hunderte Kinderbücher.

In der Ecke steht ein Zelt, und aus dem Inneren ertönt lautes Kichern. Selbst bei dem Lärm der Musik und dem Geplapper der Gäste auf dem Flur kann ich das Geplapper der Kinder hören, die sich darin verstecken.

Tyler lässt meine Hand los und stürmt zum Zelt, schleicht hinein und verschwindet zu den Kindern.

Nach einigen Minuten, nachdem ich mich vergewissert habe, dass es ihm gutgeht, gehe ich wieder nach oben, um mich mit Weston zu unterhalten. Ich weiß nicht, was zum Teufel ich tun soll.

Selbst wenn ich mich bereit erkläre, wieder für ihn zu arbeiten, können wir das nicht – wir müssen beide professionell bleiben. Ich bin innerlich im Zwiespalt zwischen dem, was ich will, und dem, was richtig ist.

Und will er mich überhaupt?

Offensichtlich sollte dieser Kuss mich davon abhalten, wütend auf ihn zu sein, und das hat größtenteils funktioniert. Ich vergebe ihm, dass er ein absolutes Grummel Schwein ist, aber wenn wir zusammenarbeiten, können wir diese Grenze nicht überschreiten, und offen gesagt, ich möchte, dass er in mein Bett kriecht.

Apropos kompliziert.

Ich lasse mir Zeit, um nach oben zu gehen. Weston ist nicht im Bad, er steht im Flur, mit dem Rücken zur Wand, und lässt seinen Blick über meinen Körper schweifen, während ich die Treppe hinaufschleiche.

„Wird auch Zeit." Seine Augen ziehen mich praktisch aus.

Ich bin froh, dass Clare uns nicht gezwungen hat, hässliche Kleider zu tragen, damit sie gut aussieht. Das hätte sie nicht nötig; sie ist eine wunderschöne Braut und eine noch bessere Freundin.

„Ich habe uns ein Zimmer besorgt", sagt Weston, nimmt meine Hand und führt mich den Flur entlang. Er öffnet die Schlafzimmertür, und ich schlendere zuerst hinein.

Ich trete zuerst in den Raum und drehe mich um, sodass viel Platz zwischen uns ist. Ich habe nicht vorgeschlagen, dass wir reden als Euphemismus für Sex. Wir müssen das herausfinden, wenn wir zusammenarbeiten wollen.

Er schließt die Tür hinter uns, und die Musik und das Chaos von unten scheinen sich in der Stille des Raumes aufzulösen. Es ist ein unbewohntes Gästezimmer, wie es aussieht. Die Matratze ist unangetastet, das Bett gemacht. Es gibt keine Anzeichen dafür, dass hier jemand schläft. Kein Gepäck, kein Handy-Ladegerät auf dem Nachttisch. Es ist sauber und leer.

Weston kommt näher, pirscht sich an mich heran, und ich atme tief ein. Mein Magen schlägt Purzelbäume. Ich halte eine Hand hoch, damit er einen gewissen Abstand zwischen uns hält. „Wir sind hier drin, um zu reden", sage ich. Seine Augen sind voll Hunger.

Liegt es an dem, was wir unten getan haben, dass er innerlich aufgewühlt ist? Mein Körper kribbelt immer noch bei der Erinnerung an seine besitzergreifenden Lippen auf meinen, seine festen Hände auf meiner Haut.

„Richtig", sagt er und atmet tief ein. „Ich will nicht, dass du aufhörst. Du bist zu wertvoll für mich, um dich gehen zu lassen. Die Worte sprudeln aus ihm heraus, bevor ich Zeit zum Sprechen habe.

Das war's. Das ist der Grund, warum er will, dass ich in der Position unter ihm bleibe? Weil er mich für den Job braucht.

Ich weiß nicht, warum ich dachte, dass es einen anderen Grund geben würde.

„Ich werde nicht aufgeben", sage ich und begegne seinem intensiven Blick. „Es ist ja nicht so, dass ich etwas anderes vorhätte." Ich schenke ihm ein schwaches Lächeln, meine Lippen wölben sich nach oben, um ihm zu versichern, dass ich nicht vorhabe, irgendwo hinzugehen.

Er nickt entschlossen. „Gut, ich möchte nicht glauben, dass jemand anderes dich zu sich holen könnte."

Ich habe den leisen Verdacht, dass er nicht über die Arbeit spricht. „Weston", sage ich und atme schwer aus. Meine Hände zittern, und ich hoffe inständig, dass er es nicht bemerkt. „Wenn wir zusammenarbeiten, kann ich nicht ... wir müssen es professionell halten."

„War ich jemals unprofessionell im Büro?", fragt er und bohrt seine Augen in meine.

Meine Zunge fährt heraus und ich versuche, mich an eine Zeit zu erinnern, in der er weniger professionell war. „Nein", sage ich. „Aber wir können nicht."

Er kommt näher, dringt in meinen persönlichen Raum ein. Sein Geruch ist holzig und berauschend. Ich sollte zurückweichen, einen Sicherheitsabstand einhalten, um einen kühlen Kopf zu bewahren, aber ich will mich nicht aus seinem Griff befreien.

Seine Hand kommt hoch, sein Daumen streicht über meine Wange. Eine sehr unprofessionelle Geste von meinem Chef. „Ich will nicht, dass es zwischen uns geschäftlich bleibt. Ich will dich, und ich will, dass du für mich arbeitest."

Ich atme scharf ein. „Weston", flüstere ich und starre in seine heißen, dunklen Augen. Er saugt mich in sich auf und macht meinen Körper an den intimsten Stellen warm und prickelnd. „Was du fragen willst ..."

„Wir müssen einen Weg finden, dass beides funktioniert."

„Das kann nicht sein", sage ich und spreche bedauernd die Worte aus, die ich nicht wahrhaben will. „Du hast einen Sohn, du musst an ihn denken, und ein Geschäft. Ich werde immer an dritter Stelle stehen, und wenn das Personal es herausfindet ..."

„Sie werden es nicht herausfinden", betont Weston.

Ich lache leise vor mich hin. „Ernsthaft? Du hast gerade unten auf Clares Hochzeit mit mir geknutscht. Die Leute reden. Dass wir beide Freunde sind, ist alles, was ich anbieten kann."

Er legt einen Arm um meine Taille und zieht mich näher und fester heran. Ich spüre, wie seine Erektion in mich drückt. „Das ist nicht gut genug. Ich will dich, Elisa, ganz für mich allein. Für die Arbeit, für das Vergnügen, einfach alles."

Seine Finger verheddern sich in meinen Haaren, lösen die Spange, die meine Locken hochhält, und er packt eine Handvoll, wobei er meinen Kopf zu sich hochhält. Ich glaube nicht, dass er vorhat, die Spange zu lösen, aber vielleicht tut er es doch? Ich habe noch nie eine so forsche und freche Seite meines mürrischen Chefs gesehen, und ich wage zu behaupten, dass ich mich leicht in ihn verlieben könnte.

„Du gehörst mir", knurrt er. Seine Lippen landen hart auf meinen, fordern mich ein, mit einem Kuss, der so intensiv ist, dass ich mich nicht zurückziehen kann, selbst wenn ich wollte. Ich möchte nur noch näher an ihn herankommen.

Die Hitze des Raumes wird intensiver, die Temperatur steigt, und der feurige Kuss lässt meine Lippen schmerzen, ebenso meinen Körper, der sich nach mehr sehnt.

„Was ist mit deinen anderen Mitarbeitern?", flüstere ich, als er den Kuss unterbricht.

„Ich will nicht mit ihnen schlafen", flüstert Weston, und seine Lippen wandern über meinen Hals, knabbern, beißen und lecken an meiner Haut.

Ich erschaudere unwillkürlich und schaue nach unten, um das Lächeln auf seinem Gesicht zu sehen.

Mit einer Hand fahren seine Finger meinen Schenkel hinauf, um sein Ziel zu finden. „Du bist feucht für mich", flüstert er mir ins Ohr.

Ich schließe die Augen, weil ich nicht zugeben will, wie sehr er mich heute Abend erregt hat. Ich schäme mich, dass ich meinen Chef ficken will. Ich will nicht nur unter die Decke kriechen und mit ihm Liebe machen. Ich will, dass er mich beansprucht, mich dominiert und mir zeigt, dass ich ihm gehöre und nur ihm.

„Sieh mich an", befiehlt er.

Meine Augenlider flattern auf und ich blicke in seine erhitzten, dunklen Augen, während er mit den Fingern über mein nasses Höschen streicht. Er schiebt den dünnen Stoff zur Seite, und ich keuche vor Erwartung.

Aber er fasst mich nicht an.

„Flehe mich an", befiehlt er und küsst meine Lippen hungrig, rau und fordernd.

„Niemals", krächze ich, aber ich bin schon nahe an meiner Belastungsgrenze. Er schiebt mich rückwärts auf die Matratze. Meine Kniekehlen berühren das weiche Material.

„Flehe mich an, Elisa."

„Ich bettle nicht", flüstere ich und fordere ihn heraus. Nur weil er mein Chef ist, heißt das nicht, dass wir im Schlafzimmer nicht gleichberechtigt sind.

Weston tritt einen Schritt zurück und lockert seine Krawatte.

Ich atme scharf ein, setze mich auf die Bettkante und warte ab, was als Nächstes passiert. Wird er weggehen und mich mit dem Wunsch nach Erlösung zurücklassen, weil ich seine Befehle nicht befolgt habe?

Mein Inneres schmerzt vor Verlangen. Ich sehne mich nach seiner Berührung, und er knöpft langsam sein Hemd auf und beobachtet mich, während ich ihn mit meinen Augen verschlinge.

„Du bist erregt", sagt er mit Stolz. Als ob er wüsste, welche Knöpfe er bei mir drücken muss.

„Bin n-nicht", stottere ich, und er kichert.

„Ich mag es, wenn ich dich feucht mache. Du musst dich nicht schämen", knurrt er. Er wirft sein Hemd auf den Boden, ohne sich darum zu kümmern, dass es zerknittert wird.

Ich werfe einen Blick auf die Schlafzimmertür. „Haben wir sie abgeschlossen?", frage ich.

Weston grinst. „Nö." In seinem Tonfall liegt Amüsement.

„Jemand könnte hereinkommen", keuche ich und will von der Matratze klettern, aber er hält mich auf.

„Lass sie. Es sei denn, du willst das nicht?"

Er gibt mir einen Ausweg, eine Chance, nein zu sagen, um die Dinge professionell zu halten. Aber das ist nicht das, was ich will.

Ich will ihn.

Mein Schweigen nimmt er als Zustimmung und führt mich wieder auf die Matratze zurück, wobei er mich spreizt. Er holt ein Kondom aus seiner Brieftasche und zieht seine Hose aus, während ich den Reißverschluss an meinem Kleid öffne.

„Lass es", befiehlt er.

Er hebt den Saum meines Kleides an, schiebt mein Höschen beiseite, und seine Finger tanzen über meinen Schlitz, entdecken meine Nässe. Sie benetzt seine Finger, und er taucht zwei Finger hinein, um sich zu vergewissern, dass ich bereit für ihn bin.

Er neckt mich, seine Lippen bedecken meine, während seine Finger mich ficken und ich mich an ihn klammere. Ich will mehr. Er ist rau, aber das ist genau das, was ich in diesem Moment brauche und ersehne. Mit einer schnellen Bewegung zieht er mein Höschen herunter, öffnet das Kondom und zieht es über, bevor er sich wieder an meinem Eingang positioniert.

Er hält inne und blickt auf mich herab. „Bist du sicher?", fragt er nach meiner Zustimmung, und ich nicke.

„Ich muss es hören." Er blickt auf mich herab. Meine Finger wandern über seine Bauchmuskeln, wandern seinen Körper hinunter. Wenn er es nicht bald tut, werde ich uns umdrehen, das Kommando übernehmen und ihn selbst ficken.

„Ich will, dass du mich fickst", sage ich und schaue zu ihm auf.

Meine Worte entfachen ein instinktives Feuer zwischen uns. Er knurrt und vergräbt sich mit einem Mal in mir. Es ist intensiv und rau, und meine Fingernägel graben sich in seine Unterarme, während er mich dehnt, um sich seiner Größe anzupassen.

Er beißt auf meine Unterlippe, seine Küsse sind rau und forschend, während er seine Zunge in meinen Mund schiebt und sein Schwanz in mich eindringt.

Es ist himmlisch und sündhaft zugleich. Ich schlinge meine Beine um ihn, ziehe ihn näher, fester, tiefer. Ich will spüren, wie er sich in mir vergräbt, wenn er kommt.

Er packt meine Arme, drückt meine Hände gegen die Matratze, unsere Finger verschränken sich, während er mich fickt.

Meine Augen fallen zu, die erste Wärme der Euphorie breitet sich wie ein Lauffeuer in mir aus.

„Sieh mich an", befiehlt er.

Meine Augenlider sind schwer und mein Atem ist heiser, als sich meine Lippen öffnen und ich langsam meine schweren Lider öffne, um ihn anzustarren. Ich beiße mir auf die Unterlippe, als die erste Welle kommt, und er zerdrückt meinen Mund, beißt und beißt, reitet mit mir auf der Welle. Sein Tempo wird nie langsamer, es ist gleichmäßig und stetig, bis zum letzten Crescendo, wenn er sich härter und schneller bewegt.

„Fuck", knurrt er, keucht schwer und schnappt nach Luft, als ich ihn wie ein Schraubstock umklammere und mein Inneres erzittert.

Ich kann meine Augen nicht länger offen halten. Es ist zu intensiv, zu überwältigend, während sich meine Zehen krümmen und sich die Wärme in jedem Zentimeter von mir ausbreitet.

„Komm für mich", raspelt er in mein Ohr, und sein Atem lässt meinen Körper erneut erbeben.

Ich zittere und klammere mich fest, als würde mein Leben davon abhängen.

Weston ist genau da, er fordert mich ein, hält mich fest und presst seine Lippen auf meine, während er mit mir auf der Welle der Euphorie reitet. Wir beide erreichen unseren Höhepunkt gemeinsam.

Er bricht auf der Matratze zusammen, zieht sich zurück und stolpert in Richtung des angeschlossenen Badezimmers.

Ich streiche mein Kleid glatt, für den Fall, dass jemand hereinkommt, aber ich fühle mich noch nicht in der Lage, von der Matratze aufzustehen.

Ich bin erschöpft, schweißgebadet, und mein Herz rast in meiner Brust.

Schließlich setze ich mich auf, nachdem ich wieder zu Atem gekommen bin. Weston räumt auf und zieht seinen Anzug wieder an. Er gibt sein Bestes, um so auszusehen, als hätten wir nicht gerade oben auf Clares Hochzeitsfeier in ihrem Haus gefickt.

Sie würde einen Anfall bekommen, wenn sie wüsste, was wir gemacht haben.

Weston hebt mein Höschen vom Boden auf und schiebt es mir langsam die Beine hoch. Schon die Geste ist sexy, wenn er mir hilft, mich wieder anzuziehen.

„Lass mich deinen Reißverschluss hochziehen", sagt er.

Als ich auf der Matratze lag, hatte ich begonnen, meinen Kleid zu öffnen. Er reicht mir die Hand zum Aufstehen und deutet mir an, mich umzudrehen. Vorsichtig zieht er den Reißverschluss zu und vergewissert sich, dass ich vorzeigbar bin, bevor wir uns wieder der Party widmen.

„Danke", sage ich. Meine Wangen müssen brennen, als ich seinen Körper betrachte. Er ist wieder in seinem Anzug, sieht scharf und gut aus, ohne dass man ihm ansieht, was wir gerade getan haben. Wie zum Teufel kann er so ruhig und gefasst aussehen?

Ich fühle mich zerzaust und verwirrt.

Sein Daumen streift meine Unterlippe. „Dein Lippenstift ist ein wenig verschmiert", sagt er und beseitigt das Chaos.

„Meine Haare auch", sage ich und zeige auf das Durcheinander. Meine Haare sind zwar nicht mehr so lang wie früher, als sie noch blond waren, aber immer noch lang genug, um sie für die Hochzeit zu einer Hochsteckfrisur zu machen. Jetzt sind sie offen, und das wird bestimmt jemanden auffallen.

„Sage ihnen einfach, dass du dein Haar zum Tanzen offen lässt", sagt Weston.

„Das macht man nicht", entgegne ich.

„Nun, das sollte man aber. Wie die Mädchen, die ihre Schuhe ausziehen." Er nimmt meine Hand, unsere Finger verschränken sich. „Wir schaffen das schon, du und ich."

Ich weiß bisher nicht, wie. „Ich bin nicht gut darin, Geheimnisse zu bewahren", sage ich und schaue zu ihm auf.

„Dann bleibt es nicht nur bei uns."

Ich lächle leicht. „Sloane hat uns unten gesehen."

„Und wenn schon?" Weston zuckt mit den Schultern.

„Wir arbeiten zusammen. Sloane könnte der Personalabteilung oder jedem anderen, mit dem wir zusammenarbeiten, von uns erzählen."

Seine Arme legen sich um meine Taille. „Denk daran, die Firma gehört mir." Sein Atem vermischt sich mit meinem und reizt mich zu einem weiteren Kuss. Aber seine Lippen streifen meine noch nicht. „Wenn du dir solche Sorgen machst, gehen wir direkt zur Personalabteilung. Wir sind keine öffentliche Einrichtung. Es gibt keine Vorstandsmitglieder oder Treuhänder, denen ich Bericht erstatte", sagt er.

„Du kannst alles einfach so organisieren?", frage ich und schnippe mit den Fingern. Als könnte er alles in Ordnung bringen und ich wäre diejenige, die überreagiert.

„Nun, da ist Marjorie aus der Personalabteilung. Sie wird wahrscheinlich wollen, dass wir beide etwas unterschreiben, was besagt, dass es einvernehmlich ist und ich dich nicht ausnutze."

„Und dass ich dich nicht verklagen werde, wenn es böse ausgeht", füge ich hinzu, wohl wissend, dass dies mehr zu seinem als zu meinem eigenen Schutz geschieht.

Seine Finger verschränken sich mit meinen. „Wer hat etwas von einem Ende gesagt?"

„Wie viele Beziehungen hast du gehabt, die nicht zu Ende gegangen sind?"

Er zieht mich an sich und drückt mich mit seiner Brust in eine enge Umarmung. „Niemand hat mich jemals so fühlen lassen, wie du es tust."

Ich kichere und schlinge meine Arme um seine Taille. „Und wie ist das?", frage ich und schaue zu ihm auf. „Frustriert? Verärgert? Irritiert?"

„Verliebt".

Seine Worte überraschen mich. Ich lockere meinen Griff und möchte einen Schritt zurückgehen, aber er lässt nicht locker. „Das kann nicht dein Ernst sein", flüstere ich.

Wir geraden ständig aneinander, und diese Beziehung ist neu und frisch. Von Weston fühle ich mich magnetisch angezogen, aber ich bin mir nicht sicher, ob ich dieses Gefühl als Liebe bezeichnen kann. Das einzige Mal, als ich verliebt war oder glaubte, verliebt zu sein, hatte ich mich geirrt. Der Mann hatte mich belogen, betrogen und vergessen zu erwähnen, dass er verheiratet war.

Er hebt mein Kinn an und zwingt mich, seinem strengen Blick zu begegnen.

„Wenn ich dir jeden Tag beweisen muss, dass ich dich liebe, werde ich es tun", sagt Weston.

Mir bleibt der Atem im Hals stecken. „Du solltest das nicht tun müssen", stottere ich. Seine Worte erwischen mich unvorbereitet. „Ich mag dich auch wirklich sehr."

Seine Lippen berühren meine. „Das will ich hoffen, nachdem, was wir gerade auf dieser Matratze gemacht haben." Schnell stecke ich mein Haar wieder hoch, aber es sieht wahrscheinlich nicht mehr so aus wie vorher.

Er zieht mich mit sich nach unten, und ich mache mir Sorgen, dass alle Augen auf mich gerichtet sein werden. Aber niemand scheint zu bemerken oder sich dafür zu interessieren, dass wir oben waren.

Ich schleiche an einem der Fenster vorbei und erschrecke. Der Schnee bedeckt den Weg, auf dem Clare und Levi vor Kurzem ihr Gelübde abgelegt haben. Was ein paar Schneeflocken waren, verwandelt sich schnell in einen Schneesturm.

Einige Gäste sind bereits gegangen, und der Raum ist bei weitem nicht mehr so voll, aber noch nicht alle sind nach Hause gegangen. Levi pirscht sich an uns heran, als er uns erblickt.

Weiß er, was wir gerade oben gemacht haben?

„Die Straßen werden bald unpassierbar sein. Ihr beide solltet heute Nacht hier bleiben. Wir werden für jeden einen Platz finden."

„Das ist nicht nötig", sage ich.

„Das ist es", sagen Levi und Weston unisono.

Clare schlendert herüber und legt einen Arm um Levis Taille.

„Ich habe ihnen nur gesagt, dass sie über Nacht bleiben sollen", sagt Levi.

„Wir haben genügend Platz, aber vielleicht brauchen wir noch ein paar Leute, die sich ein Zimmer teilen", sagt Clare. Sie versucht, das breite Grinsen auf ihrem Gesicht zu verbergen, vielleicht denkt sie, dass sie die Kupplerin spielt, wenn sie uns beide in ein gemeinsames Zimmer steckt. Sie ahnt nicht, dass wir das Schlafzimmer im Obergeschoss bereits getauft haben.

„Ich bin sicher, wir können uns ein Bett teilen." Weston legt einen Arm um meine Schultern.

„Würde Tyler auf einer Luftmatratze zurechtkommen?", fragt Clare. „Wir können ihm eine in deinem Schlafzimmer hinstellen."

„Ja, das wäre toll", sagt Weston. „Danke."

„Das ist eine der Gefahren des Schnees um diese Jahreszeit", sagt Levi. „Wenn du etwas zum Anziehen brauchst, kann Clare Elisa ein paar Kleider leihen, und ich bin sicher, ich habe etwas, das dir passt, Weston."

„Danke", sagen wir beide unisono.

Normalerweise würde ich mir keine Gedanken darüber machen, was ich im Bett trage, aber Tyler wird ein Zimmer mit uns teilen, und ich werde kein schickes Kleid im Bett anziehen.

Den Rest des Abends verbringen wir mit Tanzen, Trinken und Genießen der Hochzeit. Clare und Levi fallen auf der Tanzfläche übereinander her. Das ist süß und widerlich süß zugleich. Amelia taucht immer wieder mit Tyler im Schlepptau auf.

„Ich glaube, er ist in sie verknallt", sagt Weston und nickt in Richtung Tyler und Amelia auf der Tanzfläche. Seine Arme sind um ihre Taille geschlungen, während er sie mit einem breiten Grinsen anstarrt.

„Wie alt ist sie, doppelt so alt wie er?" Scherze ich mit einem leichten Lachen.

„Tanz mit mir." Weston zerrt mich auf die Tanzfläche, bevor ich reagieren kann.

„Eine Ausrede, um mich in der Öffentlichkeit zu befummeln?" Ich necke ihn, während seine Hand über meinen Hintern wandert.

„Ich dachte, du würdest es nicht bemerken", sagt Weston mit einem Grinsen, seine Augen blicken auf mich herab, während er mich fest an sich zieht.

Wir wiegen uns im langsamen Rhythmus, und der Moment dehnt sich zwischen uns aus. Seine Hände, die mich fest umschlingen, fühlen sich natürlich an, und ich möchte nicht, dass es endet. Nicht heute Nacht. Niemals.

Sein Nachname ist zwar Muffel-Grump, aber je mehr ich Weston kennengelernt habe, desto mehr sehe ich, dass er freundlich und fürsorglich ist und alles für Tyler geben würde. Ich hätte nie gedacht, dass ich mal mit einem alleinerziehenden Vater ausgehen würde, geschweige denn mit meinem Chef.

Die Lichter im Blockhaus flackern zweimal auf, bevor sie durch den Schnee erlöschen. Unzufriedenheit und Besorgnis machen sich breit, als das Notstromaggregat anspringt, um die Beleuchtung und das Hauptsystem wieder zum Laufen zu bringen. Die Musik bleibt jedoch aus, bis der Strom wieder anspringt.

„Papa." Tyler hüpft zu uns herüber, und Weston löst sich aus meiner Umarmung und nimmt seinen Sohn in die Arme.

„Ich glaube, es ist Zeit, ins Bett zu gehen", sagt Weston und beschließt, Feierabend zu machen. Ich schaue auf meine Uhr. Es ist kurz vor Mitternacht, und mit einem Blick nach draußen sehe ich, dass der Schnee dick und unerbittlich ist. Es wird nicht so bald aufhören.

Hoffentlich können wir uns morgen freischaufeln und zurück in die Stadt fahren.

Weston hilft Tyler, sich bettfertig zu machen, bläst die Luftmatratze mit einer elektrischen Pumpe auf und richtet ihn ein.

Ich lasse den beiden etwas Freiraum. Clare leiht mir einen Schlafanzug, damit ich mich fürs Bett umziehen kann.

Sobald Tyler sich zusammengerollt hat und schläft, schleiche ich mich im Flanell-Pyjama in das abgedunkelte Schlafzimmer und klettere mit Weston unter die Decke. Es ist nicht sexy, aber warm und gemütlich.

Sofort legt er seine Arme um meine Taille und zieht mich näher zu sich heran.

Ich beiße mir auf die Unterlippe, um nicht zu kichern und den Kleinen zu wecken, der am Fußende des Bettes schläft.

Westons Lippen streifen meine, seine Hände schlüpfen unter den Pyjama, um mit einer Hand meine Brust und mit der anderen meine Hüfte zu berühren.

Instinktiv öffne ich meine Lippen und gewähre ihm Einlass, während er den Kuss vertieft und mich auf den Rücken rollt, während er meine Hüften spreizt.

„Dein Sohn ...", flüstere ich, weil ich befürchte, er könnte uns belauschen.

„Er hat einen tiefen Schlaf", sagt Weston.

Ich schüttle den Kopf. „Wir können nicht ... nicht, wenn er im Raum ist."

„Ich habe nicht vorgeschlagen, dass wir heute Abend Sex haben", flüstert er mir ins Ohr. „Ich möchte dich nur berühren." Seine Finger wandern über meine nackte Haut, kitzeln meinen Bauch und den Bund meiner Pyjamahose, bevor seine Handfläche über meine Brust gleitet und eine Brustwarze kitzelt.

Meine Finger streichen durch sein Haar und bringen seine Lippen zu einem weiteren brennenden Kuss auf meine. „Deine Berührungen werden zu anderen Dingen führen", radele ich und lasse meine Augen zufallen. Ich bin müde, aber er gibt mir das Gefühl, lebendiger denn je zu sein.

Er drückt mir einen letzten Kuss auf die Lippen, bevor er von mir heruntersteigt und sich auf die Seite dreht. Er legt einen Arm um meine Taille und flüstert: „Gute Nacht."

14

WESTON

SEIT LEVIS HOCHZEIT sind nun sechs Wochen vergangen. Elisa verbringt nicht jede Nacht bei mir; sie kommt ein paar Mal in der Woche vorbei, und ich weiß, dass das seltener der Fall sein wird, wenn ich wieder in mein Haus ziehe.

Die Umzugsfirma hat die Wohnung ausgeräumt, und sie wird leer stehen, bis der Mietvertrag ausläuft. Es macht keinen Sinn mehr, in dem Haus zu wohnen, wenn ich nach Hause zurückkehren kann.

Abgesehen von der offensichtlichen Tatsache, dass ich meine Nachbarin vermissen werde.

„Du gehst wirklich", sagt Elisa, die draußen im Flur steht, während ich unser Gepäck aus der Wohnung trage und auf den Aufzug zusteuere.

„Kannst du auf Tyler aufpassen, während ich die Sachen ins Auto packe?", frage ich und werfe ihr einen Blick über die Schulter zu, während ich den Knopf für den Aufzug drücke.

Die Umzugsfirma hat zwar alle Kisten und Gegenstände mitgenommen, aber es gibt auch viel Spielzeug, Kleidung und andere Dinge, die nach Hause gebracht werden müssen. Tyler würde seinen ausgestopften Dinosaurier neben seinen anderen Lieblingsspielzeugen vermissen, wenn ich darauf warten würde, dass die Umzugshelfer alles erledigen. Die Umzugshelfer sind zwar effizient, aber sie sind nicht ich.

Ich bin ein wenig perfektionistisch und ein Kontrollfreak. Das ist etwas, woran ich im Moment arbeite.

„Ich hätte nie gedacht, dass ich mal einen Milliardär sehe, der sein eigenes Gepäck trägt", sagt Elisa mit einem Grinsen. Sie schließt ihre Wohnungstür und schlendert in meine Wohnung, um Tyler zu beaufsichtigen.

„Camden hat heute abgesagt. Er hat die Grippe." Die Fahrstuhltüren öffnen sich, und ich gehe mit zwei riesigen Koffern, einem Rucksack und einer Laptoptasche hinein. „Danke."

„Nicht der Rede wert."

Ich eile hinunter in die kalte Winterluft und lade den Kofferraum so schnell wie möglich ein. Die Warnblinkanlage blinkt, während ich in der zweiten Reihe parke.

Ich eile wieder nach oben und sehe Elisa mit Tyler auf dem Sofa sitzen und gemeinsam ein Buch lesen.

Sie hält inne, als sie sieht, wie ich das letzte Gepäckstück packe und nach unten bringe. „Ich werde es vermissen, dich als Nachbarn zu haben."

Ich lächle und werfe den Rucksack über meine Schulter. „Es ist ja nicht so, dass wir uns nicht jeden Tag bei der Arbeit sehen würden ..." Ich lasse die Worte in der Luft hängen. Es wird schwieriger sein, spätabendliche Rendezvous zu haben, ohne dass Tyler es merkt.

Allerdings wacht Elisa, ein paar Nächte in der Woche morgens mit mir auf. Das ist in letzter Zeit häufiger der Fall. Ich mag es nicht, wenn sie in der Nacht oder am frühen Morgen verschwindet, ohne mich vorher zu wecken.

Wann bin ich so schwach geworden, dass ich den Gedanken hasse, dass sie nicht mehr da ist? Ich habe mich noch nie auf jemanden verlassen, außer auf mich selbst. Aber bei Elisa muss ich mich nicht so fühlen. Sie war mein Rettungsanker, half mir mit Tyler, unterstützte mich, wo sie konnte.

Ich habe darüber nachgedacht, sie zu fragen, ob sie bei mir einziehen will, aber das ist ein großer Schritt, und ich bin mir nicht sicher, ob sie dazu bereit ist – eine Vollzeitstelle als Tylers Stiefmutter einzunehmen. Nicht, dass ich sie fragen würde, ob sie mich heiraten will, aber wenn sie bei mir einzieht, geht es in diese Richtung, zumindest in meiner Vorstellung.

Ich belade das Auto mit dem letzten Gepäck und komme zurück, um meinen Sohn zu holen. Sein Kindersitz ist bereits auf dem Rücksitz. Ich muss ihn nur noch anschnallen, bevor wir nach Hause gehe.

Elisa liest das letzte Stück des Buches zu Ende. Sie kaut ausgiebig auf ihrer Unterlippe, als ob sie etwas zu sagen hätte, sich aber zurückhält.

Tyler geht auf die Knie, schlingt seine Arme um ihren Hals und klammert sich an sie. Der Junge liebt sie.

Er ist nicht der Einzige.

Dieser Gedanke trifft mich mit voller Wucht, und ich atme scharf ein.

„Ist alles in Ordnung?", fragt Elisa und wirft einen Blick über ihre Schulter auf mich. Sie will aufstehen, aber Tyler lockert seinen Griff nicht. Sie umarmt ihn und hält ihn an sich gedrückt, während sie durch den Raum auf mich zukommt.

Ich vermeide es, die Frage zu beantworten. „Du solltest heute Abend zu mir kommen und mir beim Auspacken helfen."

„Ist das der einzige Grund, warum du mich bei dir haben willst?", fragt sie mit einem wachsenden Lächeln auf dem Gesicht.

„Nicht der einzige Grund", sage ich, beuge mich vor und drücke ihr einen Kuss auf die Lippen.

Tyler krabbelt von ihrem Hals zu meinem und klammert sich an mich. „Ekelhaft", sagt er und rümpft die Nase, während wir uns küssen.

„Hast du die Adresse?" Ich habe sie bereits in ihr Telefon eingegeben, aber ich möchte sicherstellen, dass sie weiß, wie sie zu mir kommt.

„Natürlich, weißt du denn nicht, dass ich dir nachstelle?", scherzt Elisa. Ihr Lächeln erhellt den Raum und ich kann mich nicht zurückhalten, ihr einen weiteren Kuss auf die Lippen zu drücken.

„Stalken mich so viel du willst."

Es klopft an der Tür. Es ist Theo, einer meiner persönlichen Assistenten. Er hilft beim Umzug, kümmert sich um die Logistik, stellt den Kontakt zu den Umzugsfirmen her und bleibt hier, um alles zu erledigen.

„Komm rein, Theo", sage ich und lasse ihn herein. Es ist zwar schon alles gepackt, aber jemand muss dafür sorgen, dass alle Kisten und Möbel auf den Lastwagen geladen und heute Nachmittag zu mir nach Hause gebracht werden. Das ist seine Aufgabe.

„Theo, das ist Elisa", sage ich und stelle sie vor. Theo ist ein paar Zentimeter größer als ich. In einem anderen Leben hätte er ein Fußballspieler sein können. Er hat auf jeden Fall den Körperbau und die Ausdauer dafür.

„Schön, Sie kennenzulernen", sagt Elisa. „Ich hätte bei den Umzugsarbeiten helfen können."

„Du machst genug für mich. Ich werde dich nicht ausnutzen, nur weil du nebenan wohnst."

„So habe ich das nicht gemeint", flüstert sie und blickt mich an.

Theo räuspert sich. „Gibt es sonst noch etwas, das ich wissen sollte, Chef?"

„Sie haben meine Adresse. Sorgen Sie dafür, dass alles heute geliefert wird. Sie müssen auch ein paar Dinge umräumen, wenn sie im Haus ankommen."

„Natürlich", sagt Theo. „Was immer Sie wollen."

Ich helfe Tyler in seinen Wintermantel, die Mütze und die Handschuhe. Elisa eilt nach nebenan, um ihren eigenen Mantel zu holen, und eilt zum Aufzug, während ich den Knopf drücke, um nach unten zu fahren.

„Ich bin überrascht, dass du nicht jemand anderen angeheuert haben, der dich durch die Stadt fährt."

Sie kennt mich zu gut. Ich hasse es, in New York Auto zu fahren, aber das Haus liegt in einem Vorort, und ich werde aus der Stadt herausfahren. Da Camden krank ist, lasse ich mich normalerweise von Theo herumfahren, wenn Camden Feierabend hat. Ich nehme keinen Fahrdienst in Anspruch, sondern stelle meine eigenen zuverlässigen Männer ein, die für mich arbeiten. Aber ich habe Theo die Verantwortung für den Umzug übertragen.

„Verspottest du mich?", frage ich.

Sie hebt ihre Hände in Kapitulation. „Das würde mir im Traum nicht einfallen. Du kannst doch fahren, oder?"

Und schon wieder neckt sie mich.

„Ja, ich schaffe das schon." Ich stehle ihr einen Kuss, als wir nach draußen in die stürmische Kälte gehen.

Tylers Hand liegt in meiner. Ich schließe die Autotür auf, und helfe Tyler in den Kindersitz im Auto.

„Ich habe das Gefühl, dass dies ein Abschied ist", murmelt sie. Ihr Gesicht ist angespannt, und die Stirn in Falten gelegt.

„Du weißt, dass es nicht so ist." Mein Magen verdreht sich zu einer Kugel. „Komm zum Abendessen vorbei", ich bestehe darauf. „Bringe deine Kleidung für die Arbeit mit."

Ich schnalle Tyler in seinem Kindersitz fest und schließe die Tür. Der Motor läuft und wärmt das Fahrzeug auf, damit mein kleines Monster nicht friert.

„Du willst nur, dass ich dir beim Auspacken helfe", sagt sie.

„Du hast nicht unrecht." Ich beuge mich vor, meine Lippen erdrücken ihre in einem weiteren brennenden Kuss. „Fünf Uhr."

Sie jammert leise vor sich hin: „Du bist herrisch."

Das Lächeln wächst auf meinem Gesicht. „Das merkst du erst jetzt?" Noch ein kurzer Kuss, und ich eile zur Fahrerseite und beobachte, wie sie zurück ins Foyer eilt, um sich warmzuhalten. Sie winkt mir zu und ich klettere in den Wagen, dankbar für die Wärme der Heizung im Inneren.

„Papa, ich vermisse Elisa", sagt Tyler.

Ich schaue in den Rückspiegel, als er seinen ausgestopften Dinosaurier umklammert und Elisa zuwinkt.

Ich auch, Kumpel.

Ich habe das Gefühl, dass sie zu weit weg ist, zu unerreichbar. Ja, ich sehe sie bei der Arbeit und manchmal kommt sie zu mir nach Hause, aber es fühlt sich an, als wäre es nicht genug.

Aber wenn ich sie frage, ob sie bei mir einziehen will, ist das nicht zu früh? Ich möchte sie nicht vergraulen.

————

Der Nachmittag vergeht mit Auspacken wie im Flug. Das Haus ist ein einziges Chaos. Eine absolute Katastrophe. Wie kann es sein, dass alles aus dem Lager und der Wohnung gleichzeitig geliefert wird und nicht genug Platz für die Möbel und Kartons vorhanden ist?

Mein Haus ist beileibe nicht klein, aber ich versuche auch, nicht so außergewöhnlich verschwenderisch zu leben, dass ich mit meinem Geld prahle. Das ist auch gar nicht nötig. Lange Zeit lebte ich in meinem Haus nur allein.

Bis meine Schwester mit Tyler schwanger wurde. Wir hatten geplant, dass sie bei mir einzieht und ich ihr mit dem Kind helfe, bis sie sich daran gewöhnt hat, ein Kind allein großzuziehen. Sie freute sich nicht darauf, alleinerziehend zu sein.

Ich hatte nicht vor, sie im Stich zu lassen oder sie zu zwingen, irgendetwas auf eigene Faust zu tun. Wir sind eine Familie. Wir halten zusammen.

Es tut immer noch weh, wenn ich an dem Schlafzimmer vorbeigehe, in dem sie einige Monate lebte, bevor die Wehen einsetzten und alles schiefging.

Ich habe diese Tür nach ihrem Tod nicht mehr geöffnet.

Während ich von dem Haus in die Wohnung zog, beauftragte ich Theo damit, Wren's Schlafzimmer auszuräumen, ihre Besitztümer in Kisten zu verpacken und einzulagern.

Diese Gegenstände sind immer noch im Lager, nach wie vor weggeschlossen. Eines Tages, wenn Tyler älter ist, werden wir sie gemeinsam durchgehen. Aber ich bin noch nicht so weit, und die Wunde ist noch zu frisch, um sich ihr zu stellen.

Die Türklingel läutet und Musik ertönt im ganzen Haus. Die Umzugshelfer sind fleißig dabei, meine

Sachen auszupacken und einzuräumen, aber es gibt noch so viel zu tun, und ich hasse es, nutzlos herumzusitzen.

Theo reißt die Tür auf, bevor ich dazukomme, und ich höre Elisas süße Stimme aus der Ecke.

„Weston?" Ihre Stimme ist wie Honig, und mein Kopf taucht hinter den Kartons auf, während ich auf dem Boden sitze und einige der Backbleche weglege.

Tyler stürmt ins Zimmer und wirft seine Arme um Elisa. Sie beugt sich hinunter und nimmt ihn in die Arme. „Lange nicht gesehen", sagt sie, und er drückt ihr Dutzende Küsschen auf die Wange.

Es ist bezaubernd und herzerwärmend.

In ihrer Hand hält sie eine kleine, braune Tasche.

„Was ist das?", frage ich und nicke in Richtung der Papiertüte. „Es ist ein wenig spät fürs Mittagessen." Ich bereite das Abendessen vor, sobald ich alle Töpfe und Pfannen gefunden habe. Die Crew hat bereits die Gewürze, Öle und die wichtigsten Vorräte für mich ausgepackt.

Aber der Arbeitsaufwand ist enorm, und ich mag es nicht, auf meinem Hintern zu sitzen, es sei denn, ich kann helfen.

„Es ist kein Mittagessen." Sie ist verdammt kryptisch.

Ich stehe auf und nehme sie in die Arme. „Einweihungsgeschenk?", vermute ich und wackle mit den Augenbrauen. „Du hättest mir nichts schenken müssen."

Sie öffnet ihren Mund und schließt ihn wieder. „Macht man jemandem ein Einweihungsgeschenk, wenn er schon immer hier gewohnt hat und nur vorübergehend ausgezogen ist?"

Ich zucke mit den Schultern. „Okay, mein Fehler. Was ist in der Tüte?" Ich bin wie ein Kind, wenn es um Geschenke geht, und will wissen, was in dem hübsch eingepackten Paket oder, in diesem Fall, in der einfachen braunen Tüte ist. Es ist keine Tüte aus dem Spirituosenladen, also hat sie keinen Alkohol dabei.

Das ist in Ordnung. Ich habe noch jede Menge Wein im Keller.

„Gut", sagt sie und schiebt mir die Tüte zu, wobei sie mit den Augen rollt. Ein Grinsen umspielt ihre Lippen und ich sehe, wie ihre Hand zittert, als sie mir die braune Tüte gibt.

Ich klappe den Deckel auf und schaue verwirrt hinein. Ich ziehe das leere Stäbchen heraus, es ist einer dieser Tests, auf die man pinkelt. „Was ist das?" Das Lächeln verschwindet aus meinem Gesicht. „Ist das ein schlechter Scherz?"

Mein Magen spannt sich an und der Raum dreht sich. „Tyler, geh ins Spielzimmer." Ich will nicht, dass er Zeuge der Hölle wird, die ich auf Elisa loslassen werde.

Hat sie es mit anderen Männern getrieben?

So muss es sein, um schwanger zu sein.

Weil ich eine Vasektomie hatte. Es ist nicht möglich, dass ich der Vater bin.

Er huscht ins Spielzimmer, ohne zu fragen, warum. Vielleicht spürt er die Spannung, die in der Luft liegt, oder er will einfach nur mit seinem Spielzeug spielen.

Elisa schlurft mit den Füßen.

„Willst du mich verarschen?" Ich knurre sie an und trete näher heran. Ich werfe den Test und die Papiertüte auf den nahen Tresen.

„Was?" Ihre Stirn ist gerunzelt, und ihre Wangen sind gerötet. „Ich bin schwanger, Weston. Es ist von dir."

Ich lache düster, vor mich hin. Das kann nicht ihr Ernst sein.

„Netter Versuch." Ich trete einen Schritt zurück. Der Raum ist erdrückend. Es spielt keine Rolle, wie groß dieses Haus ist, ich habe plötzlich Klaustrophobie.

„Mit wem hast du noch geschlafen?" Meine Augen brennen vor Wut, die sich in mir aufbaut.

„Niemand", keucht Elisa und ihr Mund steht offen. „Ich kann dir nicht glauben, Weston. Ich dachte, du würdest mir wenigstens die Zeit geben, die ich brauche – und mich nicht beschuldigen, hinter deinem Rücken herumzuhuren."

Ich trete näher und knurre, während ich sie anstarre. „So lange sind wir noch nicht zusammen."

„Lange genug, um schwanger zu werden! W-wir waren nicht immer vorsichtig", stammelt sie.

„Wie viele andere Männer hattest du?" Ich schaue sie an. Sie sieht verletzt aus, gebrochen. Warum? Ihre Augen sind rot, glitzern von Tränen, aber sie bleibt standhaft.

„Es gab nur dich, du Trottel."

Ich spotte über ihre Beleidigung. „Das ist sehr erwachsen von dir", sage ich.

„Wie kommst du darauf, dass du nicht der Vater sein kannst? Weil du der einzige Mann bist, der mich in den letzten zwei Jahren gefickt hat!"

Ihre Worte treffen mich, und ich wende meinen Blick ab.

Nein.

Das kann nicht wahr sein.

„Ich hatte eine Vasektomie", sage ich, meine Hände sind zu Fäusten geballt und ich halte mich am Küchentisch fest, um mich zu stützen. Mein Herz klopft gegen meinen Brustkorb. „Es kann nicht meins sein."

„Die sind nicht immer wirksam", sagt Elisa. „Ich schwöre, Weston, ich habe mit niemand anderem geschlafen. Hör auf, so ein Arsch zu sein."

Soll ich ihr einfach glauben?

Ich wollte nie Kinder.

Ich liebe Tyler, aber ich hatte ihn nicht eingeplant und jetzt das ... Baby. Das habe ich auch nicht geplant. Ich lasse meine Hand von dem Tresen los und verschränke die Arme vor der Brust.

„Es ist meins?" Ich schaue hinunter zu ihrem Unterleib. Es ist bisher nicht sichtbar. „Wie weit bist du?"

„Es ist zu hundert Prozent von dir. Es sei denn, Vibratoren können ein Mädchen plötzlich schwängern." Sie kichert über ihren Witz, und ich knurre, trete näher und lege einen Arm um ihre Taille.

„Du solltest den Vibrator wegwerfen", knurre ich sie an.

„Oder was?" Sie blickt mich herausfordernd an.

„Ich werde dich nicht unser Baby vibrieren lassen, das in dir wächst." Die Worte klingen seltsam und fremd. *Unser Baby.* Aber ich glaube ihr, dass sie mit keinem anderen zusammen war. Wir waren nicht immer vorsichtig, weil ich glaubte, die Vasektomie sei wirksam gewesen. Ich habe mir keine Sorgen um eine Schwangerschaft gemacht und wir sind beide clean.

Ich ziehe sie fest an mich, mit meiner Hand ziehe ich beruhigende Kreise auf ihrem Rücken. „Es tut mir leid", flüstere ich und wünschte, ich hätte ihr geglaubt und die Nachricht wäre für uns beide besser gewesen.

„Du bist ein Arsch", murmelt sie leise, „und behauptest, ich hätte mit einem anderen geschlafen."

„Du hast recht." Sie hat allen Grund, mich jetzt zu hassen, aber ich will nicht, dass die Nachricht uns auseinanderreißt. „Es tut mir leid, Elisa. Ich hätte diese Dinge nie sagen dürfen."

„Oder dachte sie!"

Ich führe meine Hand an ihr Kinn und zwinge sie, mir in die Augen zu sehen. „Es tut mir leid."

Ihre Nase zuckt und ihre Unterlippe schmollt, während sie mich mit großen Augen ansieht. „Entschuldigung nicht angenommen", sagt sie. „Aber du kannst es wiedergutmachen."

„Wie?", frage ich, bereit, alles zu tun. Ich bin kein Mann, der zu Kreuze kriecht, aber ich habe einige unverzeihliche Dinge gesagt, und ich will nicht, dass uns das auseinander bringt.

„Ich will nicht mehr deine Akquisitionsassistentin sein", sagt sie.

Mein Magen spannt sich an. „Du willst nicht?" Beabsichtigt sie schon wieder aufzugeben?

„Ich will eine Versetzung und eine Beförderung zum ausführenden Produzenten. Ich will eine Gehaltserhöhung, jetzt, wo ich für zwei Leute sorgen muss."

Ich lache leise vor mich hin und trete einen Schritt zurück. „Das ist eine ziemliche Veränderung."

„Ich mache den Job bereits. Ich akquiriere ständig Drehbücher für die Entwicklung. Und wir haben zwei Streaming-Verträge im achtstelligen Bereich abgeschlossen, die auf meinen Beitrag zurückzuführen sind. Ich habe noch keinen Cent von diesen Verträgen gesehen, aber ich bin jeden Penny wert und noch einiges mehr.

„Du musst mir deine Qualifikationen nicht beweisen", sage ich. Sie hat recht, sie ist unterbezahlt und überlastet. „Die Personalabteilung hat mich gedrängt, einen neuen Executive Producer einzustellen."

Sie stöhnt leise vor sich hin. „Du wirst mich nie für die Stelle vorschlagen."

„Das spielt keine Rolle. Ich bin dein Chef", sage ich. „Du bekommst keine Sonderbehandlung, du bist für die Stelle ausreichend qualifiziert, und offen gesagt, brauchst du eine Gehaltserhöhung, die nicht aufsehenerregend ist."

„Und wenn du mir die Stelle gibst, wirst du nicht auffallen?", witzelt sie.

Hatte sie erwartet, dass ich den Vorschlag ablehnen würde? „Seit wann kümmert es dich, was andere denken, Miss Emerson?"

Sie schürzt die Lippen. „Wirklich, Mr. Muffel-Grump? Machen wir das hier, in Ihrem Haus?"

„Was tun wir?", schimpfe ich.

„Ganz geschäftsmäßig", sagt sie und kommt näher. Sie packt mein Hemd mit den Händen und zieht mich näher heran. Ihre Lippen verweilen, aber sie beugt sich nicht das letzte Stück vor, um mich zu küssen.

„Ich liebe dich", flüstere ich, wage es, die Worte laut auszusprechen und hoffe, dass es sie nicht abschreckt.

„Das wurde auch Zeit", sagt sie mit einem Grinsen.

Ich beuge mich zu ihr hinunter, streichle hungrig ihre Lippen und ziehe sie immer enger an mich heran.

„Ich liebe dich auch", sagt sie mit einem breiten Grinsen. „Also, wann kann ich einziehen?"

EPILOG
ELISA

ICH VERLIERE KEINE ZEIT, wenn es darum geht, bei Weston einzuziehen. Sloane hilft mir beim Packen, aber Weston beauftragt dieselben Möbelpacker, oder besser gesagt, seinen Assistenten, um alles zu ihm zu bringen.

Am Anfang fühlt es sich seltsam an, zu ihm zu ziehen, aber wir finden unseren gemeinsamen Rhythmus, lange, bevor unser kleines Bündel auf die Welt kommt.

Tyler wünscht sich einen kleinen Bruder, und Weston und ich werden mit dem Kind, das wir bekommen, glücklich sein. Er ist ein liebevoller Vater für Tyler und ich weiß, dass er mit unserer Tochter oder unserem Sohn großartig zurechtkommen wird.

Wir gleichen uns gegenseitig aus. Während er bei Tyler zu Überfürsorge neigt, habe ich Verständnis für den Zustand seines Sohnes und trage dazu bei, dass Tyler sicher ist und trotzdem seine Kindheit genießen kann.

Er braucht keine zwei Helikopter-Eltern.

Ich habe Mühe, mich im Haus fortzubewegen, denn mein dicker Bauch wölbt sich und macht es mir schwer. Als der Tag endlich gekommen ist und Weston mich ins Krankenhaus fährt, sind wir überglücklich über den kleinen Jungen in unseren Armen.

Ich liege im Krankenhausbett und stille unseren Kleinen, während Tyler neben mir neugierig und aufmerksam auf seinen kleinen Bruder schaut.

„Wie heißt er?", fragt Tyler.

Das ist die eine Sache, um die wir beide gerungen haben. Wir haben uns geschworen, wenn wir unseren Sohn oder unsere Tochter sehen, werden wir es wissen.

„Ich möchte ihn Lawrence nennen", sage ich und schaue Weston an. Er ist still und lehnt den Namen bisher nicht ab. „Er würde nach Wren benannt werden."

Weston atmet schwer aus und seine Augen weiten sich. Er blickt kurz weg und versucht, sich zu beruhigen. „Das ist wirklich süß. Ich mag es."

„Lauren?" Tyler rümpft die Nase. „Das ist ein Mädchenname. Eigentlich ist es ein Junge. Stimmt's?" Tyler versucht, seinen Kopf vorzustrecken, um unter die Babydecke zu sehen.

„Ja, es ist ein Junge", sagt Weston, schnappt sich Tyler und zieht ihn in seine Arme, um ihn zu kitzeln und zu knuddeln.

Ich lächle zu den beiden Männern in meinem Leben hinauf, und jetzt zu dreien, mit dem kleinen Bündel in meinen Armen, und fühle mich überglücklich und überwältigt.

„Willst du deiner Mama ein Geschenk machen?", flüstert Weston ein wenig zu laut zu Tyler.

Tyler dreht sich zu seinem Vater um, und eine Minute später hilft Weston ihm herunter und stellt die Füße des kleinen Tigers auf den Boden.

„Willst du meine Mami sein?", fragt Tyler und bringt mir eine Schachtel aus Samt.

Ich erschrecke, als Weston sich dem Bett nähert und Tylers Haar zerzaust. „Gut gemacht, Junge. Jetzt bin ich dran."

Ich schließe Lawrence in meine Arme, als Weston anmutig auf ein Knie fällt und seine Hand nach meiner greift. „Elisa, wir gründen vielleicht gemeinsam eine Familie, aber du bist meine Familie. Mein Leben. Meine Konstante. Du bist so hell wie die Sonne, und selbst in der dunkelsten Nacht ist mir klar, dass du mein Nordstern bist. Ich liebe dich. Ich liebe unsere Familie und ich möchte für immer mit dir verbunden sein."

„Du bist bereits an mich gefesselt", lache ich und zwinkre Lawrence zu.

„Ich will dich heiraten, Elisa. Ich möchte den Rest meines Lebens mit dir verbringen. Willst du mich heiraten?"

Ich atme nervös ein, mein Herz klopft und der Pulsmesser wird lauter, sodass meine Nervosität vor niemandem verborgen werden kann. „Mussten sie mich hier fragen?" Ich lache und werfe einen Blick auf den piependen Monitor, als die Krankenschwester ins Zimmer eilt, um nach mir zu sehen.

„Er hat mir gerade einen Heiratsantrag gemacht", erkläre ich, während sie die Monitore überprüft und das Piepen ausschaltet.

Ihre Augen weiten sich. „Und was hast du gesagt?"

„Hat sie nicht", knurrt Weston die Krankenschwester an, „weil Sie uns unterbrochen haben."

Da ist er wieder, der Miesepeter. Die arme Krankenschwester wusste nicht, worauf sie sich einlässt, als sie ins Zimmer gestürmt kam, um nach mir zu sehen. „Es ist nicht ihre Schuld", verteidige ich sie. „Sie macht nur ihre Arbeit."

„Das klingt, als wärst du schon verheiratet", scherzt die Krankenschwester lachend.

Weston starrt mich an und wartet auf meine Antwort.

„Das ist natürlich ein Ja!", rufe ich aus. Wie könnte er etwas anderes denken?

Weston beugt sich herunter und drückt seine Lippen auf meine. Seine Finger verheddern sich in meinem Haar, aber er achtet auf unser Baby, das sich an meine Brust schmiegt.

„Ich will kuscheln", quiekt Tyler und klettert auf das Bett, wobei er sich vor Lawrence in Acht nimmt, während er mit uns feiert.

———

Danke, dass Sie Bachelor Muffel gelesen haben. Ich hoffe, Ihnen hat die Geschichte von Weston und Elisa gefallen.

.   .   .

Wenn du ein Star-Athlet bist und einen Bodyguard engagierst, um deine Tochter zu beschützen, aber …

Die Agentur schickt dir eine bezaubernde 1,70 m große Brünette, die kaum in der Lage zu sein scheint, sich selbst zu schützen, geschweige denn jemand anderen.

Wie sich herausstellt, ist „Ryan" Emerson Ryan, eine ehemalige FBI Agentin. Sie wirft dich mit einem Dropkick zu Boden, um ihr Können zu beweisen.

Sie ist mehr als fähig, mein kleines Mädchen zu beschützen …

Aber du solltest dich nicht von ihrer Wildheit anstecken lassen.

Alle denken, sie ist das Kindermädchen meiner Tochter. Es sieht so aus und macht auf mein Drängen hin mit, bis sie gezwungen ist, Bristols Babysitter zu sein. Dafür hat sie sich nicht gemeldet, und sie kann meine Tochter nicht beschützen, wenn sie damit beschäftigt ist, sie zu unterhalten und hinter ihr aufzuräumen.

Wenn deine professionelle Eishockeykarriere auf dem Spiel steht, brauchst du ein Kindermädchen, das dir hilft, die Flaute zu überwinden, und das vielleicht auch eine falsche Freundin ist.

Aber wie lange kann man vorgeben, dass alles nur gespielt ist, wenn die Funken echt sind?

In diesem heißen Eishockey-Roman geht es um einen mürrischen alleinerziehenden Vater, eine knisternde Romanze mit viel Drama. Kein Fremdgehen. Happy End.

Jetzt mit einem Klick *Schwindel mit dem Milliardär*!

WERBEGESCHENKE, KOSTENLOSE BÜCHER UND MEHR GOODIES

Ich hoffe, dass dir Milliardär Muffel gefallen hat und du die Geschichte von Levi und Clare magst.

Melde dich für meinen Willow Fox Newsletter an

Wenn dir Milliardär Muffel gefallen hat, nimm dir bitte einen Moment Zeit, um eine Rezension zu hinterlassen. Rezensionen helfen anderen Lesern, meine Bücher zu entdecken.

Du weißt nicht, was du schreiben sollst? Das ist okay. Er muss nicht lang sein. Du kannst erzählen, wie du mein Buch entdeckt hast: War es eine Empfehlung von einem Freund oder einem Buchclub? Lass die Leserinnen und Leser wissen, wer dein

Lieblingscharakter ist oder was du gerne als Nächstes lesen würdest.

Vielen Dank fürs Lesen! Ich hoffe, dass du dich in meine Mailingliste einträgst, damit ich dich über kostenlose Bücher, Werbeaktionen, Werbegeschenke und Neuerscheinungen informieren kann.

ÜBER DIE AUTORIN

Willow Fox liebt das Schreiben seit ihrer Highschoolzeit (vor vielen Jahren). Ihre Kleinstadtromane spiegeln das Leben in einer Kleinstadt im ländlichen Amerika wider.

Egal, ob sie Liebesromane schreibt oder draußen am Lagerfeuer sitzt und ein gutes Buch liest, Willow liebt die Magie des geschriebenen Wortes.

Sie träumt davon, von den Füßen gerissen zu werden und hofft, dass sie das auch bei ihren Lesern erreichen kann!

Besuche ihre Website unter:

https://authorwillowfox.com

AUCH VON WILLOW FOX

Eagle Tactical Serie

Enthüllt: Jaxson

Verheimlicht: Mason

Versteckt: Lincoln

Verborgen: Jayden

Mafia-Ehen

Geheimes Gelübde

Gefangenschafts Gelübde

Wildes Gelübde

Widerwilliges Gelübde

Rücksichtsloses Gelübde

Gebrüder Bratva

Brutaler Boss

Böser Boss

Besitzergreifender Boss

Zwanghafter Boss

Ruppige Single Papas

Milliardär Muffel

Berg Muffel

Bachelor Muffel